Klaus-Peter Wolf wurde 1954 in Gelsenkirchen geboren und lebt als freier Schriftsteller und Drehbuchautor im Westerwald. Er schrieb zahlreiche Hörspiele und Drehbücher für Fernsehfilme und mehr als zwanzig Bücher, die in acht Sprachen übersetzt worden sind und international eine Gesamtauflage von über 6 Millionen Exemplaren erreicht haben.

D1926285

Dieses Buch wurde auf chlor- und säurefreiem Papier gedruckt.

Vollständige Taschenbuchausgabe Dezember 1995
Droemersche Verlagsanstalt Th. Knaur Nachf., München
Copyright © 1994 by Hoffmann und Campe Verlag, Hamburg
Umschlagillustration Andreas Gaube, Hamburg
Druck und Bindung Clausen & Bosse, Leck
Printed in Germany
ISBN 3-426-60390-X

2 4 5 3 1

Klaus-Peter Wolf

Samstags, wenn Krieg ist

Roman

Knaur

*Je mehr ein Konflikt sich zuspitzt,
um so größer werden die strittigen Themen
vereinfacht.
Am Ende geht es nur noch um Gut oder Böse.
Wer tötet wen?
Der Krieg beginnt damit, daß wir aufhören,
in jedem einzelnen das Individuum zu sehen
und ihn nur noch als Teil einer Masse betrachten.
Romane gestalten Einzelschicksale.*

1

Er hat lange genug im Dunkeln gestanden und zugesehen. Es wird Zeit, ins Licht zu treten.

Die anderen werden schon unruhig, halten es hinterm Gartenzaun nicht länger aus. Sie wollen endlich ran ans Bier und ans kalte Buffet. Sie wollen ihre Musik auflegen. Den Rhythmus verändern. Sofort.

»Schlimme Lieder. Böse Texte. Ja, so soll es sein«, summt er. Wie eine Tonbandspule, die sich immer wiederholt, kreist heute dieser Song von den Böhsen Onkelz in seinem Kopf.

»Los!« drängt Siggi. »Übernehmen wir die Fete.«

Aber Wolf deutet an, daß sie noch warten sollen. Nur einen Moment. Er entscheidet, wann es losgeht.

Er genießt die Vorfreude.

Wie aufgeblasen diese Typen herumlaufen. Wie sie balzen. Sich wichtig tun.

»Nach Ibiza kann man ja wirklich nicht mehr fahren. Diese überfüllten Strände.«

»Wir haben das Haus jetzt renovieren lassen. Das alte Fachwerk ist geblieben. Aber Doppelglasscheiben. Fußbodenheizung.«

Sie haben sich fein eingerichtet mit ihren dreizehn Monatsgehältern. Ihren Lebensversicherungen und

Eigenheimen. Für Typen wie uns ist kein Platz in ihrer beschissenen Demokratie. Die Party läuft ohne uns. Aber wir sind da. Man kann uns nicht wegdiskutieren. Wir lassen uns nicht besoffenreden.

Er weiß genau, was gleich passieren wird, wenn er aus dem Gebüsch kommt, über den Gartenzaun steigt und wie selbstverständlich auf das kalte Buffet zugeht. Wie ein geladener Gast.

Sie werden zunächst so tun, als ob sie ihn nicht sähen. Das machen sie immer so. Das haben sie so gelernt, Probleme erst mal zu ignorieren. Vielleicht wird es ja nicht so schlimm werden. Vielleicht wird es bald vorüber sein, einen anderen treffen.

Von denen steht keiner so einfach ein für seine Sache. O nein, Fäuste hoch und Mann gegen Mann, das kennen die nur aus Filmen.

Sie werden ihm den Weg freimachen. Eine richtige Schneise wird sich im Garten bilden, bis zum Buffet. Er wird um sich herum immer mindestens zwei Meter Platz haben. Alle werden woandershin schauen. Er wird versuchen, ihnen in die Augen zu sehen. Es gelingt nur sehr selten. Bei den Frauen öfter als bei den Männern. Die Männer fürchten die Herausforderung zum Duell. Sie haben bisher in ihren Büros gelebt, als ob es so etwas nicht mehr gäbe.

Manchmal, in den seltenen Momenten, wenn er Blickkontakt bekommt, dann genießt er ihr unterwürfiges Lächeln. Sie wollen ihn dazu bringen, zurückzulächeln, ihn für sich einnehmen. Soll er sich doch ruhig ein paar Würstchen nehmen. Und bitte, hier noch vom Lachs oder von den Räucherforellen.

Sie wollen keinen Ärger, das ist alles. Ein paar Flaschen Bier. Bitte. Hauptsache, wir haben dann wieder unsere Ruhe und alles bleibt friedlich.

Manchmal versucht ein ganz Mutiger, ihm ein Gespräch aufzudrängen, so in der Richtung: Ich habe ja Verständnis für die Jugend. Ganz vorurteilsfrei, versteht sich. Er ist früher nämlich auch ganz ausgeflippt herumgelaufen. Also, keine Glatze, ha, ha, ha. Eher schon das Gegenteil: lange Haare bis hierhin. Ja. Wirklich wahr. Sieht man ihm heute nicht mehr an. Joints hat er geraucht! Ist natürlich zwanzig Jahre her.

Er bietet Bier an und eine Zigarette, und während Wolf schweigend zuhört und alles nimmt, kapiert der andere immer noch nicht: Es hat keinen Zweck. Wir sind nicht zu überzeugen. Nicht zu gewinnen. Wir werden dir alles wegnehmen, wenn du nicht kämpfst. Alles. Deine Party wird unsere Party. Deine Gäste werden gehen. Unsere kommen. Ich bin nicht allein. Siehst du. Da sind die anderen.

Hast du noch mehr Bier im Haus? Aber klar. Wußten wir doch, daß du großzügig bist. Jetzt spielst du unsere Musik. Aber sicher, gerne. Du bist doch offen für alles Neue. Schade, daß so viele deiner Gäste gerade jetzt gehen müssen. Aber so ist das eben. Kaum wird's gemütlich, hauen alle ab. Keine Angst. Wir bleiben.

Bevor wir gehen, werden wir dir alles nehmen. Deine Ehre. Deine Illusionen. Und am Ende deine Frau.

Ja, die Frauen gehören dem Sieger. Glaub es mir. Das ist auch bei den Tieren so. Der stärkste Löwe bekommt alle Weibchen.

Das ist tief drin in den Weibern. Die haben das im Blut. Tu nicht so, als ob du es nicht wüßtest. Du hast es immer gewußt. Du hast nur versucht, es zu vergessen.

Und wenn wir dir alles genommen haben, dann kotzen wir in dein Wohnzimmer.

Ach nein, da verabschiedet sich der Herr Ingenieur auch schon, und das nette Lehrerehepaar.

Klar, ruf ruhig die Polizei. Die werden dir nicht helfen. Du hast uns doch eingeladen. Du hast unsere Musik aufgelegt. Du hast uns Bier und Brote aufgedrängt und über unsere Scherze gelacht.

Wir haben niemandem etwas getan. Wir sind einfach nur da, mit unserer Entschlossenheit.

Das kannst du nicht ertragen, weil du keine Kampfbereitschaft in dir hast. Das ist es. Und deshalb werden wir alles bekommen. Kampflos. Du wirst es sehen.

Beim letzten Mal hat so eine alternative Tussi versucht, ihn vollzulabern. Richtig angebaggert hat sie ihn. Ob er das nötig hätte, mit diesen Männlichkeitssymbolen. Sie redete und redete.

Je nervöser sie werden, um so schneller schießen

sie ihre Sätze ab, er kennt das. Am Ende will sie mit einem wie ihm nur zu gerne mal ins Bett. Der Tiger auf der Matratze ist ihr nämlich eine willkommene Abwechslung.

Sie hat diese Gefühle, und sie fürchtet sich davor. Sie läßt es nie raus. Aber daß der Softie, neben dem sie seit Jahren schläft, in Wirklichkeit nur ein Langweiler ist, das weiß sie, wenn sie ihn sieht: *Wolf, den Söldner.*

Also gut. Es kann losgehen. Er gibt den anderen ein Zeichen. Sie sollen noch warten, denn er liebt diese Soloauftritte. Als er über den Gartenzaun steigt, spürt er eine Erektion. Bei jedem Schritt reibt die Unterhose an seinem steifen Glied.

Alles geschieht, wie er es vorausgesehen hat. Nichts Neues. Der Hausherr tut, als hätte er ihn sowieso eingeladen.

Jetzt kommen die anderen. Langsam treten sie aus dem Schatten hervor. Wie lebende Tote. Gerade den Gräbern entsprungen. Zombies.

Der Hausherr versucht sich freizukaufen. Immerhin. Ein mutiger Schritt. Mit hundert Mark, einem Kasten Bier und einem guten Anteil vom kalten Buffet.

»Hier, Jungens, nehmt das. Davon könnt ihr auch noch woanders einen trinken. Ihr müßt das verstehen, hier geht es heute wirklich nicht. Also, ich habe nichts gegen euch und eure Musik. Aber . . . Nun nehmt schon das Bier und amüsiert euch woanders.«

»Was macht denn der Nigger da auf einer deutschen Party?« fragt Wolf.

Der Hausherr schluckt, versucht zu lachen, als hätte Wolf einen Witz gemacht. Hat Wolf aber nicht.

»Ach, der. Das ist der Chefarzt der Chirurgie vom Marienhospital.«

Siggi tritt neugierig hinzu.

»Ist der Arzt?«

»Ja. Arzt. Genau.«

»Und? Ist hier jemand krank?« zischt Siggi.

Der Hausherr windet sich. Er will den Schwarzen nicht rauswerfen. Aber er will auch keinen Ärger.

Man kann nicht alles haben.

Siggi spielt dem Opa am Schlips. Blaue Seide mit roten Punkten. Der Schlips war teurer als alle Klamotten, die Siggi am Körper trägt. Bis auf die Schuhe, Siggis ein und alles. Die haben ein Vermögen gekostet. Sechzehn Loch.

An Siggis Fingern klebt noch der Senf. Er wischt sie an dem Schlips ab, und das Arschloch lächelt auch noch.

Einmal, denkt Siggi, einmal möchte ich es erleben, daß einer von euch brüllt: Bis hierher und nicht weiter! Schluß! Aus! Hört sofort auf, oder ich polier' euch die Fresse!

Warum tut ihr das nicht? Warum laßt ihr uns machen?

2

Yogi legt den Kopf schräg und lauscht. Er hört die Geräusche. Sie kommen vom Friedhof oder vom Wald. Er weiß es nicht genau. Aber sie sind echt. Wirklich da. Nicht nur in seinem Kopf.

Yogis rechter Fuß zittert. Der Fuß zittert immer, wenn Yogi nicht so genau Bescheid weiß. Der Fuß sagt es ihm. Das Zittern wird mit der Unsicherheit stärker.

Jetzt wackelt schon sein Knie. Wenn er seinen Bruder nicht bald findet, wird sein ganzer Körper zittern.

Er versucht, seine Schultern festzuhalten. Siggi mag es nicht, wenn er solche Verrenkungen macht.

»Steh nicht da wie Pik Sieben!« schimpft Siggi dann immer.

Yogi weiß, was Pik Sieben ist. Eine Spielkarte. Früher hat er oft Karten gespielt. Mit Siggi, mit Papa, und da waren noch andere. Wie hießen die? Er hat ihre Namen vergessen. Aber das Spiel hieß Skat. Ja, er weiß es wieder.

»Skat! Skat! Skat!« will er rufen. Aber es hört sich an wie »Schad! Schad! Schad!«

Yogi wischt sich Speichel vom Kinn. Wenn er redet, spuckt er. Besonders mit vollem Mund darf er nicht reden und auch nicht lachen. Er beschlabbert dann sein Hemd.

Den Schnodder an seiner Nase bemerkt er nie.

Manchmal vergißt er, daß er eine Nase hat. Siggi putzt ihm oft den grünen Schleim ab. »Bah!« sagt Siggi dann, oder: »Der leckt schon wieder seine eigene Rotze.«

Siggi meint das nicht böse. Siggi ist lieb. Meistens. Auch wenn er Yogi nicht mehr gerne beim Kartenspielen mitmachen läßt.

Die Zeichen auf den Karten sind für Siggi sehr wichtig. Er schaut sie sich immer ganz genau an. Aber es macht ihm nicht wirklich Spaß, die Karten auf den Tisch zu werfen. Eine nach der anderen. Oder alle auf einmal. Kartenschnee. Schneekarten. Schlitten-As. Pik Sieben.

Yogi lehnt sich gegen die Friedhofsmauer. Seine Jacke schabt an den Steinen vorbei. Er fühlt sich wie ein Zug auf den Schienen. Die Mauer leitet ihn. Sie hält ihn. Führt ihn hin. Er drückt sich dagegen, während die Beine ihn vorwärtsschieben.

Dann erreicht er das schmiedeeiserne Tor. Er umklammert die Stäbe wie ein Gefangener. Er drückt sein Gesicht zwischen die Stangen. Er lacht. Es ist so schön kühl an den Wangen.

Sie sind da. Im fahlen Licht einer entfernten Straßenlaterne kann Yogi die Gesichter nur schemenhaft erkennen. Ein Geistertanz mit Glatzen.

Siggi zündet ein Feuer an.

»Ah«, macht Yogi. Jetzt sieht er mehr.

Wolf schwingt den Vorschlaghammer. Der Grabstein splittert auseinander. Und schon der nächste.

Wolf zielt immer genau auf die Sterne. Wolf ist stark. Er hechelt wie der kleine Hund, den Yogi einst hatte. Der mit dem weichen Fell. Der leider überfahren wurde.

Peter sprüht auf die Friedhofsmauer:

Hier liegen alles nur Schweine
6 Millionen Lügen
Heil Hitler

Dann mit großen Buchstaben: *PLO.*

»Äi, du Arsch! Hast du sie nicht mehr alle, oder was?« brüllt Wolf.

Peter steht einen Moment starr. Er weiß nicht, was er falsch gemacht hat. Doch er fürchtet Wolfs Wut.

Wolf hält den Hammer, als wäre er sein dritter Arm. Angewachsen. Eine stählerne Verlängerung.

»Wieso, was ist denn?«

Wolf läßt den Hammer sinken und zeigt auf die frischen Buchstaben.

Siggi tritt hinzu.

Peter lacht listig: »Das ist eine Täuschung. Ein Trick. Sie werden glauben, daß die Araber es waren.«

Jetzt wirkt Wolf, als würde er am liebsten mit dem Hammer einen Scheitel auf Peters Kopf ziehen. Peters Haare sind ihm sowieso zu lang. Pennerfrisur.

Aber Wolf läßt den Hammer unten. Er schlägt mit links ansatzlos gegen Peters Stirn.

»Was glaubst du, warum wir das hier machen?« faucht er.

Peter wackelt, weich wie eine angestochene Gummipuppe. Er kennt den Tonfall der Frage. Er haßt Fragen. Mit Fragen hat er so seine Erfahrungen. Nie hat ihn jemand etwas wirklich gefragt. Wer etwas wissen will, fragt nicht. Nicht ihn. Wer ihn fragt, will nur vorführen, was Peter nicht weiß. Peter, der Idiot. Peter, der Nichtskönner. Keine Ahnung von nichts. Mit jeder Frage mühelos bloßzustellen.

Jetzt kommen auch noch die anderen Kameraden.

»Was ist denn los?«

»Der Idiot hat PLO an die Mauer gesprüht!« schimpft Siggi. Er läßt die Worte verächtlich fallen, wie schimmlig gewordenes Obst.

»Ich... ich wollte... eine falsche Fährte legen!« stammelt Peter. Sein Blick ist ein Heischen nach Anerkennung. Ein Flehen um Verzeihung.

»Ich habe dich was gefragt! Warum, glaubst du, tun wir das?«

Der Ton ist lauernd. Ein falsches Wort, und der zermatscht mir das Gesicht, denkt Peter. Ich hab nur die Spraydose.

»Na, weil... weil wir es den Judensäuen zeigen wollen.«

Er sieht sich um. Eisige Gesichter.

»Weil... ja. Wir müssen ein Fanal setzen.«

Wolf läßt den Hammer fallen. Packt Peter und drückt ihn gegen die Mauer. »Wir sind die Ichtenhagener Ultras. Die Retter Doitschlands! Es wird Zeit, daß die Welt etwas von uns erfährt! Uns kennt noch niemand. Aber dieses Ding hier wird uns berühmt machen. Die Kameraden sollen nicht mehr sagen: Ichtenhagen? Das ist doch der Pickel vom Arsch der Welt.«

Wolf schaut in die Gesichter der anderen. Seine Augen glänzen. Er wird ihnen zurückgeben, was ihnen in den zermürbenden Jahren der Jugend genommen wurde: ihren Stolz.

»Ah, seht nur, wird man sagen. Da sind die Froinde aus Ichtenhagen. Die Ultras. Die Härtesten der Harten. Die Radikalsten der Radikalen. Ichtenhagen – dieser Name wird Glanz bekommen.«

Für solche Worte lieben sie ihn. Er weiß es. Er braucht Männer, die bereit sind, sich für ihn in Stücke reißen zu lassen.

Er ballt seine Fäuste, seine Muskeln werden hart.

»Niemand soll sagen, das hier waren die Kameltreiber. Nein! Wir waren das.«

»Hauptsache Randale«, sagt Dieter. Mehr sagt er selten.

»Man wird ganz schön sauer auf uns sein«, gibt Siggi zu bedenken, und gleich tun seine Worte ihm leid.

»Sauer?« schreit Wolf. »Sauer? Ja, bestimmt! Die Juden. Die Ausländerschweine und die linken Zekken. Aber die anderen. Die richtigen Doitschen. Die jetzt noch brav schweigen und die Faust in der Tasche ballen. Die werden sagen: Solange es noch solche Kerle gibt, ist Doitschland nicht verloren. Nicht verraten und verkauft.«

Siggi will seine Bemerkung ungeschehen machen. Er nimmt den Benzinkanister und malt mit der Flüssigkeit ein großes Hakenkreuz auf den Rasen, dort, wo die Sitzbank steht. Es wird krumm und schief. Aber alle können es erkennen.

Seine Schuhe werden feucht. Scheiße. Ausgerechnet.

Siggi reißt ein Streichholz an, hält es hoch wie eine Fackel und will es in die Benzinpfütze werfen. Da weht der Wind das Hölzchen aus.

Er versucht es noch einmal. Wieder nichts.

Von dem kleinen Lagerfeuer am anderen Ende des Friedhofs holt er brennende Äste. Jetzt klappt es. Das Feuer scheint aus der Erde hochzuzüngeln. Blaue, helle Flammen. Blut und Boden.

Es frißt sich durchs Gras. Die grünen Fasern bäumen sich auf wie kleine Leiber. Dann brennt das Hakenkreuz vollständig. Endlich.

Fast andächtig schauen sie zu. Es ist, als würde Marschmusik erklingen. Irgendwie erhaben.

Da hören sie vom Eisentor Yogis hysterisches Lachen.

Siggi weiß sofort, wer es ist, aber Wolf zuckt zusammen, greift den Hammer.

Dieter faßt in seine Jackentasche. »Die Scheißpunks!«

Sie haben ihm schon zwei Zähne rausgehauen. Aber diesmal ist er nicht allein. Jetzt sollen sie ruhig kommen.

Siggi rennt zum Tor. Wolf hinterher, den Hammer schlagbereit.

»Yogi, was machst du denn hier? Ich habe dir doch gesagt, du sollst zu Hause bleiben!«

Yogi streckt durch die Gitterstäbe die Hände nach seinem Bruder aus. An einem Nasenloch hat sich eine dicke Blase gebildet. Sie droht zu platzen, so schnell atmet Yogi. Schon hat Siggi ein Taschentuch in der Hand und wischt Yogi die Nase ab.

Wolf macht Siggi an.

»Kannst du deinen dämlichen Bruder nicht an die Kette legen? Der verrät uns ja noch alle! Bring lieber deine Schwester mit.«

»Renate macht, was sie will. Du weißt doch, wie sie ist.«

»Ja!« bläfft Wolf, und es klingt wie ein Fluch. Er hebt die Faust gegen Yogi. Es ist kein Angriff. Nur eine Drohgebärde.

Yogi tritt vom Tor zurück. Sein Gesicht verfinstert sich. Er versteht die Worte nicht, aber sie machen ihm Angst.

»Laß ihn«, sagt Siggi. »Der ist doch harmlos.«

»Und wenn ihm jemand gefolgt ist? Zum Beispiel deine Alten?« zischt Wolf.

»Ach.«

»Ach? Ist das alles, was du dazu zu sagen hast?«

Voller Wut donnert Wolf den Hammer auf den nächsten Grabstein. Der zerbricht nicht. Es bröckelt nur eine Ecke ab.

»Abflug!« kommandiert Wolf. Er hat nicht vor, diesen Sieg in eine Niederlage umkippen zu lassen. Sie haben eine Fete übernommen, sich vollaufen lassen und allen Angst gemacht. Sie haben diesen Friedhof verwüstet. Das reicht für heute. Wo ist schon mehr los? Soll sich ja keiner beschweren. Solange er das Sagen hat, läuft auch etwas.

Yogi rennt weg. Wolf stößt das Tor auf.

Siggi zögert einen Moment. Soll er seinem Bruder nach oder mit seinen Kameraden ...

Wolf nimmt ihm die Entscheidung ab. Er zieht ihn mit sich.

Oben am Hügel, wo die ersten Einfamilienhäuser stehen, drehen sie sich um. Von hier aus kann man das brennende Hakenkreuz sehen.

Wolf atmet tief. »Morgen«, so prophezeit er, »wird nichts mehr sein, wie es war.«

Es darf einfach nichts mehr so sein, nach dieser Tat. Er fühlt sich großartig. Das Gefühl schwappt auf alle über, wie eine euphorische Energie, die sie alle durchströmt und stark macht und stolz. Sie können es auf der Haut spüren. Es kribbelt. Besonders am Rücken, zwischen den Schulterblättern.

Diese Nacht ist noch lange nicht zu Ende. Es wird die erste wirklich triumphale Nacht seines Lebens werden, das ahnt Wolf. Schade, daß Renate ihn so nicht sehen kann.

Renate ...

3

Willi, von den »Froinden« Wotan genannt, hat einen Raum für die Ichtenhagener Ultras reserviert. Er trennt die Skins gerne von den übrigen Gästen. So gibt es keinen Ärger.

Probleme mit den Jungens hat er noch nie gehabt. Und sie sorgen dafür, daß sich die Alternativen hier nicht blicken lassen. Die Autonomen. Die Punks. Die Ökos und die Schicki-Micki-Linken.

Manchmal gesellen sich die Kameraden an der Theke zu Alfred oder Karl. Die Jungens hören gerne zu, wenn die Alten von damals erzählen.

»Es war nicht alles schlecht unter Hitler, laßt euch das nur nicht weismachen. Vieles war besser als heute. Man konnte sich nachts alleine auf die Straße trauen. Da wurde keine Frau belästigt. Es herrschte Ordnung und Disziplin. Die Irren saßen hinter Gittern, wo sie hingehören. Die Türken waren in der Türkei. Und die Juden so klein mit Hut.«

»Was hast du denn gegen die Juden?«

»Gas.«

Wo gibt es denn heute so was noch, daß die Jungen den Alten zuhören? Wo? Da kann man lange suchen. Aber die Ichtenhagener Ultras sind ordentliche Kerle. Sangesfreudig und trinkfest.

Sie wirken aufgekratzt auf Willi. Sie haben etwas gemacht. Er weiß es sofort. Einen Türken verhauen? Die Drecksasylanten aus der Fußgängerzone gejagt?

Na, sie werden es ihm schon erzählen. Er schmeißt erst mal eine Runde und führt die »Froinde« nach hinten.

»Heute ohne Mädchen?«

»Richtige Reenies gibt es in Ichtenhagen nicht«, sagt Wolf, und es klingt zwar vorwurfsvoll, aber auch so, als würde es sich bald ändern.

Nichts ist so erfolgreich wie der Erfolg, denkt Wolf. Bald wird uns jeder kennen, und dann kommen die Fans. Die Beifallklatscher. Die Mitläufer. Und die Mädchen gibt es dann massenweise. Richtige Reenies, die einen deutschen Mann zu schätzen wissen und die lieber krepieren würden, als es mit einem Ausländer zu treiben. Richtige Reenies, mit Knackärschen und Schenkeln wie Schraubstöcke.

Siggi hilft Willi, die Halbliterkrüge reinzutragen.

»Laß nur, Wotan. Ich mach das schon.«

Siggi. Immer hilfsbereit.

Wolf ist immer noch sauer auf Siggi. Wegen Yogi.

Siggi bringt Wolf das erste Bier. Aber damit hat er gar nichts gutgemacht. Das erste steht Wolf zu. Immer.

»Kommt Renate noch?« raunt Wolf.

»Glaub' nicht«, sagt Siggi. »Sie hat wohl was Besseres vor.«

Willi mit seinem gigantischen Bauch, auf dem er bequem ein Glas abstellen kann, trinkt mit.

»Hat jetzt jeder?«

»Also. Zur Mitte, zur Titte, zum Sack. Zack! Ex!«

Das Gluckern von Bier. Siggi trinkt zu schnell. Er fürchtet, als erster fertig zu sein. Eigentlich wäre es ein Sieg, aber Siggi will Wolf nicht provozieren. Bisher hat Wolf noch immer sein Glas als erster leergezogen.

Siggi schielt zu Wolf. Wolf zu Siggi. Außer ihnen gibt es nur noch einen wirklichen Kampftrinker: Wotan. Aber der läuft außer Konkurrenz.

Mit einem letzten Blubbern gurgelt der Bierrest in Wolfs Hals wie Schmutzwasser in einem überfüllten Gulli.

Wolf knallt seinen Krug auf den Tisch. »Aaaah!«

Nacheinander schlagen die anderen Gläser auf die Holzplatte. Es sind höchstens drei Sekunden Zeitabstand zwischen dem ersten und dem letzten.

»Noch eine Rutsche?« fragt Willi und wischt sich den Schaum vom Oberlippenbart.

»Blöde Frage!« lacht Wolf. Dann geht er an Willi vorbei zur Theke. »Wir waren heute den ganzen Abend hier. Klar?«

»Klar«, nickt Willi und zwinkert den anderen komplizenhaft zu. Er weiß nicht, was sie wieder angestellt haben. Aber er wird sie decken.

Jetzt stimmen alle an. »Wotan, wir danken dir, für diese Runde hier, wir danken dir. Wenn du noch eine gibst, bist du noch mal so lieb ...«

Als Wolf durch den Kneipenraum geht, sehen die Geschäftsleute hinter ihm her. Bei dem Grauhaarigen, Kurt Schnee, hat Wolf mal gearbeitet. Drei

Wochen im Lager. Dann flog er raus. Angeblich wegen Unzuverlässigkeit, Unpünktlichkeit und Alkohol während der Arbeitszeit. In Wirklichkeit, weil er eine Schlägerei mit den Pakistanis hatte.

Wolf läßt sich nichts vormachen. Er weiß Bescheid. Er wollte nicht länger zusehen, wie Kurt Schnee illegal billige Asylanten beschäftigte. Die arbeiteten für fünf Mark die Stunde. Die ganz doofen für drei. Mit einem fing es an. Am Ende waren es schon fünf.

»Ich scheiß' Sie an«, drohte Wolf.

Zuerst flogen die Pakistanis und dann er. Er könnte wetten, daß die inzwischen wieder dort arbeiten. Wahrscheinlich für zwei fünfzig die Stunde.

Drei Tage lang hat Wolf das Werk beobachtet. Zu Beginn und zum Ende jeder Schicht stand er am Tor und guckte, wer reinging und wer rauskam. Aber Kurt Schnee war vorsichtig geworden. Er lieferte keine Beweise gegen sich.

»Na«, frotzelt Wolf ihn an, »schlafen die Abdullahs jetzt bei Ihnen oder buddeln sie sich wie Maulwürfe ins Innere?«

Kurt Schnee tut, als hätte er das nicht gehört.

Willi kommt.

»Laß meine Gäste zufrieden.«

»Ach.« Wolf winkt ab.

Er steht jetzt hinter der Theke und wählt eine Nummer. Willi hat das nicht gerne. Ja, wenn die Jungens mal ein Bier an einen Tisch tragen, gut. Aber hinter der Theke, da hat keiner was zu suchen, außer dem Wirt.

Er will es Wolf sagen, aber er schluckt es runter und zapft lieber. Wolf sieht zu sauer aus. Wie eine offene Rasierklinge. Bereit, zu verletzen.

»Was soll das heißen? Aber Renate, du... Nein, hab' ich nicht. Erst einen halben Liter. Ehrenwort. Och, komm, sei nicht zickig.«

Er lauscht enttäuscht in den Hörer. Noch kann er es nicht fassen. Hat sie wirklich aufgelegt?

Er drängt sich an Willi vorbei.

»Ich muß noch mal weg. Ich komm' gleich wieder.«

Willi nickt. »Ich weiß. Du warst den ganzen Abend hier und bist auch zwischendurch nicht weggegangen. Oder?«

»Höchstens zum Klo.«

Als Wolf auf die Straße tritt, hört er von ferne Polizeisirenen.

4

Yogi ist zum Friedhof zurückgegangen. Er möchte sich mit Siggi wieder vertragen. Bestimmt ist Siggi nicht mehr böse auf ihn. Siggi ist nie lange böse.

Yogi hockt im Schein des Feuers. Er wärmt sich die Hände. Yogi mag Feuer und die Nachtvögel in den Bäumen. Yogi hört ihnen zu und wendet dabei den Blick nicht von den Flammen. Kleine Figuren entstehen dort für ihn. Hexentanz. Ringelreihen. Zungenspiel.

Da mischen sich fremde Töne dazwischen. Yogi ist seltsam klar neute nacht. Er spürt, daß die Sirenen nicht in seinem Kopf losheulen.

Er sieht das Blaulicht. Es kommt vom Hügel. Die Straße züngelt sich wie eine Schlange hierher. Mit zwei Blaulichtern wie irre gewordene Augen.

Yogi hat Angst. Bestimmt durfte man das hier nicht tun. Jemand wird bestraft werden.

Yogi rennt. Er flieht in den nahen Wald. Von dort sieht er zu, was passiert. Die Bäume schützen ihn. Wenn man hinter einem Baum steht, kann man nicht gesehen werden, denkt er und lacht.

Gummibaum. Tannenbaum. Wunderkerzen.

Funkenregen. Sprühgold. Heiß.

5

Einen Moment zögert Wolf vor der Tür. Wie sieht er aus? Das T-Shirt durchgeschwitzt. Die Hände noch dreckig vom Friedhof.

Scheiße, denkt er. Ich hätte mir bei Wotan wenigstens die Pfoten waschen sollen.

Er streicht sich über die Stoppelhaare. Das macht ihm Mut. Die Haarspitzen geben glühende Energie ab. Lebensmut. Du bist wer, sagen sie. Du, Wolf Kleinhaupt, der Söldner.

Dann klingelt er. Es dauert eine Weile. Soll er noch einmal klingeln? Da geht im Flur das Licht an. Die Türe wird geöffnet.

Frau Schmidtmüller schaut Wolf an. Der kriegt plötzlich kein Wort mehr raus. Wenn diese Frau ihn ansieht, fühlt er sich jedesmal ganz klein. Er schrumpft zusammen. Wird in Sekunden zwölf Jahre alt, dann acht, sieben, sechs, fünf, vier, drei ...

Er ist kurz davor, ins Krabbelalter zurückzufallen, als sie sagt: »Mein Mann und ich sind gerade erst nach Hause gekommen. Es ist niemand da. Renate nicht. Siggi auch nicht. Sie sind bestimmt mit Yogi weg. Nein, warte. Siggi wollte auf Yogi aufpassen. Renate wollte zu einer Gartenparty.« Sie hält einen Moment inne. »Bist du nicht eingeladen, Wolf?«

Er schafft es, den Kopf zu schütteln.

Jetzt tut es ihr leid, daß sie überhaupt etwas gesagt hat. In die Liebesangelegenheiten ihrer Tochter mischt sie sich nicht gerne ein. Da stehen zu viele Fettnäpfchen herum.

»Wo sie genau ist, kann ich dir auch nicht sagen. Vielleicht habe ich auch alles nur falsch verstanden und sie ist mit Siggi ...«

Wolf dreht sich um. »Danke schön, Frau Schmidtmüller. Danke.«

Seine Stimme ist die eines enttäuschten Kindes, dessen Geburtstag vergessen wurde. Wolf, der Einsame. Wolf, der Zukurzgekommene. Wolf, der Beleidigte.

6

Wir haben die falsche Fete aufgemischt. Die hier hätten wir übernehmen sollen, denkt Wolf.

Wieder steht er im Schatten. Wieder hinterm Zaun. Aber diesmal allein.

Am liebsten würde er alle von Wotan abholen und aus dem Laden hier eine Achterbahn machen. Aber er kann die Augen nicht von Renate wenden. Wie sie lacht. Ihre weißen Zähne. Wie sich ihr Körper biegt. Ihr Hüftschwung. Wie sie tanzt. Ihre Arschbacken.

Er steht auf Ärsche. Eine Weile hatte er schon Angst, schwul zu sein. Aber jetzt weiß er, es ist ganz normal. Es gibt Tittentypen und Arschtypen, hat Siggi behauptet. Er sei eben ein Arschtyp. »Das ist ganz normal«, hat Siggi gesagt. Seine Stimme war dabei etwas zu freundlich. Es hätte sein können, daß Mitleid mitschwang oder Ironie.

Deshalb hat Wolf ihn angebrüllt: »Klar bin ich normal! Was denkst du denn? Willst du was aufs Maul?«

Die Wut steigt wieder in ihm hoch. Er weiß nicht genau, woher die Wut kommt. Sie ist tief in ihm drin. Er hat irgendwo in der Magengegend ein schmutziges Loch, aus dem jetzt giftiger Schleim heraufgebaggert wird, von den Schaufelrädern der Eifersucht.

Er kennt diesen Gino Oliverio. Der kleine Gigolo kellnert in der Pizzeria seines Vaters. Wo sie neapolitanische Scheiße verkaufen, die sie zu Hause in Italien nicht loswerden würden. Abfall ist das für Wolf, nichts weiter. Er ißt nur deutsch.

Einmal, als er bei Schmidtmüllers zu Besuch war und Renate diese engen Jeans trug, da hatten sie Pizza bestellt. Für alle. Er hatte es heruntergewürgt. Irgendwie. Für Renate. Sie mag Pizza. Er wollte vor ihr nicht wie ein Idiot dastehen, der nichts von der Welt kennt.

Renate ißt auch gern chinesisch. Er muß sich schütteln bei dem Gedanken. Neulich war die in Bonn sogar in so einer Kebabbude essen. Man muß sich das mal vorstellen. Türkisch! Wo doch jeder weiß, daß die sich den Arsch mit den Fingern abputzen. Ohne Papier. Und dann packt der die Salatblätter an. Dieses geraspelte Fleisch von Tieren, die bestimmt verendet waren. Die schlachten keine gesunden Tiere. Dazu sind die zu geizig, hatte Peter erzählt.

Jetzt tanzt sie mit diesem Gino. Den kennt jeder, der legt alle Mädchen der Stadt flach. Mindestens zwei pro Woche. Der neapolitanische Zuchtbulle. Wenn sein Schwanz ein Radiergummi wäre, hätte er schon keinen mehr.

Der Gedanke glüht in Wolfs Kopf wie eine Herdplatte, die man vor Stunden vergessen hat auszuschalten, obwohl längst kein Topf mehr darauf steht.

Gleich küßt er sie. Die Erwartung des Schmerzes ist fast schlimmer als das Ereignis selbst.

Zwischen den Italienern ein paar deutsche Gymnasiasten. Sie sind hinter Maria her, Ginos Schwester. Die Unnahbare mit den Mandelaugen und den langen

Locken. Wenn sie in der Pizzeria kellnert, guckt kein Mann auf sein Essen. Peter soll sich schon mit der Gabel in die Lippen gestochen haben, sagt Dieter.

Sie gehen auch dort essen, obwohl Wolf es verboten hat.

»Wollt ihr deren Abfall entsorgen? Oder habt ihr Hunger? Dann eßt was Richtiges!«

»Es ist nur wegen Maria, Wolf, ehrlich. Wir trinken da nur ein Bier und gucken ein bißchen.«

Blutschande, denkt Wolf. Blutschande. Rassenschande. Paaren sich etwa Löwen mit Hunden? Elefanten vielleicht mit Giraffen?

Da!

Jetzt küssen sie sich, und Renate krault dabei Ginos krause Nackenhaare. Er hält mit einer Hand ihren Kopf fest. Die andere gleitet an ihrem Rücken herunter und bleibt auf ihrem Po liegen. Er betatscht sie nicht einmal. Er legt nur seine Hand dorthin, als ob da der normale Platz für sie wäre.

Die Selbstverständlichkeit der Geste macht Wolf fertig.

Dann wenden sie sich wieder den anderen zu. Lachen mit ihnen, suchen neue CDs aus.

Wolf hat keine Ahnung, wie lange er schon so steht. Die laue Sommernacht, in der sich alle scheinbar amüsieren, brennt auf Wolfs Haut. Der Vorhof zur Hölle.

Seine Kopfhaut juckt. Diesmal gibt ihm die Berührung mit den Stoppeln keinen Energieschub. Sie sind feucht. Er schwitzt. Er kratzt sich die Kopfhaut. Recht zu haben, wie weh das tut...

Ob sie es schon mit Gino gemacht hat? Bestimmt. Der versucht es bei jeder. Aber wenn er sie schon gehabt hätte, würde er sich jetzt nicht mehr so viel Mühe geben. Dann wäre er längst auf der Suche nach einem neuen Opfer.

Im Krieg habt ihr nur den Rückwärtsgang gekannt. Ihr feigen Itaker. Waffenbrüder. Pa! Aber bei den Weibern, da seid ihr mutig. Immer im Angriff.

Wolf hat es nur einmal mit Renate gemacht. Es war für sie wohl nicht besonders gut gewesen. Er wollte sie stürmisch und leidenschaftlich nehmen, ihr zeigen, wie scharf er auf sie war. Aber dann war alles sehr schnell vorbei gewesen. Sie hatte noch etwas gesagt wie: »Nein, warte, so nicht. Du quetschst mir mein Knie.« Aber bevor sie eine für beide angenehmere Stellung fanden und einen Rhythmus, war das Spiel aus.

Sie sagte nichts, kämmte sich nur mit fahrigen Bewegungen die Haare aus der Stirn und zog sich den Schlüpfer hoch.

Er brauchte sie gar nicht erst zu fragen: »Na, wie war es für dich?« Die Antwort stand in ihrem Gesicht. »Danke der Nachfrage. Besuch beim Zahnarzt oder beim Gynäkologen ist auch nicht schlimmer.«

Dieser Gigolo würde es ihr ordentlich besorgen,

keine Frage. Der weiß, wie man Frauen nehmen muß. Schließlich hat er vor ihr hundert andere gehabt. Wahrscheinlich gehorcht sein Ding ihm, ist ein einsatzfähiges Werkzeug, ganz dem Willen des Benutzers unterworfen. Nicht so ein trotziges Stück Fleisch, wie Wolf es in der Hose hat. Eins, das immer das Falsche tut, nie so will wie er, sondern ihm seinen Willen aufzwingt.

Dieser Gigolo beherrscht sein Gerät. Wolf hat das Gefühl, von seinem beherrscht zu werden.

Er steht so, ganz seinen Gefühlsstürmen ausgeliefert, vielleicht eine Stunde oder zwei, im Schatten.

Die letzten Gäste sind gegangen. Nur noch Gino und Renate knutschen auf den Gartenmöbeln. Auch Maria ist mit einem Pulk Gästen verschwunden.

»Wir haben eine sturmfreie Bude. Komm, wir gehen jetzt hoch.«

Renate sieht auf die Uhr. Sie macht einen erschrokkenen Eindruck. Sie will gehen. Der Gigolo versucht, sie zu überreden. Er will, daß sie bleibt.

Renate schüttelt den Kopf. »Nein, heute nicht. Ich muß. Wirklich.«

»Hilfst du mir noch, Sachen reintragen?« Er sammelt leere Bierflaschen ein.

Sie nickt und türmt Pappteller übereinander. Dann verschwindet sie mit Gino im Haus.

Für Ichtenhagen ist das hier schon fast ein Hochhaus. Vier Stockwerke. Acht Mietparteien. Wolf weiß nicht, hinter welchem Fenster Gino wohnt.

Jetzt müßte es Streit geben, hofft Wolf. Vielleicht läßt er sie nicht gehen, hält sie fest, zerrt sie in sein Zimmer, wirft sie aufs Bett. Sie strampelt, wehrt sich, und dann, wenn sie vor Tränen kaum noch etwas sieht und vor Angst ganz toll ist, dann kommt er: der Söldner. Eine unbezwingbare Kampfmaschine. Der Retter der weißen Frau. Der Hüter der Rassenreinheit. Der Kettenhund des Führers.

Er würde diesem Itaker mit einem einzigen Blick so viel Angst einjagen, daß ihm die breiige Scheiße aus den Hosenbeinen tropft. Ihn zerquetschen wie ein Insekt. Dann Renate auf den Armen aus dem Haus tragen. Keine Angst, ich bin bei dir. Du bist in Sicherheit. Ich trage dich aus der Höhle des Löwen. Tarzan rettet Jane aus den Klauen des schwarzen Affen und bringt sie in sein Baumhaus. Wir leben im Dschungel, Renate. So sind die Gesetze. Dschungelgesetze. Dschungelkampf.

Wolf tigert an der Hauswand entlang. Wo bleibt sie, wo? Sie ist jetzt schon über zwanzig Minuten lang im Haus. Ein bißchen viel Zeit für ein paar Pappteller.

Wolf rennt ums Haus. Wenn Gino sie nach Hause bringt, dann gehen sie nicht hier hinten raus, sondern vorne zur Straße. Vielleicht sind sie schon weg?

Nein, da stehen sie an Ginos Trabbi. Wolf schleicht im Schutz der parkenden Autos vorwärts.

»Klar, fahre ich dich«, versichert Gino mit lässiger Geste.

»Nein, Mensch, du bist doch völlig blau. Ich fahre nicht mit Besoffenen.«

»Ach, Quatsch.«

»Ich sagte nein. Ich gehe zu Fuß.«

»Wie du willst. Tschüß. Ich liebe dich.«

Gino gibt sich nicht viel Mühe, sie zu überzeugen. Warum auch? Er hat sie gehabt, gerade. Auf die Schnelle. Am Küchentisch. Ohne viel Aufwand. Er hat ihr einfach nur von hinten den Rock hochgezogen.

Sie war nicht gerade mit Begeisterung dabei, aber gewehrt hat sie sich auch nicht. Kein Grund, diese Nummer zu wiederholen. Es gibt bessere Frauen in Ichtenhagen für ihn.

Die Sache mit ihr wird er einfach einschlafen lassen. Nicht mehr anrufen. Sie ein paarmal draufsetzen, bei Verabredungen sitzenlassen, dann kapieren die meisten Frauen von selbst. Richtig Schlußmachen muß Gino selten.

Wolf schlägt seinen Kopf gegen den Kotflügel von dem rostbraunen Audi, hinter dem er sich versteckt.

Er begleitet sie nicht einmal nach Hause, dieses Schwein, grollt Wolf. Sie hat gut zehn Minuten zu Fuß. Was da alles passieren kann. Hat der selbst Angst vor den dunklen Straßen am Waldrand, wo regelmäßig die Straßenbeleuchtung kaputt ist? Oder hat der einfach nur keine Kultur?

Vielleicht hat er nie davon gehört, daß man eine Frau bis vor die Tür bringt, der große, schwarze Affe.

7

»Ich kann nichts dafür, Mama, wirklich!« schreit Siggi. »Renate hat versprochen, auf Yogi aufzupassen. Ehrlich!«

Energisch schüttelt Elke Schmidtmüller den Kopf. »Es war deine Aufgabe. Renate war nicht dran.«

»Mein Gott«, stöhnt Josef Schmidtmüller und faßt sich ans Herz. »Da gehen wir alle Jubeljahre mal aus. Tante Sophies Sechzigster. Und dann gleich so was. Gönnt ihr uns denn gar nichts?«

»Klar, jetzt bin ich wieder schuld. Ich bin doch nicht für euer ganzes Leben verantwortlich. Ich doch nicht!« verteidigt Siggi sich.

»Der Johannes hat früher auch immer auf dich aufgepaßt. Vor seinem Unfall. Er hat dir Mühlespielen beigebracht und ...«

»Und Dame und Barrikade! Ich weiß. Legt doch nicht immer die gleiche Platte auf. Ich bin nicht schuld an seinem Unfall.«

»Das hat auch keiner gesagt«, beschwichtigt Frau Schmidtmüller. Aber sie wirft ihrem Mann einen Blick zu, als sei sie da gar nicht so sicher und wolle Siggi nur vor der Wahrheit schützen.

Insgeheim geben sie mir die Schuld, denkt Siggi. Insgeheim haben sie mir die immer gegeben. Sie wagen nur nicht, es auszusprechen.

Sein Vater will die Polizei anrufen.

Der Mutter ist das peinlich. »Sie werden denken,

daß wir uns nicht richtig um ihn kümmern. Sie haben ihn im letzten Monat schon zweimal nach Hause gebracht.«

Diesmal ist ihr Blick eine eindeutige Schuldzuweisung. *Das haben wir dir zu verdanken, Siggi.*

»Was soll ihm schon passieren?« fragt Siggi. »Den kennt doch hier jeder. Und er kennt sich aus.«

»Und wenn er einfach vor ein Auto läuft?« kreischt Elke Schmidtmüller.

»Johannes kennt doch keine Gefahr«, nickt ihr Mann.

»Ich geh' ihn suchen«, sagt Siggi und zieht seine Jacke wieder an.

Er ist froh rauszukommen. Manchmal fühlt er sich, als müßte er in der Bude ersticken. Draußen raucht er erst mal eine, um wieder Luft zu bekommen.

An der Ecke tritt er eine Mülltonne um.

Wenn ihm jetzt einer von den Drecksasylanten aus dem Wohnheim über den Weg läuft, dann...

8

Wolf schaut Renate nach. Ihr wippender Rock. Eine salzige Träne erreicht seine Lippen.

Ich heule, denkt Wolf. *Soweit ist es. Ich heule wegen einem Itaker und einer Möse.*

Ein Gefühl steigt in ihm auf. Es ist alt und es ist böse.

Er bleibt nicht länger in Deckung. Er läuft schwer atmend die paar Meter bis zu Ginos Plastikauto.

Damit will er uns Doitsche verhöhnen. Die Einheit. Die ganze Nation.

Wolf haut mit der Faust eine Delle ins Autodach.

Die Tür springt auf. Sie schließt schon lange nicht mehr richtig. Jetzt hängt sie schräg.

Renate verschwindet im Schein einer Laterne um die Ecke.

Wolf hat keinen Plan. Er handelt, ohne zu denken. Eins ergibt sich aus dem anderen.

Er läßt sich hinter das Lenkrad fallen. Reißt ein paar Kabel los. Dreht sie zusammen. Der Wagen springt stotternd an. Wolf reißt mit einem festen Ruck das Lenkrad von links nach rechts. Aber es ist nicht einmal ein Lenkradschloß da, das er brechen könnte.

Er fährt vor, gegen den Renault 19, und dann rückwärts gegen den Fiat. Schon ist er aus der Parklücke raus. Als Renate den Wagen hinter sich im Schrittempo hört, dreht sie sich um.

»Gino?«

Die Beifahrertür fliegt einladend auf.

Renate beugt sich ins Fahrzeug. »Ich habe dir doch gesagt, du sollst nicht mehr fahren... Wolf? Du? Aber das ist doch Ginos Auto!«

»Steig ein.«

»Hast du den Wagen geklaut? Verfolgst du mich, oder was?«

Wolf packt zu. Er zieht sie mühelos auf den Beifahrersitz. So viel Kraftaufwand wäre gar nicht nötig gewesen. Ihr Kopf landet in seinem Schoß. Sie kniet auf dem Sitz.

Wolfs rechter Fuß gibt Gas.

Der Trabbi macht einen Satz.

Die Beifahrertür steht sperrweit auf.

Renate hebt den Kopf und knallt Wolf eine. »Du spinnst wohl?! Halt sofort an! Sofort!«

Noch eine Ohrfeige. Noch mehr Gas.

Wolf fährt zu nah an einer Laterne vorbei. Die Tür kracht dagegen und knallt zu. Die Fensterkurbel saust an Renates rechte Wade. Sie schreit gequält auf.

Blut. Sie faßt hin. Es sprudelt warm.

Sie zeigt ihm vorwurfsvoll ihre Wunde. »Da! Sieh, was du gemacht hast! Du Trottel. Jetzt halt endlich an.«

»Ich bring dich nach Hause.«

»Nein, du Arsch.«

Sie greift ihm ins Steuer. Der Wagen kommt von der Fahrbahn ab. Er kracht in den Straßengraben.

Wolf haut Renate gegen das linke Ohr. Gegen die Stirn. Gegen den Hinterkopf.

»Du blödes Luder, du!«

Sie stößt die Beifahrertür auf und will hinausspringen. Er greift ihr in die Haare. Ein paar reißen aus. Dann schafft Renate es, aus dem Trabbi zu kommen. Sie rennt aufs offene Feld. Wolf hinterher.

Er packt sie, zwingt sie, ihn anzusehen.

»Sag, daß es nicht stimmt!«

»Was?«

»Daß du nicht mit ihm geschlafen hast!«

Sie will ihn jetzt verletzen. Ihm die Ungeheuerlichkeiten heimzahlen.

»Doch!« schreit sie. »Und frag nicht, wie! Er hat so einen!« Sie zeigt ihm ein unglaubliches Maß. »Und er kann es besser als du! War es das, was du hören wolltest?«

Er schlägt hart zu.

Sie fällt um. Es tut ihm sofort leid. Er kniet nieder.

»Renate, Renate, verzeih mir.«

Er will sie umarmen. Er will bei ihr weinen. Er braucht Trost.

Sie will aufstehen. Ihr Kiefer schmerzt. Die Schneidezähne sind wacklig. Ihr Mund füllt sich mit Blut.

Wie ein ängstliches Kind die Mama, so umfaßt er sie. Er kniet dabei vor ihr, drückt sein Gesicht gegen ihren Bauch. Da steigt ein Geruch von frischem Samen in seine Nase. Er stößt sie von sich.

»Du blödes Luder! Du bist eine Schande für alle deutschen Frauen! Ausländerweibchen! Hast dich nicht mal gewaschen danach! Und überhaupt – bist du blöd, es ohne Gummi zu machen, gerade mit dem? Der hat garantiert AIDS. Der macht es doch mit jeder. Der Zuchtbulle der Mafia ist das. Du Schlampe!«

Bisher empfand sie Wut über Wolf. Aber jetzt

schleicht sich Angst ein. Plötzlich spürt sie es auf der Haut. Sie muß jetzt sehr besonnen handeln, sonst kommt sie aus dieser Situation nicht lebend raus. Wolf ist rasend vor Eifersucht. Seine Augen leuchten wie die Fenster eines brennenden Hochsicherheitstrakts.

9

Yogi fühlt sich im Wald sicherer als auf der Straße. Die Männer in den Blaulichtautos sind Polizisten. Das weiß Yogi.

Polizisten sind manchmal lieb und manchmal böse. Sie haben ihn schon oft von einem Spiel weggeholt. Vom Teich. Von der Straße. Im Kaufhaus, wo es die vielen bunten Kugeln gab, haben sie ihn geschlagen.

Sie bringen ihn immer zu Mama und Papa. Dort sind sie lieb zu ihm, reden mit weichen Stimmen, aber vorher machen sie ihm Angst. Sie schubsen ihn herum, lachen, daß es ihm in den Ohren weh tut, und zupfen an seinen Sachen.

Wenn die Eltern da sind, verwandeln sich immer alle. Von böse in gut. Seine Eltern sind Zauberer. Nein, nicht seine Eltern. Eigentlich nur Mama. Auch Papa kann manchmal böse sein und schimpfen. Wenn Mama kommt, verwandelt er sich sofort.

Jetzt sind die Stimmen wieder da. Sie streiten sich.

Ein Mann und eine Frau. Der Mann sagt häßliche Worte. *Nutte. Flittchen. Blöde Möse. Ausländerhure.*

Yogi weiß nicht, was die Worte bedeuten, aber er weiß, daß man so etwas nicht sagen darf. Nicht zu Mama. Auch nicht zu Renate oder zu Tante Sophie. Überhaupt nicht. Nie. Am besten kennt man solche Worte gar nicht.

Wer streitet sich da in Yogis Kopf?

Die sollen aufhören. Er will lieber wieder den Wind hören. Den Uhu und die fernen Autos.

Yogi drückt sich die Ohren zu und die Stimmen sind weg. Das ist ein sicheres Zeichen. Die Stimmen sind gar nicht in seinem Kopf, sondern draußen.

Sie sollen aufhören. Aufhören.

Jetzt dringen die Stimmen sogar durch seine Hände.

»Laß mich in Ruhe! Ich gehe nicht mehr mit dir! Ich bin noch nie mit dir gegangen. Es war nur ein Versehen. Mensch, laß mich los! Ich schreie! Ich erzähl das dem Siggi. Was meinst du, was der mit dir macht, wenn er erfährt, daß du ...«

Yogi will die Stimme nicht länger hören. So ähnlich klingt Renate, wenn sie wütend ist. Sehr wütend und voller Angst. So wütend hat er Renate noch nie erlebt. Nicht so wütend und erst recht nicht so ängstlich.

Wahrscheinlich ist sie es gar nicht.

Yogi hält sich die Ohren fester zu und rollt sich auf dem Waldboden herum wie ein angeschossener Straßenköter.

10

Wolf drückt zu. Sie soll ruhig sein. Endlich ruhig. Wie steht er da, wenn herauskommt, daß er seine Freundin an einen italienischen Gigolo verloren hat? Niemand darf es je erfahren. Alle wissen, wie sehr er auf Renate steht. Sie ahnt ja nicht, was sie ihm damit antut. Egal, was sie sagt, er hört immer nur den einen Satz: *Gino hat den längsten.*

Wolf ist toll vor Zorn. Alle Demütigungen, alle Verletzungen, alle Zurückweisungen der letzten Jahre scheinen sich in diesem Augenblick zu kristallisieren. Er will sie nicht töten. Nur zur Vernunft bringen.

Ein Teil in ihm schreit auf: *Hör auf! Du machst sie ja alle!* Es ist der Teil, der ihn oft ermahnt. *Steh endlich auf! Zieh dich ordentlich an! Sauf nicht so viel! Ruinier nicht dein ganzes Leben!*

Aber der andere Teil von ihm ist wild. Ein reißender Wolf. Läßt sich keine Vorschriften machen, nicht einengen und nicht begreifen. Räumt aus dem Weg. Will verletzen. Greift alles an, was ihn stört. Will hassen und gehaßt werden.

Dieser Teil hat heute endgültig die Oberhand. Erst als Renates Augäpfel so komisch aussehen, meldet sich der vernünftige Teil wieder. *Siehst du, das hast du jetzt davon. Sie ist tot. Hättest du auf mich gehört, würdest du jetzt nicht in solchen Schwierigkeiten stecken.*

Nur noch das Weiß ihrer Augen ist da. Der Rest verschwindet irgendwo in ihrem Kopf, so, als wolle sie nach innen gucken. Ihre Arme fallen schlaff herab.

»Renate!« brüllt er. »Renate! Nein!«

Er schlägt ihr ins Gesicht. Rüttelt sie.

Er weint. Reißt den Mund zu einem erstickten Schrei auf. Speichelfäden ziehen sich.

»Aber Renate. Ich lieb' dich doch!«

Was soll ich jetzt nur machen? Was?

Aha! Jetzt brauchst du mich wieder, spottet die Stimme. Sie klingt wie seine Mutter. *Jetzt soll ich die Sache für dich in Ordnung bringen, ja? Du warst ein ganz böser, unartiger Junge.*

»Mama«, stammelt er, »Mama, hilf mir.«

Da hört er ein Jammern. Ein Tier? Ein Fuchs in der Falle? Ein waidwund geschossenes Reh? Es soll hier Wildschweine geben. Er hat schon ewig keins mehr gesehen.

Er sieht den Schatten nur, weil er sich bewegt.

Wolf kniet starr neben Renate.

Was ist das? Ein Kind?

Du wirst beobachtet! hämmern beide Stimmen gleichzeitig in seinem Kopf. Die eine hämisch: *Ich hab' ja immer gewußt, daß du scheiterst!* Die andere aggressiv: *Töte! Laß dich nicht verraten! Töte!*

Doch Wolf bewegt sich noch nicht. Da bricht der Schatten zwischen den Ästen hervor. Eine Gestalt. Groß. Stark. Mit wedelnden Armen. Hektischen Bewegungen. Grunzenden Lauten. Jammervollem

Quieken. Wie Schweine auf dem Weg zur Schlachtbank.

Die Figur versucht, zu den Wohnblocks zu entkommen, flieht in Richtung Licht. Wolf hinterher. Er glaubt zu wissen, wem er folgt. So rennt nur einer: Yogi.

»Bleib stehen! Du sollst stehenbleiben!«

Yogi versucht, Haken zu schlagen wie ein Hase. Oder er weiß einfach nicht, wohin. Kopflos.

Yogi hat lange Beine. Aber dann wirft Yogi sich einfach auf den Boden. Es sieht aus, als würde er versuchen, sich einzugraben.

Wolf hat ihn sofort, reißt ihn hoch. Yogi verschließt die Augen ganz fest. Als er die Arme hochhebt, glaubt Wolf zunächst an einen Angriff.

Er ballt die rechte Schlagfaust. »Wag es nicht...«

Aber Yogi hält sich nur die Ohren zu. Das alles ist zuviel für ihn. Er begreift das nicht. Er weiß nicht, was er falsch gemacht hat. Und was ist mit Renate? Er will sagen: *Ich war es nicht. Ich habe nichts getan.* Aber er kann die Worte nicht sprechen, nur fühlen. Sie sind in ihm, aber sie kommen nicht heraus.

Wolf ist böse. Wolf hat etwas mit Renate gemacht.

Yogi wimmert. Er erwartet Prügel. Yogi macht sich in die Hose, aber er bemerkt den warmen Strahl nicht.

Wolf legt seine Hände um Yogis Hals. Er muß sterben, denkt er. Sterben. Sterben. Der Söldner beseitigt die Zeugen.

Als Yogi keine Luft mehr bekommt, öffnet er die Augen. Mit einem flehenden, um Verzeihung bittenden Blick unterstützt er den Teil in Wolf, der versucht, ihn zu retten.

Der ist doch irre. Der kann sowieso nicht sprechen. Laß ihn laufen. Der ist als Zeuge nichts wert. Der Klapsmann.

Wolf läßt Yogi los. Wolf atmet schwer. Yogi ringt nach Luft. Wolf braucht einen Moment. Er muß nachdenken. Jetzt nur keinen Fehler machen. Logisch denken. Eiskalt handeln.

Jetzt ein Bier. Mein Gott, hat er Durst. Die Zunge klebt trocken am Gaumen. Die Lippen sind plötzlich riesig geworden. Die Lunge schreit nach Rauch.

Er kann sich jetzt schlecht eine drehen.

Da springt Yogi los wie ein Känguruh.

»He! Bleib da!«

An einem von Wolfs hohen roten Einundzwanzig-Loch-Doc-Martins ist ein Schuhriemen offen. Die Doppelschleife hat nicht gehalten. Wolf tritt auf den Riemen. Der Springerstiefel vom rechten Fuß ist plötzlich wie am Boden festgenagelt. Wolf stürzt.

»Scheiße.«

Yogi erreicht die Straße.

Wolf rafft sich auf. Seine Knie schmerzen. Das ist jetzt egal. Er holt Yogi ein.

Er kann nicht alle umlegen. Nicht in dieser Nacht, die die triumphalste Nacht seines Lebens werden sollte.

»Du muß mir helfen«, sagt er zu Yogi. »Du bist doch stark.«

Yogi nickt.

Wolf zieht ihn zum Trabbi. »Schieb!« befiehlt er.

Er macht es vor. Yogi tut, was Wolf verlangt. Yogi ist stark.

Wolf steigt ein, gibt Gas. Yogi drückt den Wagen aus dem Graben.

Wolf fährt einfach weiter und läßt Yogi stehen. Ziellos tuckert er herum. Er muß den Wagen loswerden. Aber wie?

Er überlegt, ob er ihn im Wald abfackeln soll, aber dann siegt sein Ordnungssinn. Er fährt ihn dahin zurück, wo er ihn gestohlen hat. Vor Ginos Wohnung. Die Straße ist menschenleer.

Wolf wischt mit einem ölgetränkten Lappen flüchtig das Lenkrad ab und den Schaltknüppel. Dann rennt er zum Tatort zurück. Er kann sie irgendwie so nicht liegenlassen. Vielleicht lebt sie ja noch. Er rennt, bis die Lungen kalt und heiß schmerzen.

11

»Da bist du ja! Wie siehst du denn aus?«

Eigentlich ist Siggi sauer auf Yogi. Mächtig sauer sogar. Aber als er Yogi sieht, wandelt sich sein Zorn in Mitgefühl.

Gleich macht er sich Selbstvorwürfe. Er klopft

Walderde von Yogis Jacke und zupft dorniges Gestrüpp aus seinen Haaren. Siggi spuckt in ein Taschentuch und wischt damit Yogis Gesicht ab.

Yogi zittert. Er riecht nach Urin. Er hält Siggi so fest am Arm, daß es Siggi weh tut.

»Was hat denn Yogi? Was ist denn los?«

Yogi will Siggi wegziehen. Aber Siggi schüttelt den Kopf. »Nein, wir gehen jetzt nach Hause.«

»Wald!« will Yogi sagen und »Renate«, aber aus seinem Mund kommt nur Geblubber. Er sieht es an Siggis Gesicht. So gucken sie immer, wenn sie ihn nicht verstehen. Wenn seine Zunge ihm nicht gehorcht.

Er versucht, Siggi in die Richtung zu ziehen. Dort hinten zum Waldrand, wo er alles gesehen hat. Wenn Siggi bei ihm ist, wird ihm niemand etwas tun.

Aber Siggi zieht ihn in die falsche Richtung.

Yogi will nicht. Er knickt in den Knien ein, läßt sich fallen und klammert sich an Siggi.

»Jetzt ist gut. Es reicht, Yogi. Komm mit nach Hause.«

Siggi seufzt. Yogi ist schwer. Er kann ihn unmöglich den ganzen Weg schleppen, außerdem fürchtet er, die anderen könnten vom Willi kommen und ihn so sehen. Es ist ihm immer noch peinlich, daß er einen blöden Bruder hat.

Um die Zeit hat Willi längst zu. In letzter Zeit nimmt er es mit der Sperrstunde genau. *»Höchstens noch ein Bier, Froinde, und dann Abpfiff!«*

»Du mußt doch Hunger haben. Steh auf. Wir haben noch Pudding im Kühlschrank. Komm. Schokoladenpudding.«

Das Zauberwort. Yogi steht freiwillig auf und kommt mit. Er schmatzt, lacht.

»Okolade ... udding.«

»Ja, du blöder Papagei, du. Okolade... udding«, äfft Siggi seinen Bruder nach. Da es eines der ganz wenigen Worte ist, die Yogi ansatzweise spricht, ist es in der Familie zum Schlagwort geworden. Nicht mal Siggis Vater sagt noch Schokoladenpudding. Sie haben das Wort durch Yogis Lallsprachenausdruck ersetzt.

»Mein Gott, gibt es heute schon wieder Okolade... udding?«

»Ihr wißt doch genau, wie gern Yogi ihn ißt. Grunz. Grunz.«

Yogi läuft neben Siggi her und wiederholt es in einem fort. Es ist eine Art seligmachender Gesang. Seligmachend und verblödend zugleich.

Siggi kennt das. Es kann Stunden so gehen. Es ist ihm egal. Hauptsache, Yogi freut sich und kommt freiwillig mit.

Da trifft es Yogi wie ein Faustschlag. Er krümmt sich, greift sich an den Hals, will wieder in die andere Richtung.

»Jetzt reicht es«, sagt Siggi trocken und packt Yogi ganz fest. »Hör auf mit dem Scheiß. Komm jetzt endlich.«

Etwas macht Yogi Angst. Er rennt los. Siggi kommt kaum mit.

Als ihnen ein Wagen entgegenkommt, drängt Siggi Yogi zur Seite. Er wäre sonst einfach zwischen die Scheinwerfer gelaufen.

12

Wolf nimmt einen heißen Zug. Die Glut an der selbstgedrehten Zigarette ist lang und spitz. Er raucht zu hastig. Er saugt den letzten Qualm tief ein. Er pafft, als könne er damit alles ungeschehen machen.

Seine Hände sind eiskalt und die Füße in den Docs auch. Er krampft die Zehen zusammen und streckt sie dann wieder aus. Es ist feucht in den Springerstiefeln. Feucht und kalt.

Gern wäre er jetzt woanders. Aber was er jetzt tun muß, wird ihm niemand abnehmen.

Er versucht, ganz der Söldner zu sein.

Samstags... wenn Krieg ist. Wochenendkampf. Freitagabendsieg. Samstagsfront.

Ja, auf der Straße, mit einem Baseballschläger in der Hand. Wenn die Mollies fliegen und die Steine, dann ist er stark. Der härteste Kämpfer in den Häuserschluchten. Dann glüht seine Haut. Aber jetzt, allein, ohne die Rufe der anderen. Im Dunkeln. Keine schützenden Hauseingänge. Keine Fluchtwege mehr durch Flure und Hinterhöfe.

Sein Herz rast. Er vergißt zu atmen und holt dann mit weitaufgerissenem Mund Luft, wie jemand, der kurz vor der Ohnmacht aus dunklem Wasser auftaucht. Sein Magen hat Reißnägel zu verdauen. Glassplitter und Sondermüll.

Er packt Renates Arm und zieht sie tiefer in den Wald. Er erschrickt, denn seine Hände sind kälter als ihre Haut.

Das Wort Leichenstarre schießt durch seinen Kopf. Renate ist beweglich wie eine Gummipuppe. Ob sie überhaupt tot ist?

Er findet ihren Puls nicht. Er rollt ihr T-Shirt hoch bis zu den Achselhöhlen und tastet ihre Brust nach Herztönen ab. Nein, es ist kein geiles Gefühl, sie dort zu berühren.

Er hat natürlich auch schon von Frauenmördern gehört, die ihre Opfer erst erwürgen und dann vergewaltigen. Ihm wäre das unmöglich. Klar kann er jetzt mit ihr machen, was er will. Aber er kann eben nicht. Kaum vorstellbar, daß sich sein kleines verschrumpeltes Ding überhaupt jemals wieder aufrichten wird.

Er schleift sie über den Waldboden. Bei jedem Ruck schlagen ihre Zähne aufeinander. Ihr Kiefer klappt immer wieder herunter.

Ihre Augen. Dieses Weiß macht ihm Angst. Er haßt es, Angst zu haben. Angst ist echt das Letzte. Da sind ihm Schmerzen lieber. Ein gebrochener Arm. Ein gebrochener Kiefer. Ein geplatzter Magen. Alles ist besser als diese Scheißangst.

Er zerrt sie in eine Erdmulde. Keine zehn Schritte von der Straße entfernt. Er schafft es sogar, ihr die Augen zuzudrücken. Dann wirft er Blätter auf ihren Körper. Äste.

So geht es nicht. Darunter wird ihr Körper nie verschwinden.

Mit den Händen versucht er, sie einzubuddeln. Er reißt sich einen Fingernagel ein. Es ist, als würde der Schmerz ihn wecken.

Dann tritt er mit den Stiefeln Erde los. Er tritt die Erdbrocken in Richtung Renate. Erdbrockenregen. Waldbodenschnee. Krümeliges Leichentuch.

13

Yogi rollt sich im Sessel zusammen wie ein Katze. Den Kopf zwischen den Knien. Die Augen fest zugekniffen. Speichelbläschen am Mund.

Er zittert. Reagiert nicht mehr auf Worte. Auch nicht auf »Okolade . . . udding«.

Er will sich seine nasse Hose nicht ausziehen lassen.

Elke Schmidtmüller setzt sich auf die Lehne. Es knarrt. Es klingt wie die Drohung, abzubrechen.

Sie will über Yogis Haare steicheln. Dabei sagt sie mit sanfter Stimme: »Ja, mein Junge. Ja. Ist ja gut.«

Als sie ihn berührt, zuckt er zusammen. Wehrt die Hand ab und jammert.

»Aber Johannes«, flüstert sie.

Er rutscht vom Sessel auf den Boden, schreit und läuft auf allen vieren in sein Zimmer. Er krabbelt unters Bett und bleibt dort zusammengekauert liegen.

Siggi und seine Mutter folgen ihm. Josef Schmidtmüller schaltet den Fernseher ein und zappt ein bißchen nervös zwischen den Programmen hin und her. Am liebsten würde er ganz laut stellen, um nichts mitzukriegen.

Er findet, manchmal reicht es ganz einfach. Immer muß er an die Kinder denken. Als sie klein waren sowieso. Und dann der Unfall von Johannes.

Er wagt es nicht auszusprechen, aber manchmal denkt er es: *Den werden wir nie los. Andere Kinder gehen irgendwann aus dem Haus. Der wird uns immer brauchen. Solange wir leben. Und was dann ist ... ich mag gar nicht daran denken.*

Seit es mit Johannes ist, wie es ist, gehen sie kaum noch weg. Schon gar nicht zu zweit. Und dann ... sind sie mal gemeinsam aus, könnten sich entspannen – worüber reden sie die ganze Zeit? Über ihre Kinder.

»Komm unterm Bett vor, Johannes«, hört er seine Frau sagen und das Gelalle als Antwort.

Manchmal möchte er sich auch die Ohren einfach zuhalten.

»Laß ihn«, schlägt Siggi vor. »Der wird sich schon wieder beruhigen.«

Siggi und seine Mutter kommen ins Wohnzimmer zurück. Siggi will sich die Flasche Bier vom Tisch nehmen, aber so wie sein Vater ihn anschaut, läßt er es lieber.

»Kannst du dir nicht selber eine Flasche aus dem Keller holen?« steht in dem Blick geschrieben.

Bevor der Vater es ausspricht, hebt Siggi beschwichtigend die Hände. Der Vater nickt zufrieden. Wortlose Streitgespräche. Stumme Urteilsbegründungen. Warum reden? Es ist doch sowieso alles klar.

»Was ist mit ihm passiert?« fragt tonlos die Mutter.

Auf dem Weg zum Keller verteidigt sich Siggi laut: »Ich kann nichts dafür. Wirklich nicht. Irgendwas hat ihm angst gemacht.«

»Und wo, bitte, ist Renate?« will Schmidtmüller wissen.

Siggi reicht es. Für was soll er sich denn sonst noch verantwortlich fühlen? Renate ist nun wirklich alt genug, um auf sich selbst aufzupassen.

Als er mit dem Bier in der Hand aus dem Keller kommt, wirft seine Mutter ihm einen mißbilligenden Blick zu. Sie glaubt, daß er genug getrunken hat. Sie haßt diesen Bieratem. Seine Kleider stinken nach Nikotin. Alles an ihm ist ihr zu erwachsen. Was ist aus dem süßen, saure Milch rülpsenden Baby geworden?

14

Es wird schon hell, als Wolf nach Hause kommt. Er huscht ungesehen durch den Flur. Er drückt das Flurlicht nicht an. Die Docs hinterlassen verräterische Erdspuren. Feuchter Waldboden.

Seine Mutter ist noch wach. Sie sitzt mit ihrem Typ im Wohnzimmer. Er heißt Eberhard oder Erhard oder Ernst oder so ähnlich.

Wolf ist es egal. Er hat eine endlose Galerie von Möchtegernvätern an sich vorüberziehen sehen. Als er klein war, hing er sein Herz an jeden. Er wollte sie toll finden, weil er spürte, daß Mama das von ihm erwartete.

Am Anfang tat es weh, wenn sie plötzlich wegblieben. Er zählte gar nichts. Wenn sie sich von den Typen nicht mehr bumsen ließ, bekam er auch keine Bonbons mehr. Dann war sofort Schluß mit Kino, Schwimmbad, Zoobesuch.

Insgeheim hatte er das Gefühl, die Kerle zu vertreiben. Er gab sich viel Mühe, damit sie sich wohl fühlten. Er fand auch an dem letzten Arsch noch etwas Gutes. Er tat es für Mama.

Aber sosehr er sich auch zwang, mit jedem Neuen glücklich zu sein und ihn viel besser zu finden als seinen Vorgänger, er war eifersüchtig auf jeden. Gleichzeitig spürte er, daß es nicht sein durfte. Das Gefühl war falsch.

Je größer die Eifersucht wurde, um so verbissener

spielte er das Spiel: Du bist ein echt toller Kumpel. Mein Traumpapa.

Wenn er Glück hatte, gingen sie, bevor sie begannen, sich als Väter aufzuspielen. Der Anfang war immer gut. Dann gaben sie sich Mühe, buhlten um seine Gunst. Später dann, wenn sie sich sicherer fühlten, zeigten sie ihr wahres Gesicht. Alle. Sie begannen, an ihm herumzunörgeln. Erklärten ihm ihre Sicht des Lebens und worauf es ankommt. Selbst die letzten Versager, die sich bei seiner Mutter durchfraßen, glaubten noch, ihm gute Ratschläge erteilen zu können. Wollten Vorbild sein für ihn. Er machte gute Miene zum bösen Spiel.

Inzwischen interessierten die Figuren ihn nicht mehr. Er beachtete sie gar nicht. Soll nur einer versuchen, ihn anzumachen auf sein Nazi-Outfit.

Die Wände sind dünn. Seine Mutter lacht wieder zu laut. Am Anfang einer Beziehung ist das immer so. Sie ist dann besonders aufgekratzt. Lacht zu grell, redet zuviel und hechelt den Typen im Bett etwas vor. Sie joggt laut von Orgasmus zu Orgasmus. Manchmal trommelt die Nachbarin gegen die Wand. Das spornt seine Mutter eher noch an.

Er hört schon seit Jahren nicht mehr hin. Er geht mit Walkman ins Bett, wenn sie einen Kerl bei sich hat.

Früher hörte er Heavy Metal, voll aufgedreht. Heute Skinmusik. Störkraft. Noie Werte. Böhse Onkelz.

Er geht ins Badezimmer durch. Über der Wanne hängt Wäsche. Unterhosen und Hemden von diesem Eberhard oder Erhard. Sie wäscht also schon für ihn. Dann wird es hoffentlich nicht mehr lange dauern.

Das Bullauge der Waschmaschine steht offen. Es liegen noch feuchte Handtücher in der Trommel. In einer Ecke des Badezimmers, neben der Toilette, steht der überquellende Wäschekorb. Ganz obendrauf die Plastiksocken von Eberhard und sein T-Shirt mit dem Ölfleck.

Wolf sitzt auf dem Klo und raucht. Seine Hände zittern noch immer, und ihm ist immer noch kalt. Er wird jetzt gleich heiß duschen. Dann holt er sich ein Bier aus dem Kühlschrank, falls der neue Schmarotzer nicht schon alles weggesoffen hat.

Wolf greift neben sich. Kein Klopapier mehr da.

Er guckt sich nach einer Zeitung um. Nichts.

Er stöhnt laut. Aus dem Wohnzimmer dringt das schrille Lachen seiner Mutter.

Wolf nimmt das T-Shirt und wischt sich genüßlich damit den Hintern ab. Er knüllt es zusammen und wirft es achtlos zu Eberhards Wäsche zurück.

Kaum sitzt Wolf in der Wanne und hält sich den Duschstrahl über den Kopf, öffnet Eberhard die Tür.

»Hallo, Kumpel«, grunzt er und geht zur Toilette.

»Ich dusche«, sagt Wolf. In dem Satz schwingt

eine leichte Ermahnung mit. Eine Bitte um Rücksicht. Aber solche feinen Zwischentöne sind nichts für Eberhard. Er antwortet: »Mach ruhig«, und öffnet sich den Hosenschlitz.

Breitbeinig, ein wenig wackelig, steht er vor der Toilette und plaziert seinen Strahl in die Schüssel, ohne den Deckel hochzuheben. Er tröpfelt immer alles voll.

Am liebsten würde Wolf ihm jetzt von hinten eine Stahlschlinge um den Hals legen und zuziehen. Statt dessen schließt er nur die Augen und hält sich den Duschstrahl über die Stoppelhaare.

Das Wasser ist heiß. Es tut weh. So spürt er wenigstens, daß er lebt.

15

Siggi haßt jeden einzelnen Sonntagmorgen seines Lebens. Er wird immer mit einem Kater wach. Die Knochen schwer wie Blei. Und natürlich darf er sonntags nicht ausschlafen. Er muß den ganzen Morgen über auf Yogi aufpassen.

Yogi steht auf, sobald es hell wird. Dann will er nach draußen, egal, ob es regnet oder nicht. Er will hinter Bällen herlaufen oder einfach an der Ichte sitzen und Steinchen ins Wasser werfen.

Renate paßt sonntags morgens nie auf Yogi auf. Sie hilft Mutter bei den Vorbereitungen fürs Essen.

Sonntag ist der einzige Tag, an dem alle zusammen zu Mittag essen. Herr Schmidtmüller besteht darauf.

Immer gibt es eine Vorsuppe, Braten, Gemüse oder Salat, Kartoffeln mit Soße und Nachtisch. Daß alles in der richtigen Reihenfolge fertig wird, versetzt Frau Schmidtmüller jedesmal aufs neue in Hektik, die sich zu wahrer Panik auswachsen kann, wenn etwas schiefgeht. Ob die Soße klumpt oder ein Weltkrieg verloren wurde, scheint die gleiche Bedeutung zu haben. Sie ist schweißgebadet, wenn die ganze Familie die Suppe löffelt.

Renate hilft ihr, ohne zu maulen. Führt Handlangerdienste aus und läßt sich in der Hoffnung auf Kinogeld gleichmütig herumkommandieren.

Heute morgen ist sie nicht an ihrem gewohnten Platz. Frau Schmidtmüller wiederholt es wie eine defekte Langspielplatte: »Renate ist heute nacht nicht nach Hause gekommen. Renate ist heute nacht nicht nach Hause gekommen.« Dabei variiert sie ihre Stimme, so daß Siggi viel mehr hört als nur diesen Satz.

Mal hört er hinter den Worten: *Hoffentlich ist ihr nichts passiert, der Armen.* Dann: *Wie kann mir das Biest nur so was antun? Jetzt stehe ich mit der ganzen Arbeit allein da. Als ob ich nicht schon genug am Hals hätte. Das gehört sich nicht für ein Mädchen in ihrem Alter.*

Bestimmt war sie bei einem Kerl. Hoffentlich hat sie aufgepaßt. Nicht, daß sie mit einem Kind nach Hause kommt. Oder noch schlimmer – AIDS.

Weil Renate nicht da ist, kriegt Siggi den ganzen Segen ab. Yogi muß sich nie Vorwürfe anhören. Er hat Narrenfreiheit. Egal, welche Schuld er auf sich lädt. Es ist alles schon im voraus durch seine Behinderung abgegolten.

»Selig sind die Bekloppten«, sagt Siggi, »denn die brauchen keinen Hammer.«

Er zieht Yogi in den Flur und hilft ihm, die Schuhe anzuziehen.

»Sag so etwas nicht!« zischt Schmidtmüller. »So redet man nicht mit seinem Bruder.«

»Ach, der kriegt doch sowieso nichts mit.«

Sie sind schon fast draußen, da hält Frau Schmidtmüller ihren Sohn auf.

»Du kannst mir doch nicht erzählen, daß du nicht weißt, wo Renate ist.«

Siggi zuckt nur mit den Schultern.

»Ist sie bei deinen Glatzenfreunden?«

»Nein«, brummt Siggi zurück. »Diesmal sind wir nicht schuld. Wir haben die ganze Zeit beim Wotan gesessen. Renate war nicht dabei.«

»Dein Freund Wolf war noch hier und hat sie gesucht.«

Sie merkt plötzlich, daß sie beim Reden die Luft angehalten hat. Sie versucht, ihre Atmung unter Kontrolle zu bekommen, und faßt sich an die Rippen.

»Ach«, stöhnt sie, »man hat nur Sorgen mit den Kindern.«

Gut, daß nicht nur immer ich Schwierigkeiten mache, denkt Siggi. Ich will nicht immer der einzige sein, der Scheiße macht.

Er schiebt Yogi vor sich her zur Tür.

»Damit eins klar ist«, stellt Siggi hart fest, »ich paß jetzt auf ihn auf. Bis zum Mittag meinetwegen. Aber heute nachmittag bin ich nicht dran. Ich habe eine Verabredung.«

Er schaut seiner Mutter direkt ins Gesicht. Es klingt wie eine Drohung. »Und da geh ich hin.«

Sie mag es nicht, wenn er das letzte Wort hat.

»Was war das denn für eine Gartenparty? Wenn sie nicht bei euch war, wo ist sie dann hingegangen?«

Seine Mutter hat eine nervtötende Art, immer wieder die gleichen Sätze zu sagen und Fragen zu stellen. Mal fordernd, mal jammernd. So erreicht sie immer alles. So bombt sie leise weinend alles durch. Ihr Mann nennt das: Sie wirft wieder ihre tibetanischen Gebetsmühlen an.

Siggi hat keine Ahnung, wie so ein Ding aussieht, aber ihm graust davor. Er hat das Gefühl, darin zermahlen zu werden zu willenlosem Staub.

Er preßt die Antwort zwischen den geschlossenen Zahnreihen hervor, als würden seine Beißer versuchen, die Worte festzuhalten.

»Bei den Itakern.«

Mit den Worten will er jetzt nun wirklich raus. Hauptsache an die frische Luft. Yogi lacht und setzt sich breitbeinig auf den Boden.

»Was, wo?« hakt die Mutter nach, dabei hat sie es genau verstanden.

»Bei den Spaghettifressern.«

Ins staunende Gesicht seiner Mutter spuckt er die Worte, haßerfüllt: »Deutsche Jungens sind ihr wohl nicht mehr gut genug!«

Dann hilft er Yogi auf die Beine und zieht ihn mit sich fort. Seine Mutter läßt er einfach stehen. Er dreht sich nicht mehr um. Er doch nicht.

16

Die Klospülung wird betätigt.

Wolf erwacht mit verklebten Augen. Er hat einen fauligen Geschmack im Mund. Der treibt ihn aus dem Bett. Er will sich die Zähne putzen.

Er findet seine lila Zahnbürste nicht. Sie hatte schon Borstenausfall. Vielleicht hat sie jemand weggeworfen oder sie ist runtergefallen und liegt jetzt zwischen der dreckigen Wäsche. Da könnte er ja gleich eine Nadel im Heuhaufen suchen.

Es gibt viele Zahnbürsten auf dem Glasregal. Alles nehmen die Typen mit, wenn sie ausziehen. Sogar Sachen, die ihnen nicht gehören. Aber die Zahnbürste lassen sie meistens zurück und dazu eine halb ausgequetschte Tube ohne Schraubverschluß, in der der Inhalt vertrocknet.

Er würde lieber eine tote Katze essen, als sich mit

einer dieser Zahnbürsten die Zähne zu putzen. Seine lila Bürste ist jedenfalls weg.

Er drückt sich blaue Paste auf den Zeigefinger und reibt damit sein Zahnfleisch ein. Es schmeckt gut. Früher hat er manchmal eine Tube leergegessen. Die mit Pfefferminz mag er noch heute am liebsten.

Er gurgelt.

Vom Badezimmmer aus geht er ins Wohnzimmer. Das nächtliche Chaos. Bierflaschen. Likörflaschen. Drei überquellende Aschenbecher. Eine leere Pralinenschachtel. Weinbrandbohnen.

Die Gläser kleben auf der Plastiktischdecke.

Hier kann er morgens fast immer etwas abstauben. Er hebt eine Schachtel Camel hoch, schüttelt sie. Leer.

Er knüllt sie zusammen, läßt sie fallen.

Da, neben dem Sofa, bei den Schuhen, eine Schachtel Lord. Ihre Marke. Es sind noch drei drin. Er nimmt sie sich.

Lord. Als ob sie nicht wenigstens etwas Anständiges rauchen könnte. Da kann er ja gleich frischen Sauerstoff einatmen. Morgens zum Wachwerden braucht er erst etwas Richtiges.

Die Likörflasche ist noch halb voll. Kirsch. Ekelhaft. Aber er nimmt, was er kriegen kann. Im Steinbruch muß eine Flasche kreisen, und wenn es Kirschlikör ist.

In der Küche poltert Eberhard schon herum. Dann muß es mindestens Mittag sein. Die Kaffeemaschine spuckt und blubbert. Das Geräusch, wenn der Toaster die Weißbrotscheiben hochwirft.

Ob Renate jetzt schon steif ist? Leichenstarre.

Eberhard hat sich im Unterhemd hinter den Tisch auf die Sitzecke geklemmt. Er sitzt immer so, daß es für ihn besonders umständlich wäre, aufzustehen und an den Kühlschrank zu gehen. Alle Typen finden mit erstaunlicher Sicherheit diese Ecke sofort als Stammplatz heraus. Dann lassen sie sich von Wolfs Mutter bedienen, weil es für sie einfacher ist, aufzustehen.

Sie steht im schwarzen Unterrock am Herd und brät Spiegeleier.

Renate liegt nicht tief genug unter der Erde. Ratten könnten sie anknabbern. Schnecken in ihre Nasenlöcher kriechen.

Seit Erhard sich hier eingenistet hat, oder wie der Kerl heißt, gibt es jeden Morgen Eier. Gekocht, gebraten oder roh im Glas mit Weinbrand. Eier geben dem Manne Kraft, sagt ihr Neuer. Eier und Fisch.

Er hat wohl viel Kraft nötig. Morgens Eier und abends Fischkonserven.

Wolf kann den Geruch von altem Öl in aufgehebelten Konservendosen nicht ausstehen. Aber den Abfall bringt er nur unter Protest runter. Seit hier Müll getrennt in zwei Eimern gesammelt wird, wirft Wolf nur zu gern den Plastikmüll in den Bio-Behälter. Draußen auf der Kippe, weiß er, wird sowieso alles zusammengeschüttet. Die ganze Müllsortiererei ist eine reine Beschäftigungstherapie für Linke und Ökos, damit sie das Gefühl haben, politisch tätig zu sein.

Ich hätte sie auf der Müllhalde verscharren sollen. Aber nicht im Wald. Menschlicher Abfall. Warum komme ich erst jetzt darauf? Da wird täglich mehr angeschüttet. In ein, zwei Wochen liegt sie schon metertief im Kompost. Da findet sie keiner mehr.

Aber wer soll sie schon im Wald finden?

»Morgen.«

»Hm.«

»Kannst du nicht mal richtig Guten Morgen sagen, oder was?«

»Laß ihn!« fordert Wolfs Mutter und dreht die Spiegeleier um.

In dem Moment packt Eberhard oder Erhard oder Ernst über den Tisch und hat Wolf an der Wäsche.

»Wer hat in mein T-Shirt geschissen? Wer?«

Gisela Kleinhaupt fährt herum.

Wolf hebt beide Hände und hält sie offen hin. Nicht um zu zeigen, daß er unschuldig ist, nur als Beweis, daß er diesen Eberhard nicht anfaßt.

»Mama, der soll mich loslassen.«

»Laß ihn los. Bitte.«

Jetzt sieht Wolf seiner Mutter ins verheulte Gesicht. Sie hat ein blaues Auge.

»Ach«, sagt Wolf scheinbar resignativ, »ist es mal wieder soweit?«

»Nicht!« fleht die Mutter, doch da hat Wolf schon die Faust geballt.

Mit einem Schlag befreit Wolf sich und springt hoch.

Der Tisch wird zur Seite gerückt. Wolf verfolgt Eberhard um den Tisch. Eine Käsescheibe, in Plastik eingeschweißt, segelt zu Boden.

»Tu das nie wieder!« brüllt Wolf. »Hast du gehört? Ich prügle dir das Gehirn aus deinem dämlichen Schädel!«

Eberhard hat schon ein Messer in der Hand. Es wirkt lächerlich. Es ist vorne abgerundet. Nur zum Butterbrotschmieren gut, aber Gisela Kleinhaupt kreischt: »Bring ihn nicht um!«

Es ist nicht ganz klar, wer wen nicht umbringen soll.

Wolf versucht, einen rechten Haken zu landen, aber Eberhard ist reaktionsschneller, als er aussieht. Wolf hat beide Fäuste oben. Links decken, rechts schlagen.

Es ist nur ein Schaukampf. Niemand hat wirklich vor, den anderen zu verletzen. Wolf will den Typen einschüchtern. Er soll abhauen. Mehr nicht.

»Glaubst du, du bist der erste, der sie verkloppt hat?« brüllt Wolf. Speichel sprüht aus seinem Mund wie giftiger Regen. »Sie gerät immer an so Schweinehunde. Keine Ahnung, wie sie das macht. Hau ab, Mensch! Der Nächste wartet schon. Wenn es irgendwo in dieser Stadt einen Lumpen gibt, der nichts weiter sucht als einen warmen Platz zum Scheißen und einen offenen Kühlschrank, dann wird er bald hier einziehen ...«

Die Worte treiben Wolf Tränen in die Augen. Er haßt es, all dies zu sagen. Es tut so weh. Ihm und ihr. Aber es ist die Wahrheit. Sie hält es nicht aus ohne Mann. Nicht eine Woche.

Durch den Tränenschleier sieht Wolf die Hand nicht kommen. Als die erste Ohrfeige ihn trifft, steht er starr. Steckt noch zwei ein. Dann tritt er Eberhard zwischen die Beine.

Eberhard sackt zusammen, den Mund zu einem stummen Aufschrei geöffnet. Er fällt auf die Knie.

Schade, daß ich meine Doc Martins nicht anhabe, denkt Wolf. Hoffentlich habe ich mir den Zeh nicht gebrochen.

Vielleicht ist Renate doch nicht tot. Vielleicht war sie ohnmächtig und ist längst wach geworden und nach Hause gegangen. So etwas soll es geben. Manchmal sind Leute scheintot. Es soll in London oder Chicago neulich ein Sarg bei einer Beerdigung von einem Bergmann runtergefallen sein. Der Sarg zerbrach und die Leiche stand auf. Der Mann war nur scheintot. Den hätten sie lebendig begraben, wenn nicht zufällig ... wer weiß, wie viele unter der Erde liegen und sich noch Stunden nach der Beerdigung im Holzsarg die Nägel wundkratzen, bis die Luft knapp wird ...

Gut, daß ich Renate nicht so tief verscharrt habe.

»Was hast du mit ihm gemacht?« schreit Frau Kleinhaupt und kniet sich vor Eberhard auf den Boden. Sie nimmt sein Gesicht in beide Hände und küßt es ab. Dabei stammelt sie: »O Gott, o Gott. Was hat er gemacht? Er hat es nicht so gemeint.«

Eberhard schubst die Frau weg. Sie fällt auf den Hintern. Der Unterrock rutscht ihr bis zum Bauchnabel hoch. Sie krabbelt rückwärts unter den Tisch. Es kommt Wolf vor, als zöge sich eine Schildkröte in ihren Panzer zurück.

»Entschuldige dich bei ihm, Wolf. Bitte.«

Eberhards Augäpfel sind vorgequollen, als könnten sie jeden Moment herausfallen. Wolf stellt sich vor, wie sie an einigen Äderchen hängen. Sie baumeln vor seiner Brust an pochenden, blutigen Fäden.

Er könnte ihm jetzt mit einem Tritt das Nasenbein brechen. Wolf, der Söldner. Der Streetfighter. Der Beschützer seiner Mutter. Der Retter Doitschlands.

Sie sieht, was er vorhat.

»Nein«, fleht sie, »nicht!«

Er winkelt sein Bein an. Eberhard ist vor Schmerzen wehrlos. Er kämpft mit dem Brechreiz.

Das Spiegelei brennt an. Wolfs Mutter rafft sich auf. Sie kommt unterm Tisch hervor und springt zwischen Sohn und Liebhaber.

»Laß ihn, Wolf, bitte. Geh jetzt lieber. Ich bring' das hier in Ordnung. Er wird dich nicht anzeigen und nicht rauswerfen. Bestimmt. Ich sorg' dafür. Aber geh jetzt.«

»Rauswerfen? Der mich?« Wolfs Stimme überschlägt sich. »Wer zahlt denn hier die Miete? Du oder er?«

Hinter ihrem Rücken übergibt sich Eberhard auf den Küchenboden.

Sie drückt ihren warmen Körper gegen Wolf und schiebt ihn aus der Küche.

»Warum läßt du dich von jedem Arsch verprügeln?« heult Wolf. »Warum? Ich halte das nicht aus. Es ist immer das gleiche.«

»Er hat mich nicht geschlagen. Ich bin hingefallen. Ich hatte zuviel getrunken.«

Wolf winkt ab.

»Jaja.« Das kennt er. »Gib mir fünf Minuten, Mama. Laß mich mit ihm nur kurz allein. Ich hau' ihn windelweich und schmeiß' ihn raus.«

Sie schüttelt den Kopf. Nein. Das will sie nicht. Obwohl sie längst weiß, daß auch diese Geschichte schon wieder vorbei ist, wird sie sich erst von ihm trennen, wenn der nächste Kandidat in Aussicht ist.

Wolf zieht seine Kampfstiefel an. Jetzt soll er nur kommen. Ruckzuck ist die Fresse dick.

»Nur ein Wort, Mama«, sagt er, »ein Wort von dir genügt.«

»Geh, Wolfi, bevor er aus der Küche kommt. Er ist jetzt stinksauer. Du hast ihm sehr weh getan.«

»Hoffentlich.«

17

Siggi schlägt Yogi ein Wettrennen vor. Yogi lacht. Das hat er gerne. Siggi sorgt dafür, daß sein Vorsprung nie zu groß ist. Immer so, daß das Rennen spannend für Yogi ist. Er läßt ihn auf knapp einen Meter herankommen. Bis Yogi schon mit den Armen rudert, um ihn zu fassen. Dann schreitet er wieder weiter aus. Wenn Siggi vorläuft, kann er wenigstens die Richtung bestimmen und muß nicht an Yogi herumzerren.

Der Friedhof zieht Siggi magisch an. Er will nicht wirklich hin. Aber er möchte die Zerstörung sehen. Fast ist es, als müßte er sich vergewissern, daß es tatsächlich geschehen ist. Auf gar keinen Fall wird er den Friedhof betreten. Nein, das nicht. Aber von oben, vom Hügel, vom Waldrand, kann man ihn gut überblicken.

Dorthin läuft er nun. Er muß sich unauffällig verhalten. Er kennt den Spruch vom Täter, den es an den Ort der Tat zurückführt. Aber wer wird ihn verdächtigen? Er spielt sonntags morgens mit seinem schwachsinnigen Bruder am Waldrand. Ist er nicht nett? Ein Herzchen, eine Seele von Mensch.

Plötzlich will Yogi nicht weiter. Er bleibt stehen, setzt sich in die Hocke und stößt unverständliche Laute aus. Siggi kommt nicht darauf, daß es Angst sein könnte. Angst? Wovor? Hier ist nichts. Aber wenn Yogi Stimmen hört, wie sein Therapeut sagt, dann sieht er vielleicht auch Dinge, die nicht da sind. Drachen. Feuerwände. Gespenster.

Siggi nennt den Therapeuten lieber Arzt. Arzt ist ein gutes, altes, deutsches Wort, findet er. Therapeut klingt so ausländisch. Irgendwie fremd. Noch etwas, das Siggi nicht versteht und ihm angst macht. Ein Arzt schient einen gebrochenen Arm, entfernt einen entzündeten Blinddarm. Das ist etwas Solides, Handwerk. Therapeuten sehen betroffen aus, wühlen in der Seele herum und wissen nicht weiter.

Siggi will Yogi weiterziehen, doch Yogi legt sich lang auf die Straße, um es zu verhindern.

Dann eben nicht, denkt Siggi. So wichtig ist es ja nicht. Immerhin treffen wir uns heute noch im Steinbruch. Wir probieren den Sprengstoff aus. Endlich. Die Zeit des Wartens ist vorbei. Die Zeit des Kampfes hat begonnen.

Als Siggi und Yogi nach Hause kommen, steht das Essen schon auf dem Tisch. Punkt 13 Uhr. Sie essen jeden Sonntag um Punkt 13 Uhr.

Die Regierung könnte gestürzt werden oder ein Flugzeug in der Nachbarschaft abschmieren, bei uns würde um Punkt 13 Uhr die Suppe gelöffelt, denkt Siggi. Keine Minute später.

»Wenn die Dinge im Kleinen erst durcheinandergeraten, funktionieren sie auch im Großen nicht mehr«, sagt Vater Schmidtmüller. Er bräuchte diesen Satz nicht mehr ganz auszusprechen. Die ersten paar Buchstaben reichen schon oder auch nur der dazu übliche Gesichtsausdruck. Er hat kein Gesicht. Er macht höchstens eins.

Früher, als er klein war, dachte Siggi, daß sein Vater abends ins Schlafzimmer geht und sich die Maske abnimmt. Er glaubte nie, das richtige Gesicht seines Vaters zu sehen. Da mußte doch noch eins sein. Das richtige. Das eigentliche. Das unverstellte. Einmal hat Siggi seinem Pa durchs Schlüsselloch beim Ausziehen zugesehen. Er war nicht einmal angemeckert worden. Vater hat ihm nur gesagt, er solle das nicht wieder tun. So etwas gehöre sich nicht.

Frau Schmidtmüller ist geschafft. Die Eßzimmeruhr, die immer genau geht, zeigt 13 Uhr, und Renate ist noch nicht da. Sie hätte schon längst bei diesen Italienern angerufen, wenn ihr das nicht so peinlich wäre.

Die Nummer von der Pizzeria und der Privatwohnung der Familie Oliverio hat sie aus dem Telefonbuch gesucht. Die Privatnummer ist unterstrichen. Dahinter steht *Gino.* Es ist Renates Handschrift. Ganz eindeutig.

Elke Schmidtmüller bittet ihren Sohn Siggi, es für sie zu tun. »Was soll ich denn sagen?« klagt sie. »Entschuldigen Sie, aber hat meine Tochter heute nacht vielleicht bei Ihnen geschlafen?«

Jetzt hat sie wieder diesen Keiner-versteht-mich-Blick. Aber Siggi winkt ab. »Ich rede nicht mit Itakern.«

Seine Mutter guckt verständnislos.

18

Wolf steht vor Schmidtmüllers Haus. Er zögert, bevor er klingelt. Er spürt in sich eine irre Lust, die Blumenbeete zu zertrampeln. Dieser kurzgeschorene Vorgartenrasen scheint ihn zu verhöhnen. Die Kletterrosen an der Garage lachen ihn aus. Die Lilien grinsen breit hinter ihm her und wenden spöttisch die Köpfe ab, wenn er sich nach ihnen umdreht.

Er drückt den Klingelknopf. Er hat das Glockenspiel schon oft gehört. Schließlich ist er nicht zum ersten Mal hier. Aber heute macht es nicht Kling-Klang-Kloing. Heute lacht es metallen: Na-du-Arsch!

Unwillkürlich hebt er den Kopf, lauscht.

Im Haus Elke Schmidtmüllers erleichterte Stimme: »Renate!«

Sie eilt zur Tür. Sie kriegt sie gar nicht schnell genug auf. Die Enttäuschung in ihrem Gesicht, als sie ihn sieht, trifft ihn im Magen. Scharfkantige Eisklumpen reiben dort gegeneinander. Gletschereis. Jahrhunderte alt.

Was es dir jetzt so schwermacht, einen vernünftigen Satz herauszukriegen, Wolf, ist das der Schmerz des Ungeliebten, des Zurückgewiesenen, oder das schlechte Gewissen des Mörders?

Wer hat das gesagt? Er schaut sich um. Die Lilien.

»Ich wollte . . . ähm, ich . . .«

Hinter Frau Schmidtmüller taucht Yogis neugieriges Gesicht auf. Wolf versucht, Yogi in die Augen zu sehen. Aber Yogis Augäpfel bewegen sich plötzlich nicht mehr koordiniert. Sie fixieren verschiedene Punkte. Links oben und ganz rechts.

Yogi atmet heftig und gequält. Frau Schmidtmüller dreht sich zu ihm um. Sie erkennt, daß er fallen wird. Sie packt sofort zu.

»Schnell, hilf mir!« ruft sie Wolf zu. Er springt ins Haus und hält Yogi, der stocksteif nach hinten umkippt. So ist er schon einmal mit dem Kopf gegen die Heizung gedonnert.

»Wenn der Junge fällt, dann immer gleich so unglücklich«, stöhnt Elke Schmidtmüller.

Schon sind auch Siggi und sein Vater da. Sie tragen Yogi ins Wohnzimmer, legen ihn auf die Couch. Seine Mutter macht einen Waschlappen feucht und legt ihn auf Yogis Stirn.

»Ich wollte dich abholen. Kommt Renate mit?« fragt Wolf. Er hält diese Frage für sehr klug. So ahnt niemand, daß er etwas weiß. Aber er erhält keine Antwort. Niemand interessiert sich für ihn. Yogi ist der Punkt, um den alles kreist.

Schmidtmüller holt eine Wolldecke für Yogi. Seine Frau ist schon froh, daß Yogi keinen Krampf bekommen hat. In seinen Krämpfen preßt er die Zähne so fest aufeinander, daß sie knirschen. Es sind auch schon Ecken dabei ausgebrochen. Aber so schlimm wird es heute nicht werden. Sie braucht ihm kein Taschentuch zwischen die Zahnreihen zu schieben.

Yogis Beine beginnen zu zittern. Er japst nach Luft. Gleich wird alles vorbei sein.

Siggi legt seinem Bruder die Handflächen auf die Knie. Er hofft, ihn so zu beruhigen. Es ist ihm irgendwie peinlich, daß Wolf mitkriegt, was hier passiert.

Siggi sieht seine Eltern an. Er braucht nicht dabei zu bleiben. Sie kümmern sich um Yogi.

Er stupst Wolf an und deutet mit einer Kopfbewegung auf sein Zimmer. Wolf geht voran. Er kennt sich hier aus. Im Wandspiegel sieht er Yogi.

Er spürt Erleichterung. Der ist als Zeuge nichts wert. Völlig ungefährlich. Ein bißchen von dem Eis in seinem Magen taut.

Er betritt Siggis Zimmer. Die Reichskriegsflagge über dem Bett gibt Wolf ein gewisses Sicherheitsgefühl. Wie ein Fenster hängt sie an der Wand. Ausblick in eine erhabene Zeit. Versprechen auf eine heroische Zukunft.

Er schaut die Flagge an und findet ein Stückchen von seiner verlorenen Ehre wieder.

Ein Stahlhelm im Miniformat als Aschenbecher. Eine Handgranate in Originalgröße als Feuerzeug. Ein Lampenschirm »von damals, als die wirklich guten noch aus Judenhaut gemacht wurden«. Sein Lampenschirm ist nicht aus Judenhaut. Aber an den Messingfüßen vom Ständer waren mal Hakenkreuze. Die hat jemand kurze nach Kriegsende abgekratzt. Vermutlich aus Angst vor den Amis oder den Russen. Man kann die Stellen, wo sie einst prangten, noch gut sehen. Sie sind blank. Leuchtende Schatten des eigentlichen Symbols.

Wolf fingert eine von den Lord Extra aus seiner Brusttasche. Er pflanzt sie sich ins Gesicht und nimmt die Handgranate. Er wiegt sie zwischen den Fingern. Schön. Kalt. Schwer.

Sich damit eine extra leichte Filterzigarette anzuzünden, ist nicht ganz so schön wie Handgranaten in Asylantenheime oder Bullenautos zu werfen, denkt Wolf. Aber ein Vorgeschmack. Eine Vorfreude.

Dann läßt er die Flamme zur Zigarettenspitze flattern.

»Ich kann ja verstehen, daß du in die Renate verknallt bist. Aber willst du sie wirklich mit in den Steinbruch nehmen?« fragt Siggi unvermittelt.

Ihre Blicke treffen sich. Wolf hat Angst, daß Siggi ihm nicht glaubt.

»Klar. Warum nicht?«

Siggi zuckt zunächst mit den Schultern, als wisse er nichts darauf zu sagen. Dann spricht er mit schnellen, abgehackten Bewegungen. Als müsse er die Worte seinem Körper entreißen, um sie dann ungeschützt auf den Teppichboden zu werfen. Wie herrenlose Flummibälle hopsen seine Aussagen dort auf und ab.

»Ich würde der lieber nicht zuviel erzählen. Die ist anders als wir. Die versteht das nicht.«

Wolf guckt ungläubig. Siggi nickt und fährt fort: »Ja. Glotz nicht so. Die findet die Musik geil und vielleicht noch ein paar Typen von uns. Aber die ganze Politik ist ihr eigentlich egal.«

»Sie hat mit uns Führers Geburtstag gefeiert!« verteidigt Wolf Renate.

Siggi grinst. »Die geht auf jede Geburtstagsfete. Hier ist nicht viel los. Da darf man nicht wählerisch sein. Ich meine, wenn wir richtige Aktionen machen wollen, sollten wir einfach vorsichtiger sein.«

»Du traust deiner eigenen Schwester nicht?«

Darauf sagt Siggi lieber nichts. Einfache Antworten gibt es nicht immer. Wolf packt Siggi am Ärmel und wiederholt die Frage. Sie klingt drohend. Wie eine böse Vorahnung, so als hätte der Verrat schon stattgefunden.

»Das sage ich dir, Siggi, die ist genauso stinkig auf die Drecksasylanten wie wir.«

Wolf richtet dabei den Zeigefinger wie den Lauf einer Waffe auf Siggi. Jedes Wort ein Schuß.

Bevor sich Wolfs Wut gegen ihn richtet, platzt Siggi damit raus: »Und was hat sie dann auf einer Itakerfete zu suchen?«

19

Siggi liebt diesen Steinbruch. »Die roten Felsen haben etwas«, sagt er. Was, weiß er nicht. Es ist kein Gedanke, mehr ein Gefühl. Klarheit. Kraft. Zusammenhalt. Geschichte.

Strafgefangene arbeiten in Filmen oft im Steinbruch. Kettensträflinge. Wenn er die Augen schließt, kann er das Hämmern hören und das Klirren ihrer Ketten. Schweißnasse Männer mit der Kraft ihrer Muskeln gegen den Berg. Primitives Werkzeug. Klare Spielregeln.

Er öffnet die Augen wieder. Er weiß nicht, ob er hier Wärter sein möchte oder Sträfling. Beides hat etwas für sich.

Sie sind zu sechst. Der harte Kern. Die Ichtenhagener Ultras. Wolf Kleinhaupt. Siggi Schmidtmüller. Peter Lentz. Dieter Koslowski. Max Fischer, der gerne Adolf genannt werden würde, was aber keiner tut, trotz seiner paar Barthaare unter der Nase. Und Jürgen Brück.

Wolf erklärt den Zünder. Er sieht aus wie ein Spielzeug. Ein bißchen lächerlich, wie ein Atomkraftwerk aus Legosteinen oder eine Mittelstreckenrakete aus Edel-Marzipan. Aber Wolf behauptet: »Das Ding funktioniert.«

Es ist ein billiger Spielzeugwecker. Mit Micky-Maus-Ohren. Ohne Deckglas. Ein Kinderzimmerrequisit.

Als führender Skinhead in Ichtenhagen sollte man keinen Micky-Maus-Wecker auf dem Nachttisch stehen haben. Aber man kann damit Bomben basteln.

»Uhrenvergleich«, sagt Wolf und alle strecken ihre Arme aus. Die Armbanduhren nebeneinander.

Eine Swatch. Eine Taucheruhr aus Hongkong. Eine Tropy von Tchibo. Eine Meisteranker von Quelle. Eine Morijoka. Eine Anker.

»Es ist jetzt genau fünfzehn Uhr dreißig.«

»Nein. Bei mir ist es fünfzehn Uhr vierunddreißig.«

»Bei mir dreiunddreißig.«

»Bei mir auch.«

»Ich hab' erst halb.«

Wolf stöhnt gequält auf. Er bemüht sich um einen schneidigen Ton. Den Jungens fehlt halt die vormilitärische Ausbildung.

»Ihr sollt eure Uhren auf *eine* Zeit einstellen! Ist doch völlig egal, wie spät es wirklich ist.«

»Egal? Ja, aber ...«

»Keine Diskussionen. Wir sind hier nicht im Bundestag!«

Das zieht. Kernige Sprüche lieben die Jungens.

»Worauf sollen wir die Uhren denn jetzt stellen?«

Wolf dreht die Augen zum Himmel.

Siggi antwortet für Wolf. Siggi, die rechte und die linke Hand des Söldners. Sein erster General.

»Mann, äi! Habt ihr keine Ohren im Kopf? Wenn Wolf sagt, es ist fünfzehn Uhr dreißig, dann ist es fünfzehn Uhr dreißig. Nicht dreiunddreißig oder fünfunddreißig. Ist das klar?«

Ein maulendes Ja erschallt, während Siggis laute Sätze im Steinbruch widerhallen. Das reicht ihm nicht. Dies ist ja schließlich kein Kindergeburtstag, sondern die Vorbereitung einer präzise geplanten militärischen Aktion.

»Wie bitte? Ich versteh nicht!«

Wolf nickt. So gefällt Siggi ihm. Ein junger Held.

Sie brüllen: »Jawohl!«

Auf der anderen Seite vom Steinbruch fällt Geröll herab. Da haben sich Stücke gelöst, aber nicht vom Echo. Dort verstecken sich zwei junge Männer und beobachten mit ihrem Fernglas keineswegs die Vogelwelt.

Wolf wiegt den Sprengsatz noch einmal in der Hand. Das kurze Eisenrohr ist fest. Isolierband hält alles zusammen. Er schiebt das Ding in eine Felsspalte.

»Um Punkt fünfzehn Uhr fünfundvierzig wird es einen Riesenknall geben. Also weg. Verteilen und volle Deckung!«

Sie rennen alle in die gleiche Richtung.

»Das mit dem Verteilen müssen wir auch noch üben«, meckert Wolf, als sie sich abgehetzt dichtgedrängt hinter einem Felsblock treffen. Er will sich diesen erhabenen Moment des Triumphes auf keinen Fall nehmen lassen.

Er guckt auf die Uhr. »Fünfzehn Uhr sechsunddreißig.«

»Stimmt.«

»Schnauze.«

»Stellt euch vor, das da ist das Asylantenheim.«

»Neger sollen ja besonders gut brennen.«

»Hoffentlich geht das Ding überhaupt hoch.«

»Schnauze, hab ich gesagt.«

Sie warten. Niemand spricht mehr.

Zum ersten Mal im Leben hört Siggi bewußt seine Armbanduhr ticken. Verwundert sieht er auf das Zifferblatt. Bisher hatte er geglaubt, das Ding arbeite lautlos. Er spürt ein Kribbeln auf der Haut und atmet aus.

Wolf nimmt seinen Herzschlag wahr. Dazu braucht er keine Hand auf die Brust zu legen. Er fühlt, wie es in ihm pocht und das Blut durch die Adern pumpt.

Max berührt mit den Fingerkuppen sein Hitlerbärtchen. Peter hat eine Zigarette im Mund, aber vergessen, sie anzuzünden.

Dieter kann noch gar nicht glauben, daß es gleich wirklich passiert. Ich bin dabei, denkt er, ich bin dabei.

Sonst geschehen die Dinge in der Welt ohne ihn. Ob es ihn gibt oder nicht, scheint ohne Belang. Niemand fragt ihn um seine Meinung. Niemand braucht ihn. Er ist überflüssig. Sein Lebensgefühl reduzierte sich bisher darauf, im Weg zu sein, egal, was er tut. Seit er sich Wolf angeschlossen hat, weiß er, wie schön das sein kann: zu stören. Ab jetzt werden sie überall stören. Unüberhörbar. Laut.

Jürgen muß vor Aufregung pinkeln. Er verkneift es sich. Mit jeder Sekunde steigt der Druck in der Blase.

Noch eine Minute.

Siggi kann den Blick nicht von der Felsspalte wenden. Dort tickt die Bombe. Wenn sie wirklich funktioniert, wird aus dem Cowboy- und Indianerspiel Ernst.

Dann sind sie keine Kinder mehr.

Dann beginnt der richtige Krieg.

Noch vierzig Sekunden.

Noch dreißig.

Wolf hält die Luft an.

Siggi hat das Gefühl, jetzt, in den nächsten Sekunden, erwachsen zu werden. Wenn die Bombe nicht hochgeht, wird er immer ein Kind bleiben. Abhängig. Brav. Angepaßt. Einer, der belehrt wird. Hilflos auf die Gunst der Erwachsenen angewiesen.

Noch zehn Sekunden.

Drei.

Sie ziehen die Köpfe ein. Volle Deckung.

»Jetzt!« sagt Wolf.

Nichts passiert.

Niemand wagt, den anderen ins Gesicht zu sehen.

Siggi hört die Uhr ticken.

Jürgen will sagen: »Na, das war ja wohl nichts!« Aber er traut sich nicht. Er hat Angst vor Wolfs Wut. Der wird gleich ein Ventil brauchen. Einen Schuldigen.

Jürgen Brück war schon zu oft in seinem Leben Prügelknabe. Er will jetzt lieber austeilen als einstekken. Er weiß: der erste, der jetzt eine Bemerkung macht, ist der Arsch. Alle anderen sind damit fein raus und werden mit auf dem armen Würstchen herumhacken, um sich selbst freizusprechen.

Noch wagt sich niemand aus der Deckung. Es wäre wie ein Verrat an Wolf. Er erhebt sich zuerst.

Siggi schaut jetzt Peter an. Sie gehen gemeinsam aus den Knien hoch. Dann Max, Dieter und zuletzt Jürgen.

In dem Moment zerreißt eine gewaltige Detonation den Berg. Siggi spürt die Druckwelle wie einen plötzlichen scharfen Wind. Ein kalter Sturm, der aus dem Felsen geboren wird und einen Steinregen erbricht.

Es hagelt Staub und Steine. Sie rücken dicht zusammen, schützen ihre Körper mit hochgereckten Armen und schließen die Augen. Unter ihren Füßen bebt es.

Das Prasseln der Steine hört nicht auf. Dieter kriegt einen ins Kreuz. Jürgen ein faustdickes Stück Lehm ans Ohr.

Peter zuckt zusammen wie von einem Kugelhagel getroffen. Doch bei ihm sind es nur die Nerven.

Dann ist es plötzlich sehr still. Nicht einmal mehr ein Vogelzwitschern. Kein Uhrticken. Kein Atmen. Entweder saugt ein großes Nichts alle Geräusche auf oder ihre Trommelfelle sind vom Lärm der Detonation zu gestreßt, um solch sanfte Töne wahrzunehmen.

Sie sind über das Ausmaß der Zerstörung

erschrocken. Bisher haben sie höchstens mal Silvesterknaller angezündet.

Peter war angeblich in Rostock mit dabei. Drei Mollies will er geworfen haben. Aber für Wolf ist das Maulheldentum. Wenn alle, die angeblich in Rostock und Hoyerswerda dabeiwaren und Mollies geworfen haben, das wirklich getan hätten, wären beide Städte durch eine Feuersbrunst von höllischen Ausmaßen vernichtet worden.

»W ... wo hast du den Sprengstoff her?« fragt Max und winkt gleich ab. Er weiß natürlich, daß er darauf von Wolf keine Antwort erhalten wird.

»Laßt uns abhauen«, sagt Wolf und wischt sich Staub aus dem Gesicht.

»Abflug!« kommandiert Siggi. »Hier wird es gleich vor Neugierigen wimmeln.«

»Äi, guckt mal, da oben!« ruft Jürgen und zeigt auf das andere Ende vom Steinbruch. Da, wo der Schaufelbagger steht und der LKW. Die Sonne läßt ein Fernglas aufblitzen oder ein Teleobjektiv. Zwci Gestalten ziehen sich aufgeregt zurück.

»Sollen wir uns die greifen?« fragt Dieter. Seine rechte Faust klatscht voller Kampfeslust in die offene Handfläche der linken.

Wolf gibt das Handzeichen für Rückzug. »Die kriegen wir schon noch. Aber nicht jetzt!« stellt er klar, und natürlich widerspricht niemand.

Er hat jetzt mehr Respekt als jemals zuvor. Er ist vom Wortführer zum militärischen Führer geworden. Vom Söldner zum General. Vom Schütze Arsch zum Ausbilder. Seine Rolle in der Gruppe ist jetzt fester denn je. Und die Aktion auf dem jüdischen Friedhof wird ihm und seinen Ultras landesweite Anerkennung bringen.

»Bald schon«, beschwört er die Zukunft, »werden Freunde von überall anreisen, um in Ichtenhagen dabeizusein. Jeden Samstag wird hier eine neue Runde eingeläutet. Als nächstes jagen wir das Asylantenheim hoch. Das wird den Schweinen eine Lehre sein.«

Ohne jede Notwendigkeit rennt Wolf los. Alle hinterher. Sie laufen bis zur Kiesgrube. Wolf springt hinein. Die anderen hinterher. Dann rollt er sich auf den glatten Steinen herum wie ein Hund, der Flöhe hat. Er lacht. Mit offenem Mund und zusammengepreßten Augen lacht er seine Freude gegen den Himmel.

Er hat es geschafft. Das Erfolgserlebnis seines Lebens. Der ganz große Wums. Vielleicht wird er bald schon im Knast sitzen, aber man wird seinen Namen voller Respekt aussprechen. Die einen mit Achtung und die anderen voller Angst. Er wird kein Niemand mehr sein und keine Null.

Dann sitzen sie im Kreis, wie Indianer um ein imaginäres Feuer. Sie rauchen und hören Wolf zu.

»Unsere nächste Aktion wird generalstabsmäßig durchgeführt. Ein ganz harter Schlag. Kurz, präzise und vernichtend. Es wird nicht irgendeine stümperhafte Randale, wie sie inzwischen samstags vor jedem Assiheim abläuft. Wir putzen das Ding einfach weg. Ein großer Bums und aus. Das wird denen eine Lehre sein. Wir sind die Rache Doitschlands. Wir sind der Zorn unserer gedemütigten Väter und Großväter.«

Es läuft Siggi kalt den Rücken herunter, wenn er Wolf so reden hört. Gleichzeitig wird es ihm warm im Bauch, so als hätte er plötzlich dort eine Sonne, die zu strahlen beginnt.

Als Wolf »Väter und Großväter« sagt, will Max eine Bemerkung machen, aber Siggi stupst ihn an und schüttelt den Kopf. Die Stimmung ist so gut. Siggi will nicht, daß sie getrübt wird.

Man munkelt, daß Wolfs Vater Italiener sei oder Jugoslawe oder Spanier. Jeder erzählt etwas anderes. Gesehen hat Wolfs richtigen Vater noch niemand.

Früher wurde Wolf manchmal von Linken damit aufgezogen. *Deutschland den Deutschen? Na, dann raus mit dir, Wolf. Dein Alter kommt doch aus Zagreb, oder nicht?*

Der Nase nach zu urteilen war er Jude. Vielleicht sogar Kommunist.

Was hast du denn da für einen Aufnäher auf der Jacke? Ach, du bist stolz darauf, ein Deutscher zu sein? Gerade du? Bist du da wirklich sicher? Hahaha!

Er ist solchem Spott nie mit Worten begegnet. Immer nur mit Fausthieben und Tritten. Wenn die

Linken oder die Ausländer Streit suchen, sind sie bei ihm richtig. Er hat ein halbes Jahr lang trainiert. Kickboxen.

Als die Ultras auseinandergehen, weiß jeder von ihnen, daß er eine ganz normale Woche vor sich hat. Eine Woche, die aus vielen kleinen alltäglichen Verletzungen besteht. Aus Ducken, Runterschlucken und Einstecken.

Eine Woche lang so unauffällig wie möglich leben. Ein netter Nachbarsjunge sein. Ein lieber Sohn. Ein fleißiger Auszubildender.

Siggi Schmidtmüller wird sich rührend um seinen behinderten Bruder kümmern.

Peter Lentz wird jeden Morgen pünktlich in der Kfz-Werkstatt erscheinen und abends als letzter die Halle fegen, denn Peter weiß, daß von vier Auszubildenden höchstens einer übernommen wird, und der möchte er sein.

Dieter Koslowski wird brav die Stellenanzeigen studieren, und wenn gar nichts läuft, bei Wotan kellnern.

Max Fischer wird in der Gärtnerei stumm seine Arbeit machen, ganz hinten im Gewächshaus, weil man ihn mit seinem Hitlerbärtchen nicht an die Kundschaft läßt. Seine Chefin befürchtet, er könnte die Leute abschrecken. Er vermutet, daß sie Jüdin ist. Sie hat so eine Hakennase, und sein Hitlerbärtchen regt sie unheimlich auf.

Jürgen Brück wird weiter für den Hauptschulabschluß büffeln, den er nachmachen will, und gleichzeitig seine Zeit im Berufsvorbereitungsjahr absitzen. Vom letzten Jahrgang haben hinterher sieben eine Stelle bekommen. Er wird garantiert nicht dabeisein.

Er will zum Bund. Lebenslänglich am besten. Dort kann er immer noch eine Lehre machen. Außerdem – die Armee sorgt für ihre Leute. Aber die Armee will ihn nicht ohne Hauptschulabschluß.

Wolf Kleinhaupt will ganz für seine Mutter da sein, um ihr zu beweisen, daß sie gar keinen Kerl braucht. Sie hat doch ihn.

Das alles werden sie tun. Bis Samstag, wenn wieder Krieg ist.

20

Yogi hat die merkwürdige Angewohnheit, manchmal die rechte Wange nach innen zu ziehen und darauf herumzukauen. Er knabbert sie an wie die Schale eines großen, verbotenen Apfels. Sein Gesicht bekommt dadurch etwas Asymmetrisches. Er selbst merkt den Schmerz nicht, aber wenn er lacht, tropft ihm das Blut aus dem Mund, und die Zähne sind rot.

Yogi malt mit Buntstiften. Sein Kopf liegt dabei auf dem Papier. Aus seinem Mundwinkel läuft ein zäher, blutroter Speichelfaden.

Elke Schmidtmüller knallt den Hörer auf.

»So eine Unverschämtheit!«

»Was hat er denn gesagt?« fragt ihr Mann und sieht sie mit hochgezogenen Augenbrauen an. Er findet es ungehörig, einfach so aufzulegen. Immerhin hatte sie einen Polizeibeamten am Apparat.

»Wenn sie alle fünfzehnjährigen Mädchen suchen wollten, die samstags nachts nicht nach Hause kommen, müßten sie die Armee einsetzen.«

Jetzt versteht Schmidtmüller ihre Reaktion. Indirekt stellt dieser Beamte seine Tochter in eine Reihe mit all den Discoflittchen, die am Wochenende von Bett zu Bett hopsen.

Er schüttelt seine Finger, als ob er in etwas Klebriges gegriffen hätte. Dann schimpft er mit Blick auf Yogi: »Der kaut schon wieder.«

Mit einem Schritt ist Frau Schmidtmüller da und gibt Yogi einen Klaps:

»Hör auf!«

»Er blutet«, stellt Schmidtmüller fest und seine Stimme hat einen vorwurfsvollen Klang.

Siggi steht mit aufgeblähter Brust zwischen seiner Mutter und Yogi. Er sagt nichts, er guckt sie nur an. Er will nicht, daß sie Yogi ohrfeigt. Er findet es gemein. Ungerecht. Er würde sich lieber eine knallen lassen, als zu wissen, daß es Yogi geschieht.

Sie brauchen keine Worte für diese Auseinandersetzung.

Manchmal *rutscht ihr eben die Hand aus*, besonders wenn sie gestreßt ist. Sie tut es nicht gerne, und hinterher ärgert sie sich jedesmal darüber. Aber sie hat als Kind auch ab und zu *was hinter die Ohren bekommen*, und sie glaubt, *es habe ihr nicht geschadet.*

Weil sie Siggis Blick nicht ertragen kann, zischt sie: »Wenn du besser auf ihn aufgepaßt hättest, wäre das nicht passiert. Da! Er ist doch schon wieder ganz blutig!«

»Jetzt bin ich wieder schuld, ja?« schreit Siggi.

Yogi lacht Blutsuppe.

Frau Schmidtmüller wischt ihm das Gesicht ab.

Siggi nimmt Yogis Bild hoch. Es ist ein grausames Bild. Schwarz. Rot. Ein schreiender Mund. Tränen. Bäume. Ein Mond. Dazwischen wilde Striche.

Yogi will sein Bild zurück. Siggi gibt es ihm. Dabei streichelt er ihm über den Kopf. »Da, du Depp.«

21

Seit Hubertus Schnee den Betrieb an seinen Sohn übergeben hat, geht es seinem Sohn gesundheitlich von Monat zu Monat schlechter. Ihm selbst aber immer besser.

Er steht gewohnheitsmäßig jeden Morgen um fünf Uhr fünfundvierzig auf. Länger kann er nicht schlafen. Seine innere Uhr, in Jahrzehnten trainiert, weckt ihn gnadenlos.

Er rasiert sich und geht dann mit Bessie, der Schäferhündin, spazieren. Wenn er zurückkommt, steht der Kaffee auf dem Tisch. Er geht an der Backstube vorbei und kauft Brötchen frisch vom Blech, lange bevor der Laden öffnet. Er ißt sie gern mit Quark und selbstgemachter Marmelade.

Aber heute kommt es anders. Gleich wird er etwas finden, das ihm den Appetit für einige Stunden verdirbt.

Bessie zieht es in den Wald. Sonst hört sie aufs Wort. Sie geht neben ihm her. Ihren Kopf immer in Höhe seines rechten Knies.

Hubertus Schnee braucht für Bessie keine Leine. Früher, vor der Ausbildung, jagte sie Hasen und Kaninchen. Noch heute reagiert sie darauf, aber sie ist abgerichtet. Ohne Herrchens Befehl oder Erlaubnis frißt Bessie nicht einmal ein Filetsteak.

Um so irritierter ist Schnee, als sie plötzlich schnuppernd in den Wald schießt und, die Nase am Boden, aufgeregt bellt.

Er ruft sie. Aber sie scheint ihn nicht zu hören. Er ruft erneut. Diesmal energisch, ärgerlich: »Bessie!«

Sie ist schon am Ziel.

Sie setzt sich neben Renate und jault. Herr Schnee geht hin.

So etwas gibt es doch nicht, denkt er. Bessie hört nicht!

Dann sieht er die Leiche. Er kennt das Mädchen. Renate Schmidtmüller. Mit ihrem Vater war er früher zusammen im Schützenverein.

Er braucht ihr nicht den Puls zu fühlen, um zu wissen, daß sie tot ist. Sie liegt verrenkt wie eine weggeworfene Puppe.

Sein erster Impuls ist es, wegzulaufen. Er will das hier nicht sehen. Nichts damit zu tun haben. So sieht niemand aus, der eines natürlichen Todes gestorben ist.

Vielleicht ist der Mörder noch in der Nähe...

Schnee dreht sich um. Er hört plötzlich überall verdächtige Geräusche. Knackende Zweige. Atmen. Er fühlt sich beobachtet.

Er greift in Bessies Fell. Der Hund gibt ihm ein Mindestmaß an Sicherheit zurück. Bessies Hecheln tut ihm gut.

Er möchte Renate anders hinlegen. Irgendwie bequemer. Er hat das Gefühl, es müsse für sie selbst als Leiche unangenehm sein, mit so verrenkten Gliedmaßen zu liegen.

Eine Mischung aus Vernunft, Angst und Abscheu hält ihn ab.

Der frische Morgenwind hebt die Blätter. Als hätte der Wald für einen Moment die Luft angehalten und würde erst jetzt wieder durchatmen.

Der Wind bringt Klarheit in Schnees Gedanken. Er rennt los in Richtung Straße. Bessie zögert eine Sekunde, dann setzt sie mit langen Sprüngen hinter ihrem Herrchen her.

Mit rasselnder Lunge erreicht Schnee sein freistehendes Einfamilienhaus. Er denkt nicht an seinen

Türschlüssel. Er drückt den Klingelknopf mit der flachen Hand.

Seine Frau läuft im Bademantel herbei.

»Hubertus – was ist?«

»Die Polizei, Ilse. Schnell! Wähl du.«

Er sinkt neben dem Telefon in den Sessel.

»Bist du überfallen worden?«

»Nein. Die kleine Schmidtmüller. Sie liegt tot im Wald.«

Sie hat die ersten zwei Nummern gewählt. Jetzt hält sie inne.

»Mein Gott. Bist du dir sicher?«

»Ja. Nun mach schon.«

22

Wolf steht heute früher auf als sonst. Er zieht sich rasch an. Die Sachen von gestern.

Er geht nüchtern aus der Wohnung. Essen könnte er jetzt sowieso nichts, selbst wenn der Tisch gedeckt wäre. Vor allen Dingen will er das Gesicht von ihrem neuen Stecher jetzt nicht sehen.

Im Flur reibt er sich die Oberarme. Ihm ist kalt.

In den Briefkästen stecken die Morgenzeitungen. Er klaut zwei. Den Ichtenhagener Kurier und die Morgenpost. Im Volksmund Morgenpest genannt.

Er hat sich eigentlich vorgenommen, mit den Zeitungen ein stilles Plätzchen aufzusuchen und sie dann in aller Ruhe zu lesen, die Berichte über seine Heldentat. Aber er schafft es nicht. Hektisch blättert er sie schon im Stehen im Flur durch.

Auf der ersten Seite nichts. Nichts auf der zweiten. Auf der dritten Wirtschaftsnachrichten. Dann die neuen Sonderangebote. Er wirft den überregionalen Teil sauer auf den Boden. Aber auf der ersten Lokalseite hat er den Aufmacher. Zwei Fotos vom Friedhof. Das in den Boden gebrannte Hakenkreuz. Drumherum stehen ein paar Polizeibeamte und gucken belämmert. Etwas kleiner dann ein Bild von umgestürzten, zertrümmerten Grabsteinen.

Er überfliegt nur die Überschriften.

Dann den Kurier. Ähnliche Fotos. Etwas größer. Zusätzlich ein Bild des Bürgermeisters. Er drückt Betroffenheit und Scham aus.

Die Morgenpest will nicht ausschließen, daß die Tat politische Hintergründe hat. Der Kurier sieht für politische Motive noch keine Beweise und glaubt an reines Vandalentum. Es hätte genausogut jeden anderen Friedhof treffen können, steht im Kommentar, oder einen Parkplatz, eine Kirche, ein paar Schaufenster in der Innenstadt. Der Lokalchef sinniert über Gewaltdarstellungen im Fernsehen und macht sie für die Brutalisierung der Jugend verantwortlich. Einig sind sich aber Kurier und Morgenpost, daß dem Ansehen Ichtenhagens Schaden zugefügt wurde.

»Ihr werdet euch noch wundern«, sagt Wolf,

steckt sich die Lokalseiten in die Jacke und tritt auf die Straße. Das Städtchen liegt friedlich da. Erster Berufsverkehr.

Noch können sie tun, als ob alles beim alten geblieben wäre. Ist es aber nicht, grinst Wolf grimmig. Der Krieg hat begonnen.

23

Siggi rasiert sich naß. Es wäre nicht nötig. Aber er fühlt sich gut dabei. Männlich.

Außerdem, wenn man sich oft rasiert, soll der Bart schneller wachsen, hat er gehört.

Er hätte gern so einen richtigen harten Bart. Er will sich keinen Schnäuzer stehen lassen. Erst recht keinen Vollbart. So ein Hitlerbärtchen, wie Max es hat, findet er albern.

Er steht auf glattrasierte Gesichter. Aber er mag es, wenn man die schwarzen Punkte im Gesicht sieht. Besonders am Kinn. Bei manchen schimmert die Haut dadurch fast bläulich.

Ja, so möchte er aussehen, wie einer, der sich zweimal am Tag rasieren muß, um seine Männlichkeit im Zaum zu halten. Die wild wuchernden Triebe beschneiden. Für Ordnung und Sauberkeit sorgen. Das alles bedeutet Rasieren für ihn.

Er strafft die Haut mit zwei Fingern. Die Doppelklinge schabt am Hals entlang in Richtung Kinn.

Früher hat er sich oft geschnitten. Das ist mit diesen Sicherheitsklingen gar nicht so einfach. Aber er hat es geschafft, damit alle sahen: Aha, Siggi rasiert sich schon.

Nur wenn er dabei unfreiwillig einen Pickel wegkratzte, das tat saumäßig weh. Hinterher entzündeten sich die Pickelkratzer meist. Lieber die geraden Schnitte wie von einem Degenhieb mitten durchs Gesicht.

Ein gutes Jahr hatte er in der Schule Herrn Bauer. Der trug stolz eine Narbe an der Stirn und eine auf der linken Wange. Mensuren nannte er sie. Er erzählte gern davon. Degenkämpfe. Mann gegen Mann. Ohne Gesichtsschutz.

Waren es Degen oder Säbel? Siggi weiß es nicht mehr genau. In seiner Vorstellung kämpfte Bauer früher mit langen Schwertern. Er war eine Art Held. Einer der letzten richtigen Männer.

Bauers Lieblingsbeleidigungen waren: Schlappschwanz und Waschlappen. Zu Siggi hat er das nie gesagt.

Aber Mensuren wie Bauer würde Siggi nie bekommen. Mit Hauptschulabschluß wird man in keine studentische Verbindung aufgenommen.

Siggi zieht sich einen Schnitt über die Wange. Auf einer geraden Fläche tritt Blut aus. Er klatscht Rasierwasser auf die Wunde. Es brennt im ersten Moment schlimmer, als er befürchtet hatte. Er tanzt von einem Bein aufs andere.

Bauer hat ihnen oft davon berichtet, wie das war, eine Fleischwunde ohne örtliche Betäubung zu nähen. Keine Medikamente. Lediglich Schnaps und Bier.

In Stalingrad wären sie froh gewesen, wenn sie unter den Bedingungen eine Bauchschußoperation hätten machen können. Es gab kein Morphium. Der Arzt mußte aussuchen, wer wert war, gerettet zu werden, wer überhaupt eine Chance hatte.

Er erzählte so plastisch davon, als sei er dabeigewesen. War er aber nicht. Jahrgang 33. Ihm blieb nur das Degenduell.

Ein merkwürdiger Stolz durchflutet Siggi, wie frisches Bergwasser ein lang ausgetrocknetes Flußbett.

Der Bauer war selbst gar nicht dabei, denkt er, dem blieben nur ersatzweise seine Studentenspielchen. Aber die Zeit der Ersatzkämpfe ist vorbei. Jetzt geht es auf der Straße weiter. Im richtigen Leben.

Josef Schmidtmüller hält es nicht länger aus. Er muß raus mit seinem Verdacht. Er stürmt mit der Zeitung in der Hand ins Badezimmer. Siggi weiß sofort, was sein Vater will.

»Hast du damit etwas zu tun?«

»Womit?« fragt Siggi naiv.

Schmidtmüller klatscht mit der offenen Hand gegen die Zeitung. »Damit!«

Er hält aber nicht die erste Lokalseite, sondern die Titelseite hin. Siggi nimmt die Überschriften genüßlich auf.

»Für die Steuererhöhungen kann ich doch nichts. Oder meinst du die Asylantenschwemme?«

Schmidtmüller packt seinen Sohn und zwingt ihn, ihm ins Gesicht zu sehen.

24

Kommissarin Vera Bilewski ist noch nicht lange bei der Mordkommission, aber bisher hat sie jeden Fall aufgeklärt. Besser gesagt: Jeder Fall hat sich von selbst aufgeklärt. Durch Geständnis, Verrat, oder einfach, weil es auf der Hand lag.

Ihre erschreckende Erkenntnis der letzten zwei Jahre: Die eigentlichen Massaker finden in den Familien statt. Im Kino werden Menschen von Wildfremden ermordet. Im Krieg auch. Was auf der Leinwand der anonyme Serientäter ist und im Krieg der namenlose Soldat, das ist im normalen Leben immer ein Verwandter. Ein ganz naher Verwandter. Je näher, um so verdächtiger. Wenn Frau und Kinder erschossen aufgefunden werden, war es in 98 von 100 Fällen der Ehemann und Vater. In den zwei übrigen Fällen kann man ihm mangels Beweisen nichts anhängen.

Söhne meucheln ihre Mütter. Väter vergehen sich an ihren Töchtern. Das Grauen lauert nicht im dunklen Wald, sondern hinter verschlossenen Wohnungstüren.

Aber bei diesem Mädchen hier wird es schwieriger

werden. Es könnte der Anfang einer größeren Geschichte sein. Sie spürt gleich, als sie Renate sieht: Wenn wir den nicht rasch kriegen, macht der weiter.

Komisch, es steht sofort für sie fest, daß es ein Mann war. Das Mädchen wurde offensichtlich nicht vergewaltigt. Um das festzustellen, braucht sie kein Laborgutachten. Trotzdem hat die Sache etwas mit Sexualität zu tun. Vielleicht wollte er sie vergewaltigen, hat dann Angst gekriegt und ist weggelaufen. Wenn das so ist, wird er es wieder versuchen.

Es hat ein Kampf stattgefunden. Vermutlich gibt es genug Spuren. Fußabdrücke. Stoffreste. Fremdblut.

Der wird nicht weit kommen, denkt sie, schon siegessicher. Die Frage ist nur, ob wir ihn schnappen, bevor er es noch einmal tut.

»Sie kennen also ihren Namen und ihre Adresse?« fragt sie Herrn Schnee. Der nickt nur, aber der Dienststellenleiter der Ichtenhagener Schutzpolizei, Frank Schütz, der sich nicht nehmen läßt, in diesem Fall die Tatortsicherung selbst zu überwachen, antwortet beflissen, ohne gefragt worden zu sein.

»Ich habe schon einen Kollegen losgeschickt, um die Eltern zu benachrichtigen.«

Vera ist darüber sauer und erleichtert. Einerseits läßt sie sich nicht gern ins Handwerk pfuschen, und es wäre ihre Aufgabe gewesen, andererseits haßt sie diese Besuche. Zweimal hat sie dabei schon – rein vom Gefühl her – den Mörder überführt.

»Bevor Sie die ersten Verdächtigen verhaften, sprechen Sie sich aber bitte mit mir ab«, sagt sie spitz.

Ironie kann eine scharfe Waffe sein. Er sieht getroffen aus. Er ist nicht zum ersten Mal übereifrig gewesen. Tief in sich drin glaubt er, für alles zuständig und verantwortlich zu sein.

Er hat noch nie einen einzigen Tag gefehlt. Seine Jahresgrippe kuriert er nach Feierabend aus. Ohne ihn müßte das Ichtenhagener Polizeipräsidium geschlossen werden.

Vera hat keine Lust, länger im Wald herumzustehen. Sie fährt zu ihrem Schreibtisch. Das Wort Büro wäre eine Beschönigung. Es ist nur ein Schreibtisch mit Kaffeemaschine, Papierkorb und Telefon.

25

Während im Badezimmer ein lautstarker Streit losbricht, steht Yogi am Fenster. Er wartet auf den Behindertenbus.

Yogi fährt gern in die Werkstatt. Die Leute dort sind nett. Sie lachen viel und nennen ihn beim richtigen Namen. Sie loben ihn, wenn er etwas richtig macht.

Petra Freitag, seine Betreuerin, ist besonders lieb zu Yogi. Sie malt oft mit ihm. Er hat ihr zum Geburtstag ein Bild geschenkt. Sein schönstes. Wasserfarben. Sie hat sich richtig darüber gefreut. Er konnte es sehen. Es war kein interesseloses: »O, wie schön, Yogi.« Nein, es war echt. Ihr Gesicht und ihre Worte paßten zusammen.

Yogi spürt so etwas. Wenn die Gesichter und die Worte nicht wirklich zusammengehören, versteht Yogi die Worte nicht. Es sind dann nur Töne. Lärm. Nichts weiter.

Frau Schmidtmüller räumt den Frühstückstisch ab. Die Käsescheiben wirft sie in die Biomülltonne. Sie wellen sich schon.

Sie handelt mechanisch. Sie kann nur einen Gedanken denken, er nimmt sie völlig gefangen: *Renate. Ihr muß etwas passiert sein.* Gleichzeitig traut sie sich nicht, diesen Gedanken zuzulassen. Sie hat Angst, sie könne das Unheil herbeirufen, wenn sie es phantasiert.

Sie versucht sich auf die kleinen, notwendigen Handlungen zu beschränken.

Der Bus hält vor dem Haus.

An der Scheibe hinten klebt Yogis Freund Alf. Er drückt seine Lippen gegen das Glas und pustet seine Wangen auf. Das macht er jeden Morgen, wenn er nicht vorher mit Medikamenten ruhiggestellt worden ist. Wenn andere über ihn lachen, spürt er, daß er lebt.

Yogi lacht heute morgen aber nicht, denn er wird abgelenkt. Hinter dem VW-Bus taucht ein Gesicht auf: Wolf.

Als Yogi ihn sieht, federt er vom Fenster zurück, als hätte er von der Scheibe einen elektrischen Schlag bekommen. Er blubbert etwas, spuckt einen Sprühregen aus und versteckt dann das Gesicht in den Armen. Er kriecht über den Teppich, sucht hinter einem Sessel Schutz.

Frau Schmidtmüller steht starr. Sie ruft nun Siggi und ihren Mann.

So kann sie zwei Fliegen mit einer Klappe schlagen. Der Streit im Badezimmer hört auf und jemand kümmert sich um Yogi. Sie hat dafür im Moment einfach keine Nerven. Sie muß ohnehin die ganze Zeit gegen ihre Tränen ankämpfen.

Renate. Ihr muß etwas passiert sein. Ich darf gar nicht dran denken. Besser nicht dran denken. Manchmal werden schlimme Gedanken wahr. In der Nacht, als Johannes seinen Unfall hatte, da ... Nein, das wollte ich vergessen. Es ist alles nicht wahr. Nur Hokuspokus. Man kann keine Unfälle herbeidenken oder voraussehen.

Renate. Ihr muß etwas passiert sein ...

Siggi, froh, das Badezimmer verlassen zu können, ist als erster bei Yogi. In Siggis Gesicht klebt noch Rasierschaum.

Yogi heult gequält auf, als Siggi ihn berührt.

»Der zittert ja vor Angst.«

Schmidtmüller schiebt Siggi weg. »Unsinn. Das ist wieder ein Anfall.«

Siggi schüttelt den Kopf. Er weiß, wie Yogis Anfälle aussehen. So jedenfalls nicht. Jetzt hat er einfach nur Angst.

»Der hört wieder Stimmen«, behauptet Schmidtmüller.

»Klar«, spottet Siggi, »deshalb hält er sich jetzt auch die Augen zu.«

Wenn Siggi so redet, könnte Schmidtmüller ihm eine reinhauen. Aber das tut er nicht. Er hat Siggi nur einmal im Leben geschlagen. Es war schon nach Yogis Unfall. Er hatte die Nerven blank und war einfach durchgedreht. Später hat er sich dafür sogar entschuldigt. Er glaubt aber nicht, daß Siggi ihm das wirklich verziehen hat.

Er schlägt seinen Sohn nicht, weil er Angst vor den quälenden Selbstvorwürfen hat. *Ich bin ein schlechter Vater. Schlechter Vater. Schlechter Vater.*

Am liebsten mischt er sich nicht ein und läßt seine Frau die Kämpfe austragen und die Verantwortung für falsche Entscheidungen übernehmen. Wenn es aber mal in ihm kocht, wenn er sich endlich auch einmal durchsetzen will, dann kommt es heftig, unvermittelt und zu vorwurfsvoll. Dann erntet er nur Unverständnis und Zurückweisung.

Er hat das Gefühl, vor Siggis Augen zu einem lästigen Insekt zu werden. Dieses Gefühl macht ihn wütend, aber wie soll er sich Anerkennung und Respekt verschaffen? Durch Ohrfeigen? Im Zweifelsfall wäre Siggi stärker als er, und er ist sich nicht klar, zu wem seine Frau halten würde.

Er will doch nur das Beste für seinen Sohn. Er soll nicht von der Polizei abgeholt werden. Ein Kind geistig umnachtet und eins als Friedhofsschänder vor Gericht. Womit hat er das verdient? Warum tut ihm das Schicksal so viel an?

Es ist nicht das Schicksal, denkt er. *Du bist es, Siggi! Ohne dich wäre Johannes nicht verunglückt, und ohne dich wäre der Friedhof nicht verwüstet worden. Du warst es garantiert. Du und deine Glatzenfreunde.*

Seine Wut reicht jetzt für eine Ohrfeige aus. Es hat sich genug angesammelt. Aber er sieht Siggi bei Yogi knien und ihm übers Haar streicheln.

»Komm, Großer, ich bring dich zum Bus. Du fährst doch gerne in die Werkstatt, oder?«

Yogi kriegt nichts mehr mit. Die Angst hat ihn ganz. Siggi hievt ihn hoch und bringt ihn zur Tür. Als er öffnet, steht dort Wolf.

Siggi muß Yogi tragen. Er hält sich immer noch die Augen zu und macht sich ganz schwer.

»Ich helf' dir«, sagt Wolf und packt mit an. Yogi wird stocksteif.

Die zwei bringen ihn zum Bus.

»Hast du schon gelesen?« fragt Wolf. Siggi nickt.

»Es war heute morgen sogar im Radio.«

Wolf schmunzelt.

»Ein voller Erfolg.«

»Paß auf, sein Bein. Vorsichtig. Der ist ein Mensch, kein Holzklotz.«

»Ist ja schon gut, äi. Ich wollte dir doch bloß helfen.«

Sie übergeben Yogi am Bus. Petra Freitag sitzt schon drin. Sie spricht Yogi an. Er schielt zwischen seinen Armen durch. Als er sie sieht, senkt er die Arme.

Dann kommt Wolf in sein Blickfeld. Yogi wimmert erschrocken und reißt die Arme wieder hoch. Er strampelt mit den Beinen.

Für Siggi sieht es so aus, als würde Yogi versuchen, Wolf zu treten. Er wirft Wolf einen Blick zu, mit dem er sich dafür entschuldigen will. Aber als sich ihre Blicke treffen, spürt Siggi einen Stich in der Herzgegend. Da ist mehr, fühlt er. Irgend etwas stimmt nicht zwischen den beiden.

Petra Freitag beruhigt Yogi, indem sie ihm eine Hand in den Nacken legt und ruhig mit ihm spricht.

Als der Bus abfährt, stehen sich Siggi und Wolf gegenüber. Wolf verschränkt die Arme vor der Brust. Siggis Arme hängen schlaff herab. Man muß ihn schon genau kennen, so wie Wolf, um zu wissen, daß er aus dieser Stellung ansatzlos zuschlagen kann.

Alle anderen versuchen gefährlicher auszusehen, als sie sind, bevor ein Kampf beginnt. Wollen mit aufgeblähter Brust und erhobenen Fäusten ihren Gegnern angst machen.

Nicht so Siggi. Der hat die harmlose Masche drauf. Der trifft dann seinen Gegner unvorbereitet und dekkungslos.

Aber Wolf irrt sich. Siggi will ihn nicht angreifen. Siggi wundert sich nur.

»Was ist?« fragt Wolf. Er will Klarheit.

»Hast du ihm was getan?«

»Häh?«

»Ob du Yogi was getan hast?«

»Was sollte ich ihm denn getan haben?«

Siggi zuckt mit den Schultern. Es ist eine Art Entschuldigung, denn er hat den Gedanken schon wieder verworfen.

»Ich dachte ja nur.«

»Was dachtest du?«

Er zuckt noch einmal mit den Schultern, stupst Wolf an und versucht ein Lächeln..

»Ich muß zur Arbeit.«

Wolf hält ihn fest.

»Was dachtest du?«

Der feste Griff läßt die letzten Reste von Siggis Selbstbewußtsein zusammenbrechen.

»Ich ... es sah so aus ... als hätte er Angst vor dir.«

»Klar«, lacht Wolf. »Der hat auch Angst vor Mäusen, vor lauter Musik und vor Spinat.«

Im Haus klingelt das Telefon.

Siggi nickt. Er will sich losmachen und ins Haus gehen, doch Wolfs Finger krallen sich in seinen Unterarm. Siggi wendet sich ab.

In diesem Moment ertönt im Haus ein Schrei.

»Mama!« kreischt Siggi und rennt ins Haus. »Mama!«

26

Vera schüttelt den Kopf über so viel Instinktlosigkeit.

»Sie haben also bei den Schmidtmüllers angerufen, um ihnen den Tod ihrer Tochter mitzuteilen?«

Der Beamte nickt betreten. Er weiß, daß es falsch war, aber er hat so etwas vorher noch nie machen müssen.

Vera hat schon Kaffee im Topf, aber sie mag ihn gerne mit Milch. Sie durchsucht ihren Schreibtisch nach der Dose.

Sie findet die Kaffeemilch nicht. Vielleicht setzt sie nur deshalb zu einer Belehrung an. Diese kleinen Widrigkeiten des Alltags machen sie fertig. Nicht die großen Schicksalsschläge.

Sie fühlt sich wie ein Baum, der leidet, weil Liebespärchen ständig Herzchen in seine Rinde ritzen. Weil der Staub die Blätter verklebt und das Grundwasser unerreichbar für ihn ist. Deshalb muß er sich mit schwefeligem Regenwasser zufriedengeben. Dieser Baum wird nie gefällt werden. Er steht unter Naturschutz. Er braucht die Säge nicht zu fürchten, trotzdem spürt er täglich den nahenden Tod. Er wird eingehen.

Wenn sie in dieses Gefühl kommt – und an ihrem Schreibtisch ist sie ihm sehr nahe –, dann muß sie sich plötzlich Luft machen. Sie bricht einen Streit vom Zaun, und wenn sich kein Gegner anbietet, öffnet sie wenigstens die Fenster. Dann fegt – wenn sie Glück hat – der Wind ein paar Blätter von den Schreibtischen. Sie läßt es geschehen. Irgendein Kollege wird sich schon beschweren, dann hat sie den Streit gleich gratis dazu.

»Bevor die Eltern sie nicht eindeutig identifiziert haben, wissen wir nicht mit Sicherheit, daß die Tote überhaupt Renate Schmidtmüller ist. Was machen Sie, wenn sie gleich nach Hause kommt? Vielleicht ist sie schon da?!« giftet Vera.

Er schüttelt den Kopf. »Sie ist es.«

»Wollen Sie damit sagen, daß die Eltern sie schon identifiziert haben?«

Er nickt.

»Wie denn? Wann denn?«

»Telefonisch sozusagen.«

»Ich glaub' es nicht!« stöhnt sie und trinkt den Kaffee schwarz.

»Als ich angerufen habe, hat die Mutter sofort losgekreischt. Die wußte augenblicklich Bescheid. Sie hat im Grunde nur auf den Anruf gewartet.«

Kommissarin Vera Bilewski winkt ab. Durch die ungestüme Handbewegung schwappt Kaffee über ihren Handrücken.

Der Beamte wendet sich beleidigt ab.

Er ist ein paar Jährchen älter als Vera und fühlt sich durch ihre Art gekränkt. Es kommt ihm vor, als sei er von seiner nie geborenen Tochter gemaßregelt worden. Er kann ja nicht ahnen, daß Vera insgeheim denkt: *Recht hat er. Endlich mal ein Mann mit Instinkt.*

Sie kann sich gut vorstellen, wie das Telefongespräch abgelaufen ist, und sie glaubt daran, daß es so etwas wie eine Vorahnung gibt. Sie würde das hier nicht erzählen, denn sie kämpft tapfer gegen die Meinung ihrer männlichen Kollegen an, Frauen seien nur emotional, Männer hingegen logisch und vernünftig. Wobei klar ist, daß Logik und Vernunft die wichtigsten Eigenschaften eines Kriminalbeamten sind. Alles andere gehört in den Bereich des Kaffeesatzlesens.

Vera liest Horoskope und das I Ging. Mit ihren Freundinnen legt sie Tarotkarten. Sie braucht das Erklärungsbuch dazu schon lange nicht mehr. Sie interpretiert die Karten frei nach Alistair Crowly. Diesen Teil ihrer Persönlichkeit verbirgt sie im Dienst völlig. Aber sie weiß, daß sie mehr als die anerkannten Sinne hat. Und sie vertraut den anderen Formen der Wahrnehmung mindestens so sehr wie dem Sehen, Hören, Riechen, Fühlen und Schmecken.

27

Der Zeitungsartikel ist vergessen. Siggi geht auch nicht in die Konditorei. Heute wird er keinen Baumkuchen bestreichen. Keine Marmelade in Berliner spritzen. Heute muß er sich um seine Eltern kümmern.

Der Gedanke kommt ihm heroisch vor. Irgendwie erhebend. Dadurch wird die Trauer überdeckt. Er kommt mit seinen Gefühlen nicht klar. Einerseits schießen ihm die Tränen in die Augen, andererseits spürt er den Schmerz nicht wirklich. Es ist nur wie ein fernes Klopfen gegen eine verschlossene Tür.

Vordringlich erscheint ihm, daß seine Eltern ihn jetzt brauchen. Seine Kraft. Seine Klarheit. Seinen Schutz. Besonders Mutter.

Der Vater weint nicht. Er ist wie versteinert. Die Brille sitzt schief auf seiner Nase. Sie droht hinunterzufallen. Er bemerkt es nicht. Er hockt nur im Sessel und sieht mit unbeweglichen Augen aus dem Fenster.

Mutter hat sich auf der Toilette eingeschlossen.

Erst als Siggi es schafft, einen Arm um seinen Vater zu legen, kommt Bewegung in seinen Körper. Schmidtmüller beginnt zu zittern. Sein Kopf läuft rot an. Die Schläfen pochen. Es sieht aus, als säßen Würmer unter der Haut, die versuchen, durch die Knochen ins Innere des Kopfes zu kriechen.

Die Tränen spritzen plötzlich aus seinen Augen. Ihr Weg nach oben war weit. Nur unter hohem Druck konnten sie bis ans Tageslicht kommen. Aber jetzt, da der Kanal einmal geöffnet ist, lassen sie sich nicht mehr aufhalten. Sie riechen alt.

Schmidtmüller krampft sich in der Wäsche seines Sohnes fest. Er zieht ihn ganz nah heran. Ein nah genug oder gar zu nah gibt es auf einmal nicht mehr.

Jetzt kommen auch Siggi erneut Tränen. Aber es

ist nicht wegen Renate. Nicht nur. Es ist auch, weil ihm plötzlich bewußt wird, daß sein Vater ihn noch nie so gedrückt hat. Gleich schiebt sich ein tröstender Gedanke zwischen Siggi und diesen Schmerz. *Er hat es bestimmt getan. Früher. Ich kann mich nur nicht mehr daran erinnern.*

Die Brille liegt im Sessel. Der Vater ist mit seinem Sohn herausgerutscht. Sie sitzen davor, umklammern sich wie Ertrinkende. Ihre ungestümen Zärtlichkeiten haben einen Hauch von kämpferischer Heftigkeit. Als der Vater den Kopf seines Sohnes an sich drückt, kriegt Siggi fast keine Luft mehr. So ist es, wenn er bei einem überlegenen Gegner im Schwitzkasten sitzt. So beängstigend und doch so schön!

Der Morgen, an dem der Tod seiner Schwester Unglück über die Familie bringt, ist gleichzeitig der schönste Morgen seines Lebens. Er begreift, daß sein Vater ihn liebt. Noch vor Minuten hätte er das für unmöglich gehalten.

Und er weiß jetzt, wie wichtig das für ihn ist. Wie wichtig es immer war. Er hat es sich nur nicht eingestanden. Nie. Nicht für eine Minute. Die Angst, nicht wiedergeliebt zu werden, war zu groß.

All das spürt er in einer Flut von Gefühlen. Einer Flutwelle, in der die Trauer um Renate nur tröpfchenweise vorkommt. Er schämt sich dafür. Aber auch für seine Scham ist in ihm kaum Platz.

Ein Glück, denkt er, daß Yogi schon weg ist.

Er will das, was er jetzt hat und wofür ihm die Worte fehlen, mit niemandem teilen.

Dann plötzlich trifft es ihn wie ein Giftpfeil.

Mutter! Sie ist immer noch im Bad. Er hat ein Schreckensbild vor Augen. Sie liegt mit aufgeschnittenen Pulsadern in der Badewanne.

Siggi reißt sich von seinem Vater los und klopft gegen die Badezimmertür.

»Mama! Mama, was ist? Mach auf!«

Sofort begreift der Vater, was der Sohn denkt.

Schon ist er bei ihm.

»Mama!«

Von innen nur ein Wimmern.

Ohne nachzudenken, wirft Siggi sich gegen die Tür. Sie gibt sofort nach.

Die Mutter sitzt auf der Toilette und putzt sich die Nase mit Klopapier.

Der Schlüpfer hängt ihr auf den Knöcheln. Ihre nassen Augen schauen nicht einmal empört, als die Tür gegen das Waschbecken donnert. Es ist eben eng, obwohl sie dachten, großzügig gebaut zu haben.

Siggi schaut auf die Fliesen. Es ist ihm peinlicher als ihr.

Er stammelt eine Entschuldigung und will die Tür wieder schließen, aber es geht nicht. Die Halterung ist herausgebrochen. Er kann die Tür nur anlehnen.

Ein Satz seiner Oma schießt ihm durch den Kopf: *Wie man's macht, macht man's verkehrt.*

Oma ist auch schon tot.

In dem Moment spürt er den Schmerz kommen, der hinter dem eigentlichen Begreifen liegt. Renate ist nicht mehr. Tot. Ermordet.

Haß wallt in ihm auf. Haß. Er ballt die Fäuste. Der Krampf in der Brust löst sich auch nicht, als sein Vater ihn am Arm nimmt, um ihn ins Wohnzimmer zurückzuführen.

28

Wolf hat die Erschütterung gesehen. Er weiß jetzt, daß nie, nie, nie herauskommen darf, was er getan hat. Nie!

Sie würden es nicht verstehen. Nie. Siggi schon gar nicht. Der würde mich umbringen. Sofort.

Es tut ihm in der Seele weh. Genausogut könnte er sich einen Finger abschneiden oder einen Zeh. Aber es hat keinen Zweck. Er darf die Doc Martins nicht behalten. Sie müssen weg. Die verräterischen Springerstiefel.

Er hat garantiert Fußspuren auf dem weichen Waldboden hinterlassen. Aber wohin mit diesen Docs, die längst Teil seiner Persönlichkeit geworden sind? In den Biomüll? In den Normalmüll?

Er könnte sie leicht verkaufen. Für hundertfünfzig locker. Vielleicht mehr. Sie sind echt gepflegt.

Aber es darf keine Möglichkeit geben, den Weg von den Docs zu ihm nachzuvollziehen. Er hat keine

Lust, für hundertfünfzig in den Knast zu gehen. Gerade jetzt nicht, da die Zeit reif ist und die Saat aufgeht.

Doitschland braucht ihn. Die Ichtenhagener Ultras und die ganze Bewegung. Er ist ein Söldner in diesem Krieg.

Mit seinem Klappmesser beginnt er, die Docs zu zerstückeln wie tote Ratten.

Er sticht zu. Bohrt das Messer hinein, dreht es im Leder und hebelt die erste Sohle ab.

Das ist die Lösung, denkt er. Die Lösung für alles. Wenn der Krieg erst das ganze Land erfaßt hat, oder zumindest ganz Ichtenhagen, wenn nicht nur die Asylantenheime brennen, sondern auch die Gewerkschaftsbüros und Polizeizentralen, die Zeitungsredaktionen und Schulen. Die Schwulenkneipen und der Lesbenladen in der Nachbarstadt. Wenn das Behindertenheim nur noch eine Ruine ist und sich in der Irrenanstalt die Ärzte mit den Bekloppten aufhängen. Wenn die Bullen aus ihrem kugelsicheren Präsidium die weiße Fahne schwenken und die Verwaltung brav die Macht übergibt, dann wird er seinem alten Lehrer sagen: »Nimm die Brille ab, Stöpsel, damit ich dir eine reinhauen kann.«

Er grinst. Dann wird Renate auch nicht mehr sein als ein Opfer in diesem Krieg für Doitschland. Niemand wird mehr viel Aufhebens darum machen. Wie viele Tote braucht man, damit der Einzelne nicht mehr zählt?

Wahrscheinlich reicht es schon aus, wenn am Samstag keiner lebendig aus diesem Drecksnest von Asylantenheim herauskommt. Ein paar tote Bimbos, und kein Mensch redet mehr von einem unbekannten deutschen Mädchen.

Er sticht auf die Docs ein, als könne er damit den Lauf der Geschichte verändern. Er zieht seine alten Turnschuhe an. Dann raucht er eine Selbstgedrehte und packt die Lederfetzen in eine Plastiktüte. Er trägt sie zum Fluß und vergräbt sie am Ufer der Ichte.

Ich darf nicht Renates Mörder sein. Ich bin es nicht. Auf keinen Fall ihr Mörder, höchstens ihr Rächer.

Er hält seine Hände ins Flußwasser. Das ist es. Wer nicht Amboß sein will, muß Hammer sein. Wer nicht Verfolgter sein will, muß zum Jäger werden. Wer nicht Opfer sein will, Täter. Wer nicht Renates Mörder sein will, muß sie rächen. Es gibt keine bessere Tarnung als die Umkehr der Wahrheit.

Er und Siggi. Sie werden Renates Tod nicht ungestraft lassen.

Wolf springt hoch, er schüttelt seine nassen Finger aus. Es geht ihm gut. Er atmet tief.

Er weiß auch schon genau, wer dran glauben muß. Ein Rächer braucht einen Schuldigen.

»Jetzt haben wir dich an den Eiern, Gino!« brüllt er gegen die Baumkronen. »Das hättest du besser nicht getan! Du Zuchtbulle der Mafia! Du neapolitanischer Stecher! Wir schneiden dir den Schwanz ab!«

29

Siggi will seinen Eltern soviel Ärger wie möglich abnehmen. Er ruft ein Beerdigungsinstitut an, aber dort erfährt er, daß bei Mord eine Beisetzung so ohne weiteres nicht möglich ist. Die Leiche müsse erst freigegeben werden. Der Beerdigungsunternehmer vermeidet das Wort Obduktion.

Trotzdem brüllt Siggi in den Hörer: »Meine Schwester wird nicht aufgeschnitten! Wenn sich einer an ihr vergreift, leg' ich ihn um. Ist das klar?«

»Junger Mann, ich verstehe Ihre Erregung, aber ich bin nicht der richtige Ansprechpartner.«

Siggi knallt den Hörer auf. Er muß hier raus.

»Ich will sie sehen«, sagt Frau Schmidtmüller trocken.

»Ich möchte zu Renate.«

Ihr Mann sieht sie fassungslos an. Für ihn ist der Gedanke, seine tote Tochter zu besuchen, unerträglich.

»Ich gehe mit«, sagt Siggi emotionslos. Dabei flattert sein Magen wie eine aufgeschreckte Taube.

Er will seine Bomberjacke anziehen, aber Mutter zuliebe holt er seine Jeansjacke aus dem Schrank. Jetzt nur keinen Ärger wegen der Klamotten.

Sie honoriert die Jeansjacke mit einem freundlichen Blick. Dann senkt sie die Augen, schaut auffordernd auf seine Springerstiefel.

»Okay, ist ja okay«, räumt er sofort ein und geht

zum Schuhschrank. Er wird die Wildlederschuhe anziehen, obwohl so etwas eigentlich nur Schwule tragen, jüdische Geschäftsleute oder türkische Zuhälter.

Er sitzt vor dem Schuhschrank im Flur auf dem Boden und zieht die Schuhriemen durch die Löcher, als Vera Bilewski klingelt.

Frau Schmidtmüller öffnet.

Sein Kopf ist in Kniehöhe. Die Kommissarin sieht ihn zunächst nicht. Sie konzentriert sich ganz auf das Gesicht von Elke Schmidtmüller.

Vera Bilewski trägt ein hellgraues Kostüm. Der Rocksaum endet kurz über den Knien. Schwarze Pumps. Schwarze Nylons. Sie steht so nah bei Siggi, daß er glaubt, ihr Geschlecht riechen zu können. Er steht auf schwarze Nylons, auf Röcke und High heels. Ihre Schuhe sind nur eine Andeutung von richtigen High heels, aber immerhin. Sofort schießt Blut in sein Glied. Er kriegt nicht wirklich einen Steifen, aber sein unbefriedigter Freund erwacht aus dem Schlaf und schwillt an.

Siggi schielt ihr unter den Rock. Viel kann er nicht sehen. Die Beine verschwinden in dieser dunklen Höhle aus Stoff.

Vera kann den Schmerz der Frau sehen und spüren. Sie spult ihr Sprüchlein ab und versucht herauszufinden, ob Frau Schmidtmüller schon in der Lage ist, ein paar Fragen zu beantworten. Doch da ist noch etwas. Ein störender Faktor. Etwas Falsches. Unangenehmes. Bedrohliches vielleicht. Es ist unter ihr. Sie sieht nach unten.

Da sitzt Siggi. Ihre Blicke treffen sich. Siggi nickt freundlich und schlüpft in die Wildlederschuhe.

Sie möchte einen Satz in seine Richtung loswerden. Eine zynische Bemerkung, aber sie schluckt sie runter. Immerhin kam sie hierher. Siggi saß vermutlich schon auf dem Teppich, bevor sie klingelte. Nichts spricht wirklich gegen ihn. Sicherlich hat er sich nicht gerade wie ein Gentleman benommen, aber wenn sie jetzt etwas sagt, steht sie als hysterische Kuh da, fürchtet sie.

Sie wird hereingebeten. Als erstes empfindet sie eine merkwürdige Enge, obwohl die Räume für ein Einfamilienhaus recht großzügig gebaut sind. Trotzdem spürt sie Hitzewellen kommen, und der Drang, die Fenster aufzureißen, ist wieder da. Fast unwiderstehlich.

Aber sie erfährt sofort so viel, daß sie es nicht einmal schafft, aus der Kostümjacke zu kommen. Niemand bietet ihr einen Platz an. Sie steht herum.

Elke Schmidtmüller sprudelt los. Welche Sorgen sie sich gemacht hat, daß sie gleich das Schlimmste befürchtet hat. Renate sei ein anständiges Mädchen. Dann fallen Namen. Wolf Kleinhaupt. Gino Oliverio.

Schmidtmüller holt sich ein Glas Wasser für zwei Tabletten.

Vera setzt sich. *Wenn man immer darauf wartet,*

bis einem ein Platz angeboten wird, kriegt man schon in jungen Jahren Krampfadern.

Sie zückt einen Block und schreibt ein paar Details mit. Namen. Uhrzeiten.

Normalerweise hätte sie zu diesem Termin ihren Kollegen Kramer mitnehmen müssen, oder wenigstens einen Streifenbeamten. Aber bei der Personalsituation in der Dienststelle kann man sich diese Doppelnummern nur sehr selten leisten. Kramer tippt in der Zeit Berichte. Sie bräuchte allein für die Spesenabrechnungen und Urlaubsanträge eine Sekretärin.

Sie schreibt, ohne auf ihren Block zu sehen, denn sie will die Atmosphäre in sich aufsaugen. Wie lebte Renate?

Als Vera die Beine übereinanderschlägt, knistert Siggis Blick zwischen ihren Schenkeln.

Als sie ihn mit den Augen zurechtweisen will, ohne den Redefluß seiner Mutter zu unterbrechen, dreht er sich um und geht in sein Zimmer.

Durch die offene Tür sieht Vera die Reichskriegsflagge an der Wand hängen.

»Darf ich mal das Zimmer Ihrer Tochter sehen?« fragt sie.

Frau Schmidtmüller scheint die Frage gar nicht zu hören.

Schmidtmüller nickt und geht voran die Treppe hoch.

Das Zimmer ist klein. Eine Wand schräg. Poster

an den Wänden. Jon Bon Jovi. Axl Rose. Jason Priestley. Tom Cruise. Peter Pan.

Auf dem Boden liegt ein Jeansrock. Ein Schlüpfer. Ein BH baumelt an der Schreibtischstuhllehne. Vera sieht einen linken Schuh, aber keinen rechten.

Auf dem ungemachten Bett ein Riesenteddy. Auf dem Schreibtisch buntes Briefpapier und ein nicht zusammengeschraubter Füller. Das Papier halb beschrieben. Daneben ein Lexikon. Englisch-Deutsch/Deutsch-Englisch.

Mit der Neugierde einer ermittelnden Kommissarin tritt Vera ins Zimmer, geht gleich zum Schreibtisch durch und sieht sich den Brief an.

In dem Moment fegt die Mutter ins Zimmer. »Sie dürfen sich hier nicht umgucken, Frau Kommissarin. Sie wissen ja, wie junge Mädchen sind.«

Sie hebt den Schlüpfer auf, weiß so schnell nicht, wohin damit, und steckt ihn ein. Die Unordnung ist wohl noch schlimmer, als sie befürchtet hatte. Sie sieht ihren Mann an. Der sagt nichts. Sie glaubt, daß er denkt: *Warum hat sie nicht rasch hier saubergemacht? Wie stehen wir jetzt da? Sie wußte doch, daß die Polizei kommen würde.*

In Wirklichkeit denkt er: *Als ob das jetzt noch wichtig wäre. Laß doch. Es ist egal geworden. Alles ist egal geworden.*

Doch sie sieht in seinem Ausdruck einen Vorwurf. Sie hat mal wieder versagt. Ihr Leben scheint eine Kette solcher vertaner Chancen zu sein. *Im entschei-*

denden Moment macht sie immer alles falsch, das ist es, was er von mir denkt. Seit Jahren. Seit Johannes' Unfall läuft alles schief. Siggi hat sich mit diesen komischen Typen eingelassen. Das geht auch nicht gut. Später sind dann die Eltern schuld. Am Ende liegt immer alles an den Eltern. Besonders an den Müttern. Die Kinder dürfen machen, was sie wollen. Wir sind schuld, weil wir sie großgezogen haben. Sie wissen das. Also denken sie, sie dürften alles. Je mehr Mist sie bauen, um so schlechter stehen wir da, die Eltern. Das ist ungerecht. Einfach ungerecht. Wir hatten auch Eltern. Wir sind auch nicht als Erwachsene geboren worden. Wen interessiert das?

Und jetzt ist auch noch Renate tot.

Sie weiß nicht, wie lange sie schon so gedankenversunken da steht. War sie nur eine Viertelsekunde lang weg, oder ein paar Minuten?

Vera hat den Brief gelesen und legt ihn zurück. Vermutlich wertlos. Sie teilt einer Brieffreundin in London mit, wer ihr Lieblingssänger ist.

Elke Schmidtmüller wiederholt ihre Bitte. »Gukken Sie sich hier bloß nicht um.« So sachlich wie möglich antwortet Vera: »Genau das ist aber meine Aufgabe.«

Frau Schmidtmüller schaut, als würde sie aus einem Traum erwachen. »Ja. Entschuldigen Sie.«

»Ich muß Ihnen leider ein paar Fragen stellen, wenn Sie glauben, daß Sie schon in der Lage sind, sie zu beantworten.«

»Ja, sind wir«, antwortet Schmidtmüller für seine Frau. »Sind wir.«

»Was ist jetzt?« ruft Siggi von unten hoch. »Gehen wir zu Renate oder nicht?«

Sofort füllen sich Elke Schmidtmüllers Augen wieder mit Tränen.

Vera ahnt es schon: Wenn sie jetzt mit den Eltern der Toten die Treppe hinunter ins Wohnzimmer geht, wird Siggi unten stehen und ihr auf die Beine starren. Aber kann man einen jungen Mann zurechtweisen, der gerade seine Schwester verloren hat?

30

Yogis Unruhe legt sich nicht. Petra Freitag beobachtet ihn. Sie gibt ihm heute mehr Zuwendung, mehr von ihrer Zeit, als sie eigentlich hat. Andere kommen dafür zu kurz.

An Arbeit ist heute bei Yogi gar nicht zu denken. Er, der eigentlich sauber ist und zu den »leichten Fällen« gehört, hat sich heute schon zweimal eingekotet. Jetzt trägt er eine Windel und viel zu weite blaue Hosen.

Er, der Liebling des Pflegepersonals, weil er so gern lacht, »unser Sonnenschein« genannt, läßt heute keinen an sich heran. Er haut und tritt. Erich, einen Epileptiker, der eigentlich sein Freund ist, hat er gerade ins Ohr gebissen.

Petra registriert, daß Yogi nur auf Männer aggressiv reagiert. Sie schiebt ein Papier über den Tisch und sagt: »Malst du mir wieder ein Bild, Johannes?«

Er reagiert nicht.

»Bitte.«

Er nimmt das Blatt. Sie hofft, ihm so aus dem Zustand heraushelfen zu können. Wenn er nicht bald ruhig wird, muß er Tabletten bekommen.

Sie selbst ist eine erklärte Gegnerin von Psychopharmaka. Aber sie hat oft gesehen, wie kritischen Patienten damit durch eine Krise geholfen wurde. Trotzdem lehnt sie Chemie ab, weil sie glaubt, daß der Mensch nicht von Chemie zusammengehalten wird, sondern von seiner Seele. Deren Krankheiten kann man ihrer Meinung nach mit Chemie zwar beeinflussen, aber nicht heilen.

Ihr letzter Arztbesuch liegt Jahre zurück. Sie geht nur noch zu ihrem Heilpraktiker. Er heißt Kim. Sie hielt das immer für einen asiatischen Frauennamen, und eigentlich wollte sie zu einer Heilpraktikerin. Als sie dann vor ihm stand und er sagte: »Ich bin Kim«, war sie so überrascht, daß sie nicht mehr zurückkonnte. Er heilte ihre Akne mit Tees und ihre Migräne durch Handauflegen und Massagen. Was würde er mit Yogi machen, fragt sie sich.

Sie streichelt Yogis Nackenhaare, während er malt. Er wirkt dabei nicht entspannt. Er spuckt Bläschen aufs Papier. Sein Gesicht verzerrt sich, spiegelt den inneren Kampf. Seine Angst.

Als sie das Bild anschaut, erschrickt sie. Was geht in ihm vor? Welche Geister quälen ihn? Er muß sich im Moment in der Hölle befinden, und dieses Bild drückt seine Angst und Hoffnungslosigkeit aus.

Sie geht zum Telefon und ruft bei seinen Eltern an. Sie will wissen, ob etwas vorgefallen ist.

Schmidtmüller hebt ab. Yogis Schwester sei ermordet worden, sagt er. Die Erklärung reicht Petra natürlich. Aber einen Moment später, als sie ihr Beileid und ihr Bedauern ausdrücken will, fügt er hinzu: »Aber davon weiß Yogi noch nichts. Bitte sagen Sie es ihm nicht. Er würde es sowieso nicht verstehen.«

»Herr Schmidtmüller ... ich weiß gar nicht, wie ich Ihnen das sagen soll, aber ich glaube, er ahnt es. Er malt solch schreckliche Bilder.«

31

So aufgeregt ist selten ein Treffen verlaufen.

Wolf hat die Drei-Millimeter-Schere besorgt. Damit ist die teure Haarschneiderei bei dem Schicki-Micki-Friseur endlich vorbei. Wolf konnte die Schwuchtel noch nie leiden.

Wenn es nach ihm ginge, dürfte gar kein Mann Friseur werden. Männer, die Frauenarbeit machen. Lächerlich. Eine Schande. Männer, die Flurtreppen putzen oder Kleider nähen, Suppen kochen oder

Wäsche waschen, die maniküren sich auch irgendwann ihre Fingernägel.

Wenn Gott gewollt hätte, daß Männer und Frauen gleich sind, hätte er sie nicht unterschiedlich erschaffen. Auch nicht Schwarze und Weiße. Fische sind keine Pferde. Vögel keine Elefanten.

Wolf benutzt Gott gerne als Argument. Oder die Natur. Oder Deutschland.

Wenn Gott gewollt hätte... In der Natur ist das so... Als man vor Deutschland noch Respekt in der Welt hatte...

Er glaubt natürlich nicht wirklich an Gott. Aber wer tut das schon? Muß man an etwas glauben, um es für sich ins Feld zu führen?

Im Grunde mag Wolf auch Siggis Beruf nicht. Konditor. Wie sich das schon anhört. Aber Wolf meckert nicht, sonst denken die anderen nur, es sei Neid, weil er selbst noch nichts Richtiges gefunden hat.

Wolf hoffte, mit seiner Drei-Millimeter-Schere im Mittelpunkt des Interesses zu stehen, Anerkennung zu bekommen und Zuwendung. Immerhin sparen alle durch ihn Geld.

Der Kompromißschnitt ist jetzt möglich. Nicht ganz Glatze und auch nicht die Normalnummer. Der Drei-Millimeter-Haarschnitt ist das gesellschaftlich gerade noch akzeptierte Aussehen der Skins.

Mit diesem Bürstenschnitt kann Peter in die Kfz-Werkstatt gehen, ohne angemacht zu werden. Dieter kann sich damit vorstellen, ohne daß man ihm vorwirft, er wolle ja gar keine Arbeit. Denn wer wirklich Arbeit suche, hätte keine provokative Glatze. Auch Jürgens Eltern werden sich darüber freuen. Sogar Max überlegt, ob er seine Hitler-Gedenkfrisur zugunsten des Drei-Millimeter-Haarschnitts aufgeben soll. Er weiß nur nicht, ob das Bärtchen dazu paßt. So dürfte er vielleicht aus dem Gewächshaus raus und käme in Kontakt mit den Kunden. Aber will er das?

Obwohl die Maschine so viel für die Ichtenhagener Ultras bedeutet, kriegt Wolf nicht die erhoffte Aufmerksamkeit. Siggi stiehlt ihm die Show mit seiner ermordeten Schwester.

Peter sitzt gerade auf dem Stuhl und läßt sich die »Pennerfrisur« abrasieren, als Siggi erscheint. Etwas zu spät, was heute aber keinen stört.

Peter bringt seinen letzten Satz noch zu Ende. Mit der Maschine, meint er, sollten sie »allen Mösen die Köpfe rasieren, die mit Ausländern gehen«.

»Warum nur die Köpfe?« grinst Dieter.

Max nickt und gibt Siggi eine Dose Bier.

Dann das allgemeine Schulterklopfen. Er braucht nichts zu sagen. Alle wissen Bescheid. Wolf hat sie informiert. Er war schließlich dabei, als der Anruf ...

Siggi knackt die Dose.

Er leert sie in einem Zug. Er stöhnt. Jetzt sehen ihn alle an. Er hat noch kein Wort gesagt.

Voller Haß brüllt er: »Wenn ich den packe, äi, Leute, ich sag' euch, den mach' ich alle!«

Siggi zerquetscht die leere Bierdose in der Hand.

Alle nicken. Da sind sie bei. Keine Frage.

Wolf drückt Siggi noch eine Dose in die Hand. »Zieh dir einen, Alter.« Siggi nimmt noch einen tiefen Zug.

»Wenn ihr mich fragt, Kameraden, ich weiß, wer es war«, sagt Wolf.

Jetzt hat er die volle Aufmerksamkeit. Sie würden es jetzt nicht einmal merken, wenn sich die Sitzflächen unter ihnen in heiße Ofenplatten verwandeln würden. Dieters Unterlippe hängt schlaff herab. Jürgen verbrennt sich die Lippen an der Selbstgedrehten. Siggi spürt einen Anflug von Schwindel.

»Wo war sie denn am Samstagabend?« fragt Wolf lauernd. Sein Gesicht zeigt, daß alle es wissen müßten.

»Jedenfalls nicht bei uns ...«

»Halt's Maul, Jürgen.«

Jürgen sieht ein, daß es wohl besser für ihn ist.

Siggi antwortet: »Auf der Itakerfete.«

»Genau. Richtig. Der Kandidat hat hundert Punkte!« nickt Wolf.

»Du meinst ...«

»Na, fällt der Groschen endlich?«

Max atmet heftig aus. »Na klar, der ...«

Weiter kommt er nicht. Wolf tritt ihm gegen das Knie. Siggi soll selbst drauf kommen. Verwundert sieht Max den Fuß an, mit dem Wolf getreten hat. Turnschuhe.

Komisch, denkt Max, *auch Siggi trägt keine Springerstiefel mehr. Was ist hier eigentlich los?*

»Gino Oliverio?« fragt Siggi entgeistert.

»Er oder einer seiner Itakerfreunde. Ist die Polizei noch nicht drauf gekommen? Kein Wunder. Die Polizei, dein Ausländerfreund und Asylantenhelfer. Die verdächtigen eher einen unserer Väter als das Dreckspack.«

Siggi beißt auf seiner Unterlippe herum. Sie platzt. Er bemerkt nicht, daß er blutet.

»Jedenfalls ist sie lebend zu dieser Fete gegangen und nicht mehr nach Hause gekommen. Stimmt's?«

»Stimmt. Denen werde ich ...«

Siggi will gleich raus. Wolf hält ihn fest.

»Langsam, mein Freund. Ruhig Blut. Das wollen die nur, daß wir durchdrehen. Wir müssen das ganz in Ruhe planen. Eine saubere militärische Strafaktion.«

»Die wissen nicht, mit wem sie sich angelegt haben«, prophezeit Dieter voller Vorfreude.

32

Kommissarin Vera Bilewski liebt es, zu Hause in Unterwäsche herumzulaufen. Wenn es an der Tür klingelt, schlüpft sie in ein Kleid, das für diesen Zweck immer an der Garderobe hängt.

Sie geht gern mit den nackten Füßen über die

dicken Teppichböden. So wollte sie es immer haben. Sie fühlt sich freier so, sagt sie. In Höschen und BH. Aber das ist es nicht allein.

Ihr Mann Hans, Inhaber einer Versicherungsvertretung und aktiv in der Kommunalpolitik, arbeitet gern zu Hause. Sein Büro läuft auch ohne ihn, behauptet er manchmal, aber das stimmt nicht. Er verbringt dort gut acht bis zehn Stunden täglich. Dann nimmt er sich Arbeit mit nach Hause, für abends, die Wochenenden, die Feiertage.

Er hat gelernt, daß man hart für sein Geld arbeiten muß. Ihm ist nie etwas geschenkt worden im Leben. Er wollte Arzt werden, aber er hatte kein Geld fürs Studium. Von seinen Eltern hätte er keinen Pfennig genommen. Schon aus Prinzip nicht.

Er fing als Drücker an. Türklinkenputzen. Jetzt hat er eine eigene Vertretung und eigene Drücker unterwegs. Er achtet darauf, daß sie korrekt arbeiten. Eine Beschwerde, ein unlauterer Abschluß, und er trennt sich von dem Mitarbeiter. Das ist er seinem und Veras Ruf schuldig. Es gibt zu viele schwarze Schafe in der Branche. Hans Bilewski ist ein Denkmal an Rechtschaffenheit.

Er hat im ersten Stock einen kleinen Arbeitsraum, neben dem Schlafzimmer. Aber dort sitzt er kaum. Meistens nimmt er sich Akten und Computerausdrucke mit in das Wohnzimmer. Dort steht in einer Ecke, von Yuccabäumen und Kakteen fast verdeckt, ein Schreibtisch mit einem bequemen Ohrensessel.

Vera weiß, daß sie ihn nervös macht, wenn sie so rumläuft. Immer noch, nach all den Jahren. Durch die Zimmerpflanzen guckt er ihr zu, erhascht einen Blick und wendet sich dann wieder seinen Zahlenkolonnen zu.

Wenn Vera vom Dienst kommt, ist sie meist ausgepowert. Sie legt sich auf die Couch, schlürft einen Orangensaft mit Campari und knipst sich mit der Fernbedienung einmal quer durch alle Programme. Selten verweilt sie. Sobald Werbung läuft, switcht sie weiter. Beim Fernsehgucken legt Vera die Fernbedienung nie aus der Hand. Er ist da anders. Wenn er von einem Film den Anfang sieht, dann will er auch wissen, wie es weitergeht. Mit ihr eine Sendung gemeinsam gucken, ist für ihn eine Nervenprobe.

Ihre Ehe ist durch eine harte Krise gegangen. Sie standen kurz davor, sich zu trennen. Es war eigentlich mehr eine Art Wohnungssharing als eine Ehe.

Es kam ihr so vor, als hätten sie keine gemeinsame Freizeit. Es gab Sachzwänge, klar, aber man kann sich sein Leben auch so einrichten, daß man sich so gut wie möglich aus dem Weg geht. Arbeit ist als vorgeschobenes Argument weniger verletzend als Desinteresse.

Sie schliefen in ihrer schlimmsten Zeit kaum noch zusammen. Alle sechs Wochen höchstens. Und auch dann nur, um es hinter sich gebracht zu haben. Damals wäre sie gar nicht auf die Idee gekommen, in seinem Beisein kaum bekleidet im Haus herumzulaufen, und er hätte es vermutlich nicht einmal bemerkt.

Inzwischen erhält sie von verschiedenen Firmen Kataloge, aus denen sie sich ihre Dessous aussucht. Da legt sie gerne mal für eine Garnitur Seidenunterwäsche ein paar hundert Mark hin. Was soll das Geld auf der Sparkasse? Er verdient gut. Sie verdient gut.

Im Grunde hat sie es schon lange nicht mehr nötig zu arbeiten. Wenn es nach ihm ginge, würde sie eher heute als morgen aufhören. Er haßt den Gedanken, daß seine Frau mit all dem Schmutz in Berührung kommt. Wenn er daran denkt, daß sie Verbrecher verhört, braucht er Baldrian. Allein die Sprache! Nein, das ist kein Job für eine Frau.

Jetzt dieser Frauenmord ... In seiner Vorstellung jagt sie einen Lustmörder, und wer sich in Gefahr begibt, kann leicht darin umkommen. Vielleicht saß sie heute schon diesem Schwein gegenüber. Vielleicht hat er ihr begehrlich auf die Titten geguckt.

Hans Bilewski muß sich schütteln.

Erst jetzt merkt er, daß sie keinen Cocktail im Glas hat, sondern eine Sprudeltablette. Er kommt aus seinem Urwald hervor, sieht sie an und sagt: »Harten Tag gehabt, oder kriegst du deine Tage?«

Sie legt die Beine übereinander. »Kopfweh.«

»Leg dich doch hin.«

»Ja. Aber erst muß ich geistig aussteigen.«

Die Tatortmelodie erklingt. Er zeigt auf den Apparat. »Dabei?«

»Hm. Guckst du mit?«

»Schaltest du auch nicht um?«

Sie lächelt. »Die bringen doch zwischendurch keine Werbung.«

Er hebt und senkt die Schultern. »Ich muß morgen eine Rede halten. Bezirksvertreterkonferenz. Einschätzung der neuen Bundesländer. Die veränderte Situation der Lebensversicherungen durch die Zinsbesteuerungsgesetze, die Performance bei den dreißigjährigen Rentenpapieren und ...«

Er steht zwischen Vera und dem Fernseher. Sie versucht höflich, um ihn herumzugucken.

»Du hörst mir ja gar nicht zu.«

»Stimmt. Sei nicht böse, aber dieser ganze Quatsch interessiert mich heute nicht. Setz dich zu mir, du verpaßt sonst den Anfang.«

Er tut es und legt seine Hand auf ihr Bein. Seine Fingerspitzen berühren ihren Seidenslip. Seide ist für ihn mindestens so erotisch wie Haut.

33

Es riecht nach Oregano, Thymian, Basilikum und frischem Knoblauch. Nach geschmolzenem Käse und Thunfisch.

Salvatore Oliverio betreibt nicht irgendeine Pizzeria. Es ist sein Ehrgeiz, die beste Pizza weit und breit zu verkaufen.

Es reicht nicht, gut zu sein. Heutzutage nicht mehr. Man muß schon erstklassig sein, wenn man überleben will. Das hat er Gino schon tausendmal gesagt. Nur frische Zutaten. Keine eingelegten Paprika. Das Zeug schmeckt nur nach Essig. Da können sich die Leute gleich eine Tiefkühlpizza kaufen und in den Backofen schieben. Oder schlimmer noch, in die Mikrowelle.

Von all dem Schund setzt Oliverio sich bewußt ab. Seine Pizza ist gut eine Mark teurer als anderswo, aber dafür schmeckt sie für zehn Mark besser. Sie sparen also neun Mark. Wenn das kein Geschäft ist...

Maria, seine hübsche Tochter, hat schon seit einer Stunde frei.

Oliverio trinkt mit seinen letzten Gästen noch einen Sambuca. Je drei Kaffeebohnen im Glas und dann brennend serviert.

Es sind Stammkunden. Sie kommen jeden Montag. Montags haben fast alle Restaurants in Ichtenhagen zu. Nur Oliverio nicht und Willi. Aber dessen gutbürgerliche Küche ist für Oliverio keine Konkurrenz.

Er bringt die Gäste persönlich zur Tür und schließt ab. Dann schenkt er sich ein Glas Rotwein ein und setzt sich an die Theke. Das macht er immer so. Jeden Abend, bevor er nach Hause geht, läßt er den Tag Revue passieren und dankt dem Herrn für das Glück, das er hat. Eine anständige Tochter, eine gute Frau, einen fleißigen Sohn und ein Geschäft, das sie alle satt macht.

Er ist ein gläubiger Mensch und kann es nicht aushalten, wenn Gino über die Kirche herzieht. Für Gino ist die Kirche auch nur eine Art Mafia. Seine Lieblingsworte in der Diskussion mit seinem Vater heißen: Inquisition. Hexenverbrennung. Kreuzzüge. Antibabypille. Bevölkerungsexplosion.

Vielleicht muß das so sein, zwischen Vater und Sohn. Ein Thema brauchen sie zum Streiten. Um sich abzugrenzen voneinander.

Sonst ist Gino ein Traumsohn. In Italien hat er eine gute Frau und zwei kleine Kinder. Trotzdem treibt er es mit den Mädchen in Deutschland wild, aber darauf ist sein Vater eher stolz. Er war in seiner Jugend auch kein Unschuldsengel. Da bekam der Pastor bei der Beichte schon mal rote Ohren.

Er schmunzelt bei dem Gedanken und nimmt noch einen Schluck. Er drückt den Wein langsam mit der Zunge gegen den Gaumen. Abrollen lassen, nennt er das.

Mit lautem Klirren zersplittert die Scheibe in der Tür. Glassplitterregen. Fast gleichzeitig, nur um den Bruchteil einer Sekunde verzögert, platzen auch die zwei großen Fenster nach innen.

Vermummte Gestalten mit Baseballschlägern springen in den Raum. Es sind sechs. Einer mit einem schweren Hammer. Er spaltet die Tischplatte mit einem Schlag.

»Ich will hier nur noch Kleinholz sehen«, brüllt er.

Jetzt toben die anderen los. Sie zertrümmern systematisch alles. Einfach alles. Selbst die getrockneten Kalebassen an den Wänden.

Einer reißt das Fischernetz von der Decke. Ein anderer springt über die Theke und fegt mit seinem Schläger die Flaschen aus dem Regal.

Der Boden ist mit Glassplittern übersät.

Kurioserweise denkt Oliverio: Wie kleine Diamanten.

Niemand tut ihm etwas. Er scheint für diese Typen gar nicht da zu sein.

Langsam versucht er, zum Telefon zu kommen. Es ist ein schnurloses Telefon. Wenn einer seiner Gäste angerufen wird, kann es zu jedem Tisch getragen werden. Eine Idee von Gino.

Er überlegt. Jetzt könnte es ihm vielleicht das Leben retten, denn wenn die mit dem Raum fertig sind, ist er dran. Das steht für ihn fest. Die machen ganze Arbeit. Sie wollen ihn nur erst dabei zusehen lassen, damit er Angst hat und mit vollgeschissenen Hosen stirbt.

Jetzt weiß er, was er tun wird. Er kann versuchen, sich mit dem Telefon auf der Toilette einzuschließen. Ja. Das ist es. Der Plan gibt ihm Mut.

Er rennt zum Telefon. Er streckt die Hand danach aus, aber der Baseballschläger ist schneller. Das Gerät platzt wie die Schalen der Flußkrebse, die er in seiner Kindheit sammelte.

»Um dich kümmern wir uns später«, sagt Peter und schiebt Oliverio achtlos beiseite.

Dieter hebt die alte Kasse hoch und schleudert sie auf den Boden. Sie springt auf. Das Geld fällt zwischen die Glasscherben.

Dieter packt ein. Er ist zu grapschig. Ein Splitter zwischen den Münzen bohrt sich in seinen Handballen.

»Auah! Scheiße!«

Siggi tritt gegen die Kasse. Erschrocken blickt Dieter hoch.

»Laß das!« fordert Siggi. »Wir sind keine Diebe.«

Dieter ist beleidigt, läßt sich aber nicht beirren.

Oliverio will zur Toilette entkommen. Wolfs Hammer bremst ihn. Wolf schlägt nicht zu. Er hält den Hammer nur wie eine Sperre vor Oliverios Brust.

»Halt. Wo ist Gino?«

Oliverio sagt nichts. Er schüttelt nur stumm den Kopf. *Mein Gott, denkt er, mein Gott, was wollen die von meinem Sohn?*

Siggis Satz *»Wir sind keine Diebe«* macht ihm Sorgen. Räuber, Schutzgelderpresser, damit kann er leben. Das ist unpersönlich. Ein Geschäft. Nicht legal, aber rational. Die hier wollen kein Geld. Ihre Wut ist zu zerstörerisch. Wovon soll er Schutzgeld bezahlen, wenn ihm nichts bleibt? Die hier wollen nur kaputtmachen. Einfach nur kaputtmachen.

»Antworte, wenn man mit dir spricht.«

Sein Körper ist von einer dünnen, glitschigen Schweißschicht überzogen. Die Hosenbeine kleben an den Schenkeln. Das Unterhemd am Bauch.

Er würde lieber sterben, als Gino zu verraten. Kein Vater würde seinen Sohn solchen Tieren ausliefern, denkt er tapfer. Kein Vater! Egal, ob der Sohn an Gott glaubt oder nicht. Völlig egal.

Der Hammer senkt sich langsam. Dabei hat das Eisen die ganze Zeit Kontakt zu Oliverios Körper. Fast zärtlich streift es nach unten.

Herr im Himmel! Heilige Mutter Maria! Was muß der Bursche für Kräfte haben. Er führt den schweren Vorschlaghammer mühelos wie einen dünnen Taktstock.

Eine Träne löst sich aus Oliverios rechtem Auge. Erschrocken spürt er, wie die feuchte Schnecke an seiner Wange hinunterrollt. Er schämt sich deswegen.

Männer weinen nicht. Männer sterben lieber.

Max und Peter trinken jetzt scharfen Grappa aus der Flasche.

»Nicht mal 'n richtigen klaren Schnaps können die Itaker machen«, hustet Max.

»Keine Kultur. Im Krieg kannten die auch nur den Rückwärtsgang.«

Peter wendet sich mit der Flasche wedelnd an Oliverio. »Wegen euch feigen Arschkriechern haben wir den Afrikafeldzug verloren. Ihr habt Rommel verraten.«

Mit einem Blick schickt Wolf Peter weg.

Dieser Mann hier gehört ihm.

Der Hammer ist jetzt unterm Bauchnabel angekommen. Peter nimmt noch einen Schluck aus der Flasche, dann wirft er sie gegen die Wand.

Max öffnet eine Literflasche russischen Wodka. Er hält sie Peter hin. »Probier mal.«

Peter schluckt.

Dieter ist jetzt in der Küche und demoliert die Öfen.

»Sag: Ich bin ein dummes, italienisches Arschloch!«

Er tut es sofort, laut, ohne nachzudenken und ohne Reue. Aber er ahnt schon, es wird ihm nichts nutzen.

»Lauter!«

Er brüllt den Satz.

Der Hammer pendelt von seinem Körper weg und saust dann zurück. Der stechende Schmerz im Knie läßt Oliverio für einen Moment ohnmächtig werden.

Als er wach wird, liegt er mit dem Gesicht zur Wand. Sie toben jetzt alle in der Küche herum. Bewerfen sich mit Gemüse, kalter Bolognesesoße und Essensresten. Die Tiefkühltruhen werden ausgeleert.

Jürgen hebt wieder eine Lage Teller hoch und wirft sie dann gegen die Wand.

Max baggert sich Tiramisu mit bloßen Händen in den Mund und schmiert den Rest an die Tapete.

»Bist du bescheuert? Iß das bloß nicht! Da sind Salmonellen drin. Die rühren das mit Hühnerscheiße an. Ja! Stand in der Zeitung. Die Itaker kochen viel mit Hühnerscheiße.«

Oliverio schleppt sich zu den Toiletten. Er könnte jetzt auch auf die Straße fliehen, aber etwas – eine unbestimmte Angst – hält ihn ab.

Als sei alles einfach noch nicht zu Ende, als müsse er abwarten, bis es wirklich vorbei ist. Er fühlt sich, als dürfe er die Ereignisse nicht beschleunigen.

Es gilt nur abzuwarten und zu überleben.

Er schließt sich auf der Damentoilette ein. Er möchte sich auf die Kloschüssel setzen, um dort auszuharren, aber er rutscht ab. Jetzt klemmt er zwischen Schüssel und Wand fest. Er hat nicht mehr die Kraft, seine Lage zu verbessern. Er heult hemmungslos, die Stirn auf den Klodeckel gestützt.

In der Küche tobt keiner so wild wie Peter. Er hat sich die Vermummung längst vom Kopf gerissen. Er schlägt auf die umgestürzten Kühltruhen ein und zertrampelt den Inhalt.

Siggi schaut Peter erstaunt zu. *Wessen Schwester haben die Schweine eigentlich umgebracht*, denkt Siggi.

Wolfs Wut kann er verstehen, der hatte immerhin etwas mit Renate. Sie war seine Freundin. Aber was ist mit Peter?

Dieter will wenigstens die tiefgefrorenen Steaks mitnehmen, aber Wolf ist dagegen.

»Laß ihn doch«, sagt Max. »Ob wir es kaputthauen oder mitgehen lassen. Wo ist der Unterschied?«

»Ja, äi! Wenigstens noch ein paar Flaschen und Zigaretten.«

»Der hat sogar kubanische Zigarren, die Sau!« schimpft Jürgen und steckt sich welche ein. Eine schiebt er sich hinters Ohr, eine zwischen die Lippen. Er will sie gerade anzünden, als Polizeisirenen ertönen.

»Geordneter Rückzug!« kommandiert Wolf.

Sofort rennen die Ultras los, wie sie es von Wolf gelernt haben. Jeder nimmt einen anderen Fluchtweg. Nach links. Nach rechts. Durch die Hinterhöfe. Über die Dächer. Und Max sogar in die Kanalisation. In die Stadt unter der Stadt wird ihm niemand folgen. Da ist er sicher. Als Ratte unter Ratten.

Nur Peter läuft nicht weg. Er zerschlägt schon Zerschlagenes. Immer wieder läßt er seinen Baseballschläger zwischen die Scherben krachen, als gäbe es zu zerdeppertem Porzellan eine Steigerung.

Er ist klatschnaß geschwitzt, aber er kann nicht aufhören. Es ist ein Rausch. Er prügelt weiter, bis er nicht mehr kann.

Als die Polizeibeamten mit gezückten Waffen in die Pizzeria stürmen, treffen sie drinnen einen betrunkenen Hünen, der seinen zersplitterten Baseballschläger wie ein schlafendes Baby im Arm wiegt. Mit wirrem, fast sehnsüchtigem Blick scheint er die Beamten zu erwarten.

Er wird hochgerissen und, mit gespreizten Beinen, Gesicht zur Wand, nach Waffen durchsucht.

»Nun nehmt mich doch endlich fest«, schreit er. »Na los. Macht Schluß.«

34

Vera ist schon beim »Tatort« eingeschlafen. Hans guckt jetzt den Spätfilm. Ein Agententhriller mit gut gebauten Agentinnen. Die Blonde erinnert ihn an Susanne. Die süße kleine Susanne mit den Rehaugen, den schmalen Hüften und dem großen Busen.

Ihr Verhältnis hat nur knapp zwei Monate gedauert. Es war sein einziger Fehltritt in all den Jahren. Er mußte sie leider entlassen. Vera hätte ihm sonst nicht geglaubt, daß die Geschichte vorbei war, ein für allemal.

Das Telefon klingelt.

Vera ist sofort wach. Sie schüttelt ihre Haare.

Hans stellt den Fernseher leiser und geht zum Telefon.

Ihre Dienststelle. Na klar. Er hätte es sich denken können. Versicherungen schließt um diese Zeit niemand mehr ab, und ihre wenigen Freunde sind rücksichtsvolle Menschen. Nach zwölf würde von denen keiner mehr anrufen. Höchstens in Not.

Aber ihre Freunde gehören nicht zu den Leuten, die nachts in Not geraten. In Gaststätten nicht zahlen können und ausgelöst werden müssen. Die meisten schlafen um diese Zeit schon.

Hans versucht, den Anrufer abzuwimmeln. Natürlich ist es dringend wie immer, und Verbrecher kennen keine Bürozeiten. Aber seine Frau schlafe schon fest, sie sei mit Kopfweh ins Bett gegangen, habe zwei Schlaftabletten genommen. Ja, eine Sommergrippe vermutlich.

Er wird ihren Kollegen nicht los.

»Außerdem, was heißt das schon, ihr habt einen festgenommen?! – Ja, wenn ihr ihn habt, dann ist doch alles in Ordnung. Vera kann ihn ohnehin erst morgen früh vernehmen. – Muß ich euch das erklären? Na, weil er darauf bestehen wird, daß sein Anwalt dabei ist, und *der* kommt heute nacht garantiert nicht mehr. – Also, ich weck' sie jetzt nicht.«

Da steht Vera hinter ihm. Vollständig angezogen und in den Augen den Blick der kühnen Drachentöter, wenn sie spüren, daß das Monster naht.

Sie nimmt ihm den Hörer aus der Hand.

»Ja, hier Kommissarin Bilewski. Was gibt's?«

Kopfschüttelnd läßt ihr Mann sie stehen.

Er wird diese Frau nie wirklich verstehen. Wem will sie was beweisen?

Sie rauscht raus. »Bleib nicht auf, Schatz!«

»Bestimmt nicht.«

Rums, fällt die Tür ins Schloß.

Er muß wieder an seine Susanne mit den Rehaugen denken. Sie wollte endlich einen Mann, der ganz Ja zu ihr sagt. Einen, der genug Geld für zwei verdient. Einen, der es ihr ermöglicht, zu Hause zu bleiben und nie wieder eine Akte anzufassen.

Jeder hat so seine Sehnsüchte, denkt er. Wer weiß, wie oft es zwischen Vera und mir zu einem Kleinkrieg käme, wenn sie nicht draußen ihren Dampf ablassen könnte.

Vielleicht ist es ja gar kein *Fall?* Vielleicht hat sie einen Lover? Sie ist eine verdammt attraktive Frau. Das merken auch andere. Ich habe ihr ja auch etwas von Kundenbesuchen und Mitarbeiterschulungen vorgelogen, wenn ich mit Susanne aus war. Wer sagt schon: Ich fahre mit meiner Geliebten in ein romantisches Hotel?

Es fühlt sich an wie eine heiße Messerspitze, die sich langsam in seinen Magen bohrt.

Wie konnte ich nur die ganze Zeit über so naiv sein? Wie konnte ich erwarten, daß sie mir so einfach verzeiht? Klar, das hier ist eine Retourkutsche. Sie genießt ihre Rache kalt. Wenn sie es mir gesteht, muß ich ihr ja verzeihen, wie stehe ich sonst da?

Sie wollte mich nach meiner Affäre nicht verlassen? Vielleicht provoziert sie jetzt, so daß ich sie verlasse ...

Dann werden ihm die eigenen Gedanken zu sprunghaft. Er hat das Gefühl, in einer Achterbahn aus Vorwürfen, Verdächtigungen und Schuldgefühlen zu sitzen. Er will sie anhalten und aussteigen, denn etwas in ihm sagt ihm, daß alles nur Quatsch ist.

Doch dies flirrende Gefühl der Unruhe bleibt. Er ist müde, doch er kann nicht schlafen. Daran ändert erst der dritte Whisky etwas. Zwei Finger hoch und ohne Eis.

35

Peter drückt schon wieder eine Zigarette in den überquellenden Aschenbecher. Er zittert. Zusammengekauert sitzt er auf dem Stuhl. Seine Tränen verdunsten jetzt in den Ärmeln seines Baumwollhemdes.

Er könnte sich schwarz darüber ärgern, daß er nicht abgehauen ist. *Warum mache ich immer solchen Mist? Immer ich?*

In der Schule war es auch schon so. Alle heckten gemeinsam irgendeinen Blödsinn aus. Er war froh, daß die anderen ihn mitmachen ließen, doch am Ende wurde er gepackt. Garantiert. Wenn überhaupt einer, dann er.

Nie hat er irgend jemanden verraten. Nie einen in die Pfanne gehauen, und doch wurde er hinterher immer verdächtigt. Es fiel den anderen schwer, an seine Loyalität zu glauben, obwohl er sie täglich unter Beweis stellte.

Inzwischen glaubt er manchmal, in ganz schwarzen Momenten, daß er das Unglück anzieht. Bestimmt wird er auch nicht übernommen werden. Er weiß es schon. Er gibt sich Mühe. Er versteht wirklich etwas von Autos. Das sind für ihn nicht einfach bunte Blechkisten, die fahren. Nicht nur Maschinen. Er hört einen Motor und kennt seine Schwächen und Probleme. Das ist für ihn, wie wenn er eine neue Platte abspielt. Er hört auch dann genau jedes einzelne Instrument heraus. Weiß die Qualitäten des Bassisten zu schätzen und freut sich über den Einsatz des Saxophons. Solche Musik mag er. Klar. Wenn nur ein Lärmbrei entsteht, findet er das eigentlich gräßlich. Aber auf Skinmusik steht er trotzdem. Sie macht schön aggressiv. Das bringt Power.

Er sagt den anderen Auszubildenden, wo es langgeht. Nicht schriftlich. Nicht in der Berufsschule. Aber sobald es um Motoren geht, dann hört sich sogar der Meister an, was Peter denkt, obwohl der ein Sozischwein ist und eigentlich ins KZ gehört.

»Peter«, sagt der manchmal, »du bist mein bester Mann.«

Trotzdem weiß Peter, sie werden ihn nach der Prüfung nicht übernehmen. Entweder, weil er in der Prüfung plötzlich nichts mehr weiß, alles vergeigt und durchfällt, oder weil sie lieber den Ali nehmen, denn dann sieht der Betrieb so schön ausländerfreundlich aus, und außerdem kommen, wenn man einen türkischen Gesellen hat, seine Landsleute mit ihren Autos. Erstens, weil der ihre Sprache spricht, und zweitens, weil das Dreckspack sowieso zusammenhält.

Vera Bilewski sitzt auf der Tischkante und beobachtet den brütenden Peter. Kramer steht an der Kaffeemaschine. Er kann mit dem Ding nicht umgehen.

Kramer ist sauer. Er haßt schweigende Verdächtige. Sie rauben ihm die Zeit, die Lebensenergie. Erst eine Stunde am Tag, dann fünf Stunden in der Woche. Am Ende seines Lebens sind es Monate, vielleicht Jahre, die ihm fehlen.

Was ihn so fertigmacht, ist das Gefühl, in der Hand des anderen zu sein. Er ist zwar der Kommissar, der andere der Verdächtige, aber trotzdem stimmt die Sache irgendwie nicht. Er sagt zwar: »Ich kann dich hier so lange festhalten, wie ich will«, doch erstens ist das eine Lüge und zweitens hält der andere ihn ja auch fest.

Wenn der Typ endlich sagt: »Okay, ich gestehe«, oder wenigstens: »Ja, ich will aussagen.« Dann ist die quälende Warterei vorbei. Dann erst. Aber der andere bestimmt den Zeitpunkt, und das macht Kramer zu schaffen. Es beschert ihm Unfreiheit. Um aus diesem Gefängnis herauszukommen, muß Kramer sein Gegenüber zum Sprechen bringen.

Seine Wutausbrüche sind echt. Er hält sich für einen Verhörspezialisten. Er glaubt, einer von den ganz Harten zu sein. Einer, der am Ende alle Ganoven zu Singvögeln macht. Die Tatsache, daß es fast immer Vera ist, bei der die Leute auspacken, ändert nichts an seiner Einschätzung von sich selbst.

Beim letzten Mal hat sie nach vier Stunden übernommen. Er hatte bis dahin nicht einmal den Namen aus dem Typen herausgequetscht. Zehn Minuten später legte genau dieser große Schweiger bei Vera ein komplettes Geständnis ab. Geradezu operettenhaft geschwätzig wurde der.

Als Vera mit den unterschriebenen Papieren zu ihm kam, entlockte sie ihm keine Geste der Anerkennung.

»Kein Wunder«, sagte er, »schließlich habe ich den Jungen vorher vier Stunden lang gargekocht.«

Vera übersieht solch kleine Probleme zwischen sich und ihrem Kollegen gern. Sie weiß, was sie kann, und braucht deshalb wenig Bestätigung von außen, redet sie sich ein. In Wirklichkeit ist sie abhängig vom Erfolg, wie der Junkie von der Spritze. Unerledigte, oder schlimmer, ungelöste Fälle machen sie verrückt.

An Peters Kopf kreisen drei Fliegen. Eine läuft über sein Gesicht. Eine krabbelt über seine Haare. Die andere läßt sich auf seiner Stirn nieder.

Peter zittert jetzt nicht mehr. Er sitzt völlig ruhig. Ganz auf die Fliegen konzentriert. Er wirkt jetzt auf Vera wie ein buddhistischer Mönch.

Dann schlägt Peter ansatzlos zu. Er zerquetscht die Fliege auf seiner Stirn und schnippt sie dann auf den Schreibtisch zwischen die Akten.

»Ich bin doch kein Misthaufen!« brüllt er die tote Fliege an. Er schlägt nach den anderen. »Verschwindet!«

Kramer sieht die tote Fliege auf dem Schreibtisch.

Ihm reicht es jetzt endgültig. Er baut sich bedrohlich vor Peter auf.

»Wenn du glaubst, Bürschchen, daß wir hier in Ichtenhagen eine Neonazibande zulassen, die Schutzgelder erpreßt, dann hast du dich geschnitten!«

Peter guckt auf seine Schuhspitzen. Er erhofft sich davon ein bißchen Mut. Peter schweigt lieber wieder. Er kaut auf der Unterlippe herum.

Vera legt die eine Hand auf Kramers Schulter.

»Laß mich mit dem Jungen doch mal alleine. Mach mal eine Pause.«

Da muß sie Kramer nicht zweimal bitten.

»Ich hab' sowieso die Schnauze voll!« schimpft er.

Schon knallt die Tür hinter ihm zu. Die Glasscheibe in der Tür vibriert nach. Eines Tages wird sie herausfallen, weil Kramer die Tür so oft zudonnert. Der Kitt ist schon bröckelig geworden.

Vera stellt die Kaffeemaschine richtig ein, wirft einen Chip ein und drückt den Knopf.

»Auch eine Tasse?« fragt sie.

Er antwortet nicht. Sie tut, als sei das ein Ja gewesen und fährt unbeirrt fort: »Mit Milch und Zucker?«

Wieder keine Reaktion.

»Also ohne.«

Sie reckt sich wie eine Katze, während die Maschine Kaffee in den Plastikbecher spuckt.

»Ich brauch' jetzt erst mal eine zum Wachwerden. Du hast mich nämlich aus dem Bett geholt.«

Sie reicht ihm den vollen Becher. Er nimmt ihn, ein wenig zu ungestüm.

Vera stellt einen Becher für sich in die dafür vorgesehene Vertiefung. Hinter ihr pustet Peter und schlürft dann.

Vera spricht wie zu sich selbst: »Der jüdische Friedhof. Die Pizzeria. Ich frage mich, woher kommt der Haß? Woher?«

Es platzt aus Peter heraus: »Haß ist Ehrlichkeit.«

Sie schaut ihn groß an. Das hat sie noch nie gehört. Ihr Blick bringt ihn dazu, seine These mit kurzen, atemlos gesprochenen Sätzen zu erklären.

Er preßt die Worte aus sich heraus. Sie kommen von irgendwo ganz tief in ihm drinnen, wo es dunkel ist und kalt.

»Haß hilft, zwischen Gut und Böse zu unterscheiden. Zwischen Freund und Feind. Haß bringt Wahrheit.«

Sie beugt sich vor, guckt ihn ganz konzentriert an, sucht Blickkontakt. Für den Bruchteil einer Sekunde, für einen Wimpernschlag, gelingt es ihr. Es kommt ihr vor, als könnte seine Haut jeden Moment zerreißen, so sehr steht er unter Spannung.

Er kotzt die Worte aus: »Haß zerstört eure Lügen. Eure Harmoniediktatur. Haß bringt die Wahrheit ans Licht. Haß ist geil.«

»Warum bist du nicht abgehauen wie die anderen?«

Er wendet sich ab, starrt zur Decke.

»War es Haß? Hat dein Haß dich festgehalten?«

Jetzt funkeln seine Augen sie an. Zum ersten Mal hat sie Schwierigkeiten damit, seinem Blick standzuhalten. Aus seinen Augen springt sie die nackte Emotion an.

»Ja!« brüllt er. »Haß! Ihr seid zu früh gekommen.«

Vera hält nicht viel von Zahlen, Laboruntersuchungen, Indizien, Alibis und Zeugenaussagen. Sie läßt sich am liebsten von ihrem Instinkt leiten. Ja, sie hat so etwas. Jagdinstinkt.

Sie bekommt Kontakt zu der vibrierenden Kraft in Peter. Es ist eine zerstörerische Energie. Doch ihre Quelle ist eine Sehnsucht. Eine unerfüllte Liebe.

Sie spürt, daß sie damit hundertprozentig richtig liegt, aber sie weiß, das darf sie niemandem sagen. Kramer schon gar nicht. Es kann in keinem Protokoll auftauchen, und doch kennt sie jetzt genau die Richtung, in der sie suchen muß.

Peter atmet schwer. Den Kaffee läßt er in der Faust kalt werden.

»Du kanntest Renate Schmidtmüller doch auch. Siggis Schwester. Wie war sie denn so? Kannst du mir etwas über sie erzählen?«

Peter zieht an seiner Zigarette und staunt.

Leise fährt Vera fort: »Ich bin von der Mordkommission. Diese Geschichte mit der Pizzeria interessiert mich eigentlich nicht. Ich will etwas über Renate herausfinden. Gehörte sie mit zu eurer ... Gruppe?«

Er schüttelt den Kopf. Seine Augen füllen sich mit

Wasser, als er spricht. Seine Stimme klingt belegt. »Nein. Renate war anders. Irgendwie leichtfüßiger. Unschuldiger. Für Politik hat sie sich gar nicht interessiert. Auch nicht für Fußball. Nur für Musik. Tanzen. Kleider.« Eine Träne löst sich aus dem überschwemmten linken Auge. »Nicht einmal für Doitschland schlug ihr Herz.«

Er saugt süchtig den Qualm ein.

»Du hast Renate Schmidtmüller geliebt, stimmt's?« hört Vera sich sagen.

Sein Erschrecken zeigt ihr, daß sie recht hat.

»Na und? Ist das verboten?«

Vera schüttelt den Kopf. »Nein, aber du verhältst dich so, als wäre es ein Verbrechen.«

»Renate war Wolfs Mädchen.«

Vera nickt. Sie läßt den Namen langsam auf der Zunge zergehen. Dadurch spricht sie ihn respektvoller aus, als sie eigentlich will, so als sei er etwas Besonderes.

»Wolf Kleinhaupt. Er ist euer Boß, nicht wahr?«

Peter glaubt, schon zuviel gesagt zu haben. Er versucht, teilnahmslos in die Ferne zu schauen, aber es gelingt ihm nicht. Er ist zu nervös.

Wenn die Alte dem Wolfi erzählt, daß ich auch hinter Renate her war, schneidet der mir die Ohren ab.

»So viele gute Mädchen gibt es hier in Ichtenhagen nicht.«

Das Gespräch hat begonnen. Vera muß es jetzt nur

in Gang halten, vielleicht ein bißchen strukturieren. Der Rest wird ganz von selbst passieren.

Sie setzt sich auf den Schreibtisch, die Füße auf dem Drehstuhl. Sie zieht die Pumps aus und massiert sich die Zehen. Die Selbstverständlichkeit, mit der sie das tut, verwirrt Peter und erleichtert ihn. Es ist so menschlich, als sei der offizielle Teil erledigt, das Verhör vorbei. Als könne man jetzt endlich wieder normal reden, ohne darauf achten zu müssen, nicht in eine Falle zu tappen.

Als Kramer im Raum war, schienen überall unsichtbare Fußfallen und Stolperdrähte aufgespannt zu sein. Unter dem Boden lagen Tretminen.

In Veras Haltung und Stimme fehlt alles Lauernde. So schwindet die Vorstellung von Bedrohung.

Peters Verkrampfung im Magen lockert sich. Er stößt sauer auf und spült den schlechten Geschmack mit Kaffee runter.

»Renates Mutter meint, es sei nicht so doll zwischen Renate und Wolf gewesen«, sagt Vera. »Renate hat sich wohl manchmal verleugnen lassen, wenn Wolf anrief.«

Der Satz tut Peter gut. Vera hält sich spielerisch die Hand vor den Mund und lächelt. »Oh, das hätte ich wohl gar nicht sagen dürfen. Dienstgeheimnis. Aber du kannst ja schweigen, oder?«

Er nickt stumm, drückt seine Zigarette aus und guckt auf ihre Füße. Sie sieht seinen Blick, zeigt auf seine Springerstiefel. »Ich könnte in solchen Dingern gar nicht laufen. Ich meine, darin müssen die Füße doch richtig braten. Im Sommer.«

Er zuckt mit den Schultern. In seinem Mund sammelt sich zuviel Speichel. Er schluckt schwer.

»Welche Schuhgröße hast du eigentlich?«

»Dreiundvierzig.«

War das jetzt so eine Falle? denkt er. Ein Stolperdraht?

»Ich hab' neununddreißig. Ich könnte meine Schuhe in der Kinderabteilung kaufen.«

Ein Lächeln huscht über Peters Gesicht.

Vera zieht ihre Schuhe wieder an.

»Soll ich dir mal sagen, wie du aussiehst?«

Jetzt hat sie seine volle Aufmerksamkeit. Er kommt aus seinem Schneckenhaus.

»Wie?«

»Wie jemand, der etwas zu verbergen hat.«

»Hat das nicht jeder, der hier sitzt? Immerhin haben Sie mich verhaftet.«

Vera wehrt mit den Händen ab. »Nein, nein, das ist es nicht. Wir haben dich auf frischer Tat ertappt. Leugnen nutzt nichts. Du hast vor etwas anderem Angst.«

Er druckst herum und raunt dann: »Ich will nicht, daß Wolf erfährt, daß ich Renate ...«

Ihre Stimme klingt spöttisch. »Ach ja, klar, keine Sorge. Bei euch hat der Boß die freie Auswahl, oder wie geht das?«

Peter springt auf. Sein Gesicht verzieht sich. Er verschüttet Kaffee.

»Tun Sie doch nicht so, als hätten wir das erfunden! Das steckt tief in euch Frauen drin. Ihr geht mit den Siegern. Das war nach jedem Krieg so. Ihr habt das im Blut.«

Vera hüpft vom Schreibtisch und steht ihm gegenüber. Zwischen ihren Gesichtern keine zehn Zentimeter Abstand. Sie kann die Hitze in seinen Wangen spüren und riecht seinen Atem. Sein Magen spielt verrückt.

»Ihr wißt genau, wer es war, stimmt's? Es geht nicht um Schutzgelderpressung. Es war ein Rachefeldzug.«

Er dreht ihr den Rücken zu. »Ich sage gar nichts.«

Vera rennt um ihn herum, sie will ihn dabei ansehen. Sie schimpft wie eine Mutter mit ihrem ungezogenen Sohn. »Ihr wollt das unter euch regeln, nicht wahr? Na prima! Alles ganz mannhaft.«

Sie schlägt sich gegen die Stirn. Die Geste gleicht der, mit der er die Fliege getötet hat. »Mensch, sei doch nicht blöd! Wenn wir den Täter kriegen, bekommt der seine gerechte Strafe. Wenn ihr ihm etwas antut, geht ihr dafür alle in den Knast. Warum setzt ihr euch ins Unrecht?«

Peter lacht bitter. Er fischt eine Zigarette aus seiner Packung, zündet sie aber nicht an, sondern faucht mit der kalten Zigarette im Mund: »Gerechte Strafe, ja? Ihr tut doch nichts gegen das Ausländerpack! Die dürfen alles. Vergiftetes Essen verkaufen. Unsere Frauen vergewaltigen...«

»Nein!« brüllt Vera. »Das dürfen sie nicht!«

Er fährt unbeirrt fort: »Und sie leben auf unsere Kosten wie Prinzen. Sie...«

Vera stupst ihn an, um ihn zu stoppen.

»Wer war es? Raus mit der Sprache, du weißt es doch. Warum schützt du den Mörder?«

Er grinst überlegen.

»Ich schütze ihn nicht. Wenn wir ihn in der Mangel hatten, dann könnt ihr ihn haben. Der packt keine Frau mehr an...«

Bei seinen Worten läuft es Vera kalt den Rücken herunter. Der meint es ernst, das ist ihr jetzt völlig klar.

36

Nur spärlich beleuchtet der Mond die Grube im Steinbruch. Ein kleines Feuer knistert. Die großen Äste brennen nicht an. Sie qualmen nur stark. Sie sind noch zu naß.

»Wieso ist dieser Arsch nicht getürmt?« brüllt Wolf. »Wenn ich sage Abgang, dann heißt das Abgang!«

»Wer nicht hören will, muß fühlen«, feixt Max, froh, selbst entwischt zu sein. Ihm ist noch schlecht vom Tiramisu.

Max kann Peter sowieso nicht leiden. Er ist für ihn ein Angeber und Kompromißler. Max glaubt auch nicht, daß Peter in Rostock dabei war, obwohl Peter behauptet, er sei sogar in der Tagesschau zu sehen gewesen.

Max hatte versucht, freizubekommen, sobald die ersten Bilder aus Rostock über den Bildschirm flimmerten. Er wollte hin. Dabeisein. Aber seine Chefin hatte ihm nicht freigegeben.

»Von wegen, deine Oma liegt im Sterben! Glaubst du, ich weiß nicht, wo du hinwillst? Du bleibst.«

»Und wenn ich trotzdem fahre?«

»Dann brauchst du gar nicht erst zurückzukommen.«

Max traute sich nicht zu fahren. Er haßt sich noch heute dafür. Aber seitdem trägt er sein Hitlerbärtchen.

Beim nächsten Mal wird er alles stehen- und liegenlassen und hinfahren. Er will am Ende seines Lebens nicht jemand sein, der alle Züge verpaßt hat.

Max ist stolz auf sein Hitlerbärtchen. Einer, der die Haare trägt wie Peter, versucht zwei Leben zu leben. Solche Typen kann Max nicht ab. Entweder dafür oder dagegen. Dazwischen ist für ihn nichts. Kein Raum für Kompromisse.

»Du stinkst wie eine Kanalratte!« zischt Wolf.

Darauf reagiert Max gar nicht. Wie soll er denn sonst riechen? Er hat zwei Stunden unter der Stadt verbracht.

»Der hat sich die Haare nur rasieren lassen, weil er von uns Druck gekriegt hat«, mault Max.

Wolf schneidet ihm das Wort ab. »Das ist doch jetzt völlig egal. Wenn er redet, haben sie uns alle.«

»Das tut er nicht«, prophezeit Jürgen.

»Weil wir mit Verrätern kurzen Prozeß machen«, sagt Dieter und hält sich den Zeigefinger wie einen Pistolenlauf gegen die Schläfe. Er drückt ab und grinst dabei.

Er würde gerne mal einen umbringen. Wenn es nicht so hart bestraft würde, hätte er es schon längst getan. Im Grunde beneidet er Gino um die Erfahrung. Er stellt sich vor, wie sie unter ihm zu zittern und zu flehen beginnt und wie er zudrückt. Ihr Zappeln. Er muß nur daran denken, und Blut schießt in seinen Schwanz.

Er hat schon mit zwölf davon geträumt, Frauen zu quälen. Im Keller, unter der Treppe, stand ein alter, kaputter Kaninchenstall. Dorthin ging er zum Onanieren. Er stellte sich vor, hinter dem Fliegengitter säßen nackte Frauen und flehten ihn an, ihnen etwas zu essen durch die Ritzen hereinzuschieben. Manchmal befriedigte er ihre Wünsche. Manchmal auch nicht, ganz wie er gerade drauf war. Aber immer ließ er sie vorher lange bitten und betteln.

Er liebt Filme über Serienmörder. Wahrscheinlich ist er einer der ganz wenigen im Kino, die voll zum Täter halten. Er geht ins Kino, um Blut zu sehen. Zerfetzte Körper, sterbende Männer, kreischende

Frauen. Angst macht ihn geil. Er kann sich nicht vorstellen, geliebt zu werden. Noch nie hat es ein Mädchen einfach so mit ihm gemacht.

Ein paarmal war er bei einer Hure. Er hat sich eine häßliche ausgesucht. Häßlich und zehn Jahre älter als seine Mutter. Er redet sich ein, er habe sie genommen, weil sie die billigste war. *Loch ist Loch, und rein muß er doch.*

Aber die simple Wahrheit ist, bei den anderen Huren, schön und sexy, befürchtete er, eine Abfuhr zu bekommen. Natürlich wußte er, daß sie auf Freier warteten, aber er konnte sich nicht vorstellen, daß so eine sich dazu herablassen würde, für ihn die Beine breit zu machen. Und selbst wenn – was, wenn er versagen würde vor lauter Aufregung?

Je toller eine Frau aussah, um so bedrückender und deutlicher war für ihn ihr Wunsch, ihn auszulachen. Er fühlt sich, solange er denken kann, von Kopf bis Fuß mit Scheiße gefüllt.

»Wieso«, fragt sich Wolf jetzt laut, »ist der eigentlich so ausgeflippt?« Er zeigt auf Siggi. »Gut, wenn dir das passiert wäre... ich meine, immerhin ist sie deine Schwester gewesen...« Er stockt in der Aufzählung. »Oder mir. Sie war mein Mädchen. Aber Peter...«

»Der ist eben ausgerastet«, sagt Jürgen mit Kloß im Hals. Er hat Peter und Renate mal zusammen an der Ichte gesehen und kann sich jetzt seinen Teil denken. Er wagt natürlich keine Anspielung, denn er hat

Angst vor Wolfs Wut. Außerdem, Peter ist so etwas wie das schwarze Schaf der Gruppe. Jürgen befürchtet, wenn dieser Posten frei wird, ist er der erste Anwärter dafür, und er hat keine Lust, hier den Gruppenidioten und Prügelknaben zu spielen.

»Das Ganze hat überhaupt nichts gebracht«, klagt Siggi.

»Häh? Wir haben den Laden kurz und klein gehauen!« lacht Dieter.

»Na und? Der Gino sitzt jetzt mit seinem Alten bei einer Flasche Sekt, und sie rechnen sich schon aus, wieviel Reibach sie machen, wenn die Versicherung zahlt.«

Wolf guckt sauer. Er fühlt sich um sein Erfolgserlebnis gebracht. Obwohl er Siggi warnend anfunkelt, macht Siggi weiter: »Und wenn sie den Peter richtig in die Mangel nehmen, die Schweine, dann redet der auch.«

»Du meinst, die foltern den?« fragt Dieter.

Niemand antwortet. Siggi tritt gegen glühendes Holz. Funken stieben hoch.

»Ich will ihn haben!« schreit Siggi. »Das Schwein muß sterben!«

Dieter bestätigt Siggi. »Ja! Ganz langsam.«

Als sich eine Stunde später alle vom Feuer entfernen, zieht Siggi Wolf zur Seite.

»Kann ich was von deinem Sprengstoff haben?«

Wolf nickt. »Ja, aber erst nach Samstag. Erst fliegt das Negerdorf hoch.«

»Du willst mir nicht helfen?« fragt Siggi entgeistert.

»Doch, aber ich darf unsere Aktion nicht gefährden. Meinetwegen machen wir Samstag alles in einem Abwasch. Aber nicht vorher, sonst werden die Bullen nur nervös.«

37

Siggi gräbt die halbautomatische P 7 aus. Eine gestohlene Dienstwaffe. Marke Heckler und Koch. Sie ist eingefettet und in Ölpapier gewickelt. Die Munition extra. Sechzehn Schuß.

Gemeinsam haben die Ichtenhagener Ultras die Waffe hier versteckt. Es war ein Ritual, mit Fackeln und Schweineblut. Sie hatten sich die Gesichter damit beschmiert. Es war eine Mischung aus Indianerspiel und kultischem Ritual. Sie schworen sich, niemandem jemals diesen Ort zu verraten. Es sollte ein heiliger Platz werden.

»Falls es unter uns je einen Verräter geben sollte, so wird er durch diese Polizeiwaffe sterben und hier an ihrer Stelle begraben werden!« hatte Wolf verkündet und dabei seine vom Schweineblut nassen Finger zum Mond gereckt.

Gino ist zwar kein Verräter, aber Siggi wird ihn mit der P 7 beseitigen. Noch heute nacht.

Wenn wir Pech haben, denkt Siggi, werden wir alle

noch heute nacht verhaftet. Wegen der Sache in der Pizzeria, wegen dem Saujudenfriedhof oder was weiß ich, was sie sonst noch so aus Peter herausprügeln. Vorher muß Gino dran glauben. Zahn um Zahn.

Das Waffenfett bleibt an Siggis Fingern kleben. Er findet es angenehm. Jede einzelne Kugel ist sorgfältig eingeölt. Seine Finger reagieren fast elektrisiert auf die Berührung. Er reibt sich mit dem Waffenfett ein wie mit einer Handcreme. In seiner Phantasie werden seine Hände dadurch dem Kampf geweiht.

Als er jetzt die geladene Waffe in seiner Rechten betrachtet, kommt sie ihm vor wie die logische Verlängerung. Endlich wächst zusammen, was zusammengehört.

Das metallische Klicken klingt wie im Film. Er streichelt die Waffe mit links und hält sie hart mit rechts. Es ist ein erotisches Gefühl. Anders als das Berühren des Körpers einer Frau, aber eben doch erotisch.

Im Wirrwarr seines Inneren siegt plötzlich die Trauer über Wut, Haß und Mordlust. Bilder von Renate steigen in ihm auf. Wie er vor ein paar Jahren – sie war gerade dreizehn geworden – den Platz vor dem Schlüsselloch ihrer Zimmertür an Freunde vermietete. Einmal heimlich gucken fünfzig Pfennig. Wolf zahlte zwei Mark, um ihr beim Baden zuzusehen. Dann konnte er gar nichts erkennen, weil die Dusche Milchglasscheiben hat.

Renate fand es heraus. Sie regte sich furchtbar auf. Er mußte erst schwören, so etwas nie wieder zu tun, sonst drohte sie, den Eltern alles zu verraten.

Er schwor. Dann verlangte sie das Geld. Er bot ihr die Hälfte. Sie knallte ihm eine, aber sie war einverstanden.

Jetzt würde er sich gern von ihr noch einmal eine reinhauen lassen. Ihre Zornausbrüche gaben ihr so viel Lebendigkeit. Mit ihr konnte er zanken bis zur Weißglut, aber danach war immer alles wieder gut. Nie hat sie ihn verpetzt. Nie wirklich in die Pfanne gehauen. Er war ihr Beschützer, ob sie das wollte oder nicht.

Er hat versagt.

Er würgt. Kotzbrocken kommen in ihm hoch.

Er wickelt die Waffe in Filz und schiebt sie sich in den Hosenbund.

Ich krieg dich, Gino. Ich krieg dich. Erst in jedes Knie eine Kugel und dann zwischen die Augen. Bumm und aus.

Mit der Waffe geht er anders. Aufrechter. Er atmet tief in den Bauch hinein und in langen, ruhigen Zügen aus.

Die Waffe brennt an seinem Körper. Sie sitzt zwischen Gürtel und Bauch fest. Von dort geht etwas aus, das seine Traurigkeit verdrängt und statt dessen wieder Platz macht für Wut. Rache statt Trauer. Kampf statt Lähmung. Töten statt Vergeben.

Er tritt fest auf. Sein Atem kommt ihm vor wie ein

Flammenwerfer. Durch die Nase saugt er Benzin ein, durch den Mund bläst er hinein in das Feuer, das vor ihm lodert.

Ich werde es allein tun, denkt er. Die Sache geht nur uns beide etwas an. Gino und mich.

Da plötzlich kommen Zweifel in ihm auf. Was, wenn Gino es gar nicht war?

Na und? Ein Itaker weniger.

Aber wenn er es nicht war und ich ihn ausknipse, dann läuft das richtige Schwein weiter frei herum. Scheiße. Ich werde ihn zum Geständnis zwingen. Mit einer Kugel im Knie und einem Lauf am Ohr sagt jeder die Wahrheit.

38

Das Haus hat vier Stockwerke. Im oberen wohnt Gino mit seinen Eltern.

Es ist ein Flachdachbau. Im Sommer tierisch heiß. Die oberen Wohnungen können praktisch nur an Ausländer vermietet werden. Für Asylanten zu teuer. Aber ein Gastarbeiter mit gutgehender Pizzeria kann sich die Räume leisten.

Es gibt einen Fahrstuhl, eine Klimaanlage, einen Balkon zur Sonnenseite. Die Oliverios sind zufrieden.

Gegenüber liegt ein Parkhaus. Auf dem schmalen Steg zwischen Wand und Auffahrt geht Siggi hoch.

Das Parkhaus ist fast leer. Es war von Anfang an eine Fehlplanung. Völlig am Bedarf vorbei. Es hat sechs Parketagen. Mehr als zwei sind nie besetzt. Auch nicht, wenn Schützenfest oder Jahrmarkt ist.

In der dritten Etage vögelt ein Pärchen in einem silbernen Golf. Sie lenken Siggi nur für einen Moment von seinem Plan ab.

Der Wagen wackelt. Die Stoßdämpfer quietschen rhythmisch. Die beiden sind wohl schon in der Endphase und kriegen nicht mehr mit, was um sie herum passiert. Siggi könnte sich jetzt daneben stellen und zusehen. Aber er denkt nur an seine Rache.

Das Parkhaus hat Belüftungsfenster, die für Siggi wie Schießscharten einer modernen Burg aussehen.

Er schaut durch. Bei den Oliverios brennt Licht. Von Gardinen halten sie nicht viel. Nur ein schmaler, selbstgehäkelter Streifen ziert die Fenster. Großmaschig und geradezu einladend.

Eine Zimmerpflanze stört Siggi. Er nimmt die Waffe aus dem Tuch und zielt auf Gino.

Noch ist die P 7 nicht durchgeladen. Siggi zielt damit wie früher mit seinem silbernen Colt. Er bläht die Wangen auf und läßt dann die Luft aus den Lippen platzen.

»Bum. Bum. Bum.«

Die Schußposition ist ungünstig. Er muß noch eine Etage höher.

Es wurmt ihn, Gino aus solcher Entfernung abzuknallen.

Einerseits bietet die Distanz Schutz. Niemand kann ihn hier entdecken. Andererseits entgeht ihm auch der Genuß.

Er will ihn weinen sehen. Röcheln und sterben. Das Entsetzen in seinen Augen, wenn er kapiert: Ich bin angeschossen worden.

Am liebsten wäre Siggi mit Gino allein. Er möchte ein Geständnis. Gino soll wissen, daß er sterben wird, und er soll dem Vollstrecker in die Augen sehen.

Siggi stellt sich vor, wie er hochgeht zu der Wohnung und klingelt. Gino öffnet und guckt direkt in den Lauf.

Aber Siggi weiß, das wird er nicht tun. Es ist zu riskant. Ginos Mutter ist in der Wohnung. Siggi kann sie sehen. Vielleicht guckt die Schwester noch nebenan Fernsehen. Siggi müßte sie alle umbringen.

Das schafft er nicht. Gar nicht daran zu denken. Mit Dynamit, ja. Das wäre kein Problem. Eine Stange durch den Türschlitz werfen oder durchs Fenster und aus. Da wäre die Distanz gut. Aber aus nächster Nähe kann er nur Gino umbringen. Frauen sowieso nicht.

Er hat das Gefühl, sich mal wieder selbst im Weg zu sein und nicht wirklich zu wissen, was er will.

Siggi kommt noch einmal an dem silbernen Golf vorbei. Er trägt die Waffe offen in der Hand.

Die Beifahrertür vom Golf wird geöffnet. Mit einem Satz huscht Siggi in die dunkle Ecke am Lüftungsschacht. Er duckt sich. Hier wird ihn niemand sehen. Er kann keine Zeugen gebrauchen, die ihn später identifizieren. Er ist als Bruder sowieso verdächtig. Aber die anderen werden ihm ein Alibi geben. Da ist er ganz sicher. Skinheads halten zusammen und die Ichtenhagener Ultras erst recht.

Die Frau steigt aus dem Auto und bringt umständlich ihre Kleider in Ordnung. Die Strumpfhose hängt ihr an den Knien. Der Rock ist bis zur Hüfte hochgerollt. Sie beeilt sich nicht einmal sehr. Wer soll sie beobachten? Sie fühlt sich sicher. Ein Auto hätten sie bemerkt. Wer erwartet schon Fußgänger – Todesschützen – nachts im Parkhaus?

Gerade als Siggi einfällt, daß es auch Parkhäuser mit Videoüberwachung gibt und der Job wohl gar nicht so langweilig ist, wie er sich anhört, Parkhauswächter oder Nachtwächter, genau in dem Moment erkennt er sie.

Es ist Maria mit den Mandelaugen. Siggi hat sie schon oft gesehen. In der Pizzeria. Jetzt zeigt sie ihm ihren weißen Arsch. Maria. Gino Oliverios Schwester.

Der Typ aus dem Golf zieht sich den Reißverschluß zu und reicht ihr ein Papiertaschentuch raus. Sie wischt sich damit zwischen den Beinen ab.

Maria pellt die Strumpfhose hoch und rollt den Rock herunter. Dann hockt sie sich an der Tür so hin, daß sie in den Außenspiegel gucken kann. Sie überprüft ihr Make-up und ihre Frisur.

»Jetzt muß ich mich aber beeilen. Meine Mutter hat schon beim letzten Mal so einen Tanz gemacht.«

»Kann ich dich morgen abholen?« tönt eine männliche Stimme aus dem Inneren des Wagens.

»Bloß nicht. Du weißt doch, wie meine Eltern sind.«

Die Stimme lacht höhnisch. Siggi kann das dazugehörige Gesicht nicht erkennen. »Aber dein Bruder, der darf alles. Der pimpert in der Gegend herum wie ein Kaninchen. Darüber regen sie sich nicht auf, was?«

»Der ist ja auch ein Mann. Der darf das. Ich dagegen muß ein anständiges Mädchen sein.«

Jetzt zündet der Typ im Golf sich eine Filterzigarette an. Die Flamme des Einwegfeuerzeugs erleuchtet sein Gesicht. Robert Forler. Der arrogante Lackaffe aus der Sparkasse.

Wenn Siggi ihn nur in seinen hellen Anzügen und bunten Krawatten hinter der Theke herumtanzen sieht, könnte er dreinschlagen. Das schmale, feingliedrige Bürschchen hatte er immer für schwul gehalten, und jetzt bumst dieser Fatzke Maria, die Unnahbare. Die begehrte, bewunderte Maria.

Es geht in Ichtenhagen ein Witz: Wann macht die Pizzeria Oliverio pleite? Wenn Maria heiratet.

Sie ist eine Augenfreude für jeden. Selbst Greise bekommen in ihrer Nähe sündige Gedanken. Die züchtige Art und Weise, mit der sie Blicken und Anspielungen begegnet, verbannt jede Begierde ins

Reich der Phantasie, wo sie um so schönere Blüten treiben kann.

Die zur Hure geborene Heilige. Für Siggi ist sie jetzt irgendwie entweiht. Nie mehr wird er sie mit den gleichen Gefühlen ansehen können wie bisher.

Sie hat also einen Freund, und sie macht es mit ihm heimlich im Auto, keine vierzig Meter Luftlinie von der elterlichen Wohnung entfernt.

»Glauben deine Eltern wirklich, daß du noch Jungfrau bist?« spottet Robert Forler.

»Natürlich. Was denkst du denn? Und so werde ich auch in die Ehe gehen.«

»An mir soll's nicht liegen. Ich halte dicht. Hauptsache, ich muß dich nicht heiraten.«

»Oh, du!« Maria wirft etwas Weiches nach ihm. Siggi kann nicht genau erkennen, was. Vermutlich das Papiertaschentuch.

Sie lacht. Er streichelt ihren Rücken. Sie verspricht: »Also gut. Morgen abend. Gleiche Uhrzeit. Gleiche Stelle.«

Sie stellt sich gerade hin. Er langt aus dem Golf, tätschelt zufrieden ihren Hintern. Allein dafür könnte Siggi ihm eine Kugel verpassen.

»Ciao!« »Tschüs.«

Jetzt stöckelt Maria ganz nah an Siggi vorbei. Er hält den Atem an. Sie bemerkt ihn nicht.

Robert Forler läßt den Motor des Golfs aufheulen, als sei er ein Formel-Eins-Fahrer vor dem Start. Mit quietschenden Reifen verläßt er das Parkhaus.

Siggi rennt ein Stockwerk höher. Er will die P 7 durchladen. Er läßt den Schlitten nicht fliegen, um das laute, metallische Geräusch zu vermeiden. Er befürchtet, es könne im Parkhaus widerhallen und ihn in der Stille der Nacht verraten.

Siggi hält den Schlitten gegen den Druck der Feder und führt ihn langsam zurück. Es knackt nur zweimal.

Gino Oliverio präsentiert sich als Zielscheibe. In die Eier schießen kann Siggi ihm nicht. Nur sein Oberkörper ist sichtbar.

Siggi lehnt sich gegen den rauhen Putz der Schießscharte. Er stützt seine Ellbogen auf, um die Waffe ganz ruhig zu halten. Bei der Entfernung macht ein Millimeter beim Abschuß verwackelt gut einen Meter aus, wenn die Kugel aufschlägt.

Unten kommt Maria aus dem Parkhaus. Sie geht quer über die Straße auf den beleuchteten Hauseingang zu.

Gleich wirst du deinen Bruder in seiner eigenen Blutlache sehen.

Sie geht wie eine Hure, denkt er, mit ihrem wippenden Arsch. Ja, genau, und so sieht sie auch aus.

Was er gerade gesehen hat, macht ihn noch immer fertig. Er kann sich gar nicht auf den Schuß konzentrieren.

Da, Maria schließt gerade die Haustür auf, biegt ein Polizeiwagen in die Straße ein. Er hält direkt vor Maria. Die Türen fliegen auf.

Siggi zögert. Was hat das zu bedeuten?

Dann steht Gino gähnend am Fenster. Jetzt oder nie. Siggi hat ihn voll vor dem Lauf.

Siggi drückt ab. Aber die erste Patrone hat sich im Auswurf verhakt.

»Scheiße!« Er schüttelt die Waffe, versucht, die Kugel herauszuheben. Sie klemmt.

Siggi fällt alles ein, was er falsch gemacht hat. Das macht ihn restlos wütend.

Der Schlitten der halbautomatischen Waffe ist dafür gemacht, hin und her zu fliegen und mit Wucht die nächste Kugel aus dem Magazin zu holen. Sein langsam leises Ziehen hat alles versaut.

Die Patrone springt heraus und fällt auf den Betonboden. Siggi bückt sich nicht danach. Er reißt den Schlitten kraftvoll nach hinten und läßt ihn dann fliegen.

Jetzt klappt es. Die 9 mm Parabellum gleitet aus dem Lager. Die Waffe ist schußbereit.

39

Vera und ihr Kollege Kramer stürmen an Maria vorbei ins Haus. Ein Streifenbeamter bleibt im Wagen, der andere stellt sich an der Tür auf.

Vera nimmt den Fahrstuhl, Kramer die Treppe. Sie wollen nicht riskieren, daß der Killer ihnen im letzten Moment durch die Lappen geht.

Natürlich, denkt Kramer, typisch. Ist ja klar, daß der ganz oben wohnt. Wäre ja auch zu schön, wenn mal ein Verdächtiger in der ersten Etage wohnen würde.

Kramer hat eine auf Lebenserfahrung basierende Theorie, die er bisher noch niemandem mitzuteilen wagte. Vera Bilewski schon gar nicht. Im Gegensatz zu ihr glaubt er nicht daran, daß Freunde und Verwandte verdächtig sind, je näher, um so mehr. Er sieht vielmehr einen Zusammenhang zwischen der Wohnhöhe und der Täterschaft.

Die letzten drei Mörder wohnten direkt unterm Dach. In all den Jahren hat er nur einmal einen Mann festgenommen, der im Parterre wohnte. Zur Untermiete. Auch die Killer in den Einfamilienhäusern sind selten. Dort wohnen eher Opfer.

Kramer sieht das so: Ein Mörder erhebt sich durch seine Tat über alle anderen Menschen. Schwingt sich auf zum Richter über Leben und Tod. Es ist also nur logisch, daß er nicht mitten unter ihnen leben will, sondern göttergleich über ihren Köpfen residieren möchte. Wenn der Mörder von seiner Dachwohnung aus auf die Menschen unten hinunterguckt, dann erscheinen sie ihm klein, unbedeutend wie Insekten. Aus dieser Perspektive läßt sich leicht töten.

Politiker, denkt Kramer, sollten nie in Penthäusern wohnen, dann wäre der Frieden sicher. Der Ritter auf seiner hohen Burg neigt dazu, Krieg zu führen gegen die da unten.

Nie kamen in der Geschichte Eroberer, Unterdrücker und Diktatoren aus einem Tal, immer von den Anhöhen, behauptet er, wenn er nur genug getrunken hat.

Er faßt nach seinem Schulterhalfter. Eigentlich kann Kramer Schulterhalfter nicht ausstehen. Er scheuert sich regelmäßig unter den Achseln wund, weil die Dinger verrutschen. Aber in der Jackentasche führt er die Pistole auch nicht gerne mit sich. Er haßt diese ausgebeulten Jackentaschen und schiefhängenden Blazer. Außerdem hatte er einmal eine Freundin, die fand es cool, wenn er die Jacke auszog und beim Candlelight-Dinner im Hemd, mit Schulterhalfter und Dienstwaffe dasaß. Erst kam er sich dabei albern vor, dann wie ein Gangster. Ein Mafiaboß. Nicht wie ein Polizist. Er fühlte eine knisternde erotische Spannung entstehen durch dieses Ding. Erst dadurch wurde ihm bewußt, wieviel sexuelle Anziehungskraft in so einem Gangsterboß steckte.

Einmal trug er den Schulterhalfter sogar auf nackter Haut für sie. Es wurde die schärfste Nummer seines Lebens. Noch nie hatte er sich so sehr als rein sexuelles Wesen gefühlt, noch nie so hemmungslos geschrien und zugestoßen.

Hinterher war er wund und voller Bißwunden. Ja, es waren keine Knutschflecken, sondern Verletzungen. Sosehr er sich immer wieder danach sehnen würde, genauso deutlich wußte er, daß er es nie wieder mit ihr tun wollte.

Es machte ihm angst. Sie waren gemeinsam über eine Grenze gegangen, von der er gar nicht geahnt hatte, daß sie existierte. Er fürchtete sich vor dem, was danach kam, wenn alle Hemmungen und Grenzen weg waren, wenn er wieder ganz Tier werden würde.

Da war noch mehr möglich. Noch viel mehr, als er in dieser Nacht mit ihr erlebt hatte. Er fühlte, daß er die Zivilisation verließ und auf einen Abgrund zuraste.

Bald würde er nicht mehr arbeiten gehen. Keine Anzüge mehr tragen und keine Gesetze mehr kennen. Er sah sich schon rohes Fleisch mit bloßen Händen essen.

Die Angst zu verwildern und wieder zum Urtier zu werden, trieb ihn dazu, Schluß mit ihr zu machen. Ja, dieser tollste Fick seines Lebens war gleichzeitig auch der Grund für das Ende der Beziehung.

Er hielt die Spannung, die zwischen ihnen bestand, nicht länger aus. Er konnte nicht einfach ihr Freund werden. Es war ihm unmöglich, sie zu treffen, ohne ständig daran zu denken, sie zu ficken. Er gab sich alle Mühe, sie nie wiederzusehen.

Vera ist mit dem Fahrstuhl nur wenig schneller als Kramer zu Fuß. Sie kommt von links auf die Tür zu, er von rechts unten.

Er zieht vorsichtshalber seine Waffe. Man kann nie wissen. Vera schaut ihn mißbilligend an und schüttelt den Kopf. Männer, denkt sie. Typisch.

Sie will klingeln, er klopft mit der Waffe an.

Das tut er gerne, es klärt den Ernst der Lage.

Dann steckt er die Dienstpistole wieder weg. Er will keinen Krach mit Vera.

Frau Oliverio öffnet die Tür einen Spalt. Sie ist durch eine Kette gesichert. »Ja?« fragt sie ängstlich.

»Kriminalpolizei. Könnten wir Ihren Sohn Gino sprechen?«

Maria kommt verunsichert die Treppe hoch.

»Was ist denn hier los?«

Frau Oliverio löst die Kette und gibt zögernd die Tür frei.

In dem Moment fällt ein Schuß. Gleichzeitig springt die Wohnzimmerscheibe entzwei.

Kramer wirft sich instinktiv auf den Boden – wofür er sich später schwarz ärgert, weil er sich blöd vorkommt. Vera stolpert an ihm vorbei ins Wohnzimmer, wo der fassungslose Gino in einem Scherbenhaufen steht.

Er ist unversehrt.

»Runter!« schreit Vera und macht mit einem Handschlag das Licht aus.

Auf allen vieren robbt sie zu Gino und zieht ihn zu sich herunter. Sie hat mit ihrer Vermutung recht. Es bleibt nicht bei dem einen Schuß. Der nächste läßt den Fernseher in Stücke fliegen. Dann durchschlägt eine Kugel die Schlafzimmertür und holt das große Holzkreuz über dem Ehebett von der Wand. Die Kugel zerfetzt Jesus' Bauchnabel.

»Er ist gegenüber im Parkhaus!« brüllt Vera. Kramer überlegt einen Moment, was er mit der Information anfangen soll. Dann schaltet er. Er kriecht rückwärts in den Hausflur zurück und rennt – die Pistole durchgeladen in der Faust – runter zur Tür. In der Zeit fallen zwei weitere Schüsse.

Als Kramer die Haustür aufreißt. glaubt er plötzlich, daß seine Aktion reichlich dämlich ist. Er hätte den Schützen möglicherweise von einem Flurfenster aus erledigen können.

Seine Karriere ist voll von verpatzten Gelegenheiten, ein Held zu werden. Er ahnt es schon. Dies hier ist wieder so ein Ding.

Er sieht zum Parkhaus hoch. Alles ruhig. Nichts Verdächtiges rührt sich. Nur der Geruch von Pulverschmauch liegt in der Luft. Schwefelqualm.

Kramer richtet den Lauf seiner Waffe auf die Fassade des Parkhauses. Er läßt sie daran entlangschweifen, als könnte er es so aus dieser Entfernung abtasten. Er hofft, noch einmal ein Mündungsfeuer zu sehen. Er wird sofort schießen. Er hat nur eine Chance, wenn überhaupt. Doch es fällt kein Schuß mehr.

Während Vera endlich im Dunkeln das Telefon ertastet und Verstärkung ruft, hält Kramer seine Dienstwaffe auf die Ausfahrt gerichtet. Er geht davon aus, daß gleich mit quietschenden Reifen ein Wagen herausdonnern wird. Den pumpt Kramer dann voll Blei. Er wird kein Risiko eingehen und erst auf die Reifen zielen. Nicht bei diesem kaltblütigen Killer.

Zum Glück holt keiner der zweiundsechzig Parker in dieser Nacht sein Auto ab. Er hätte kaum eine Chance gehabt, es zu überleben.

Siggi flüchtet durch einen der drei Treppenausgänge in Richtung Einkaufszone. Er weiß nicht, ob er Gino getroffen hat oder sonstwen. Er fühlt sich wie frisch operiert. Schwach und erschöpft, aber befreit von einem gefährlichen Geschwür, das begann, den Körper zu vergiften.

40

Gino Oliverio sitzt auf dem Drehstuhl in Vera Bilewskis Büro. Die Haut an seinen Händen platzt auf. Sie ist ausgetrocknet, hat kleine Risse und blutige Narben. Der Juckreiz bringt Gino immer wieder dazu, die Hände an der Jeans heiß zu reiben. Seine Fingernägel sind ganz kurz gefeilt, weil er sich sonst im Schlaf blutig kratzt.

Früher schlief er mit verbundenen Händen. Seine Mutter hat alles ausprobiert: medizinische Cremes und alte Hausrezepte. Eisbäder und Olivenöl. Diäten und Trennkost. Brennesseltee und Vitamine.

Gino glaubt in diesem Augenblick zu wissen, wo das Hautjucken herkommt. Die schorfigen Stellen an den Knöcheln blühen richtig auf. Kleine Hitzeherde auf der Haut vereinigen sich zu einem Flächenbrand. So schlimm war es noch nie.

Dort kommt meine Angst raus, denkt Gino. Wenn ich Schiß habe, dann fangen meine Pfoten an zu glühen. Es hat gar nichts mit der Ernährung zu tun. Es ist Angst. Unterdrückte Angst. Wenn ich keinen Ausweg sehe und wie die Maus in der Falle sitze. Dann passiert es.

»Ich kenn' sie doch, die Schweine! Sie kommen in unsere Pizzeria und gaffen meine Schwester an! Peter Lentz. Siggi Schmidtmüller. Der Dieter Koslowski. Der Max. Nur ihr Boß kommt nie zu uns. Aber den kenn' ich auch. Wolf. Wolf Kleinhaupt. Der ist ein Faschist. Aber läuft frei rum! Den sollten Sie verhaften!« schreit Gino.

»Erzähl doch keinen Scheiß!« brüllt Kramer. »Du willst mir doch nicht weismachen, daß jemand dein Auto geklaut hat, darin deine Freundin umgebracht hat, dann den Wagen wieder brav vor deiner Tür abstellte, und du, du hast nichts davon bemerkt und zu allem Überfluß lagst du auch allein im Bett. Keine Zeugen. Kein Alibi. Gar nichts!?«

Vera sieht, wie eingeschüchtert Gino ist. Sie will Kramer bremsen. Außerdem paßt es ihr nicht, daß er Gino duzt.

Kramer siezt Zeugen. Verdächtige duzt er, selbst wenn sie fünfzehn Jahre älter sind als er. Vielleicht merkt er es nicht einmal. Aber Vera hat schon oft erlebt, daß Kramer während einer Zeugenbefragung vom Sie zum Du wechselte. Es war immer genau der Punkt, an dem für ihn jemand verdächtig wurde.

»Wir wissen doch gar nicht, ob sie in dem Auto getötet wurde«, wirft Vera beschwichtigend ein.

Gino registriert das dankbar.

Kramer wirft ihr einen fragend giftigen Blick zu. In dem Blick liegen zwei Fragen: *Zu wem hältst du eigentlich, zu mir oder zu ihm?* Und: *Sollen wir wieder unser bewährtes Spiel spielen?*

Mit ihrem Spiel, wie er es nennt, hatten sie noch die verstocktesten Typen zum Reden gebracht. Er, Kramer, machte auf ungeduldig. Laut. Gemein. Drohend. Immer ein bißchen mehr als erlaubt. Powerplay. Sie dagegen ganz die verständnisvolle Tussi. Tröstete den Verdächtigen, wenn Kramer ihn zur Sau gemacht hatte.

Wer auf dem Stuhl saß, mußte durch ein Wechselbad der Gefühle.

»Wenn sich herausstellt, daß das Blut im Auto von Renate Schmidtmüller stammt, dann gnade dir Gott. Dann bist du im Arsch!« schnauzt Kramer.

Plötzlich platzt Gino los. »Ich habe nichts gemacht! Ich bin das Opfer. Kapieren Sie das nicht? Man hat versucht, mich umzubringen! Sie waren doch selbst dabei. Mein Vater liegt im Krankenhaus. Unsere Pizzeria ist Kleinholz. Meine Mutter hat einen Herzanfall. Es ist ein Wunder, daß ich noch lebe! Statt mich zu beschützen, quälen Sie mich bloß.«

Kramer schüttelt den Kopf. »Du stehst unter Mordverdacht, mein Lieber.«

Gino starrt ihn an. Seine Augen füllen sich sofort mit Tränen. Gino wußte es, seit sie ihn mitgenommen haben. Aber durch Kramers Worte wird alles so schrecklich konkret.

Gino wirft Vera einen hilfesuchenden Blick zu. Doch sie nickt nur. Ja, auch für sie ist er der Hauptverdächtige.

»Offen gestanden«, sagt Vera, »für einen jungen Mann, dessen Freundin gerade ermordet wurde, machen Sie einen wenig betroffenen Eindruck.«

Sie dehnt das »Sie« in Richtung Kramer. Aber davon kriegt Gino nichts mit.

»Was heißt hier Freundin? Wir haben ein paarmal zusammen getanzt. Ich habe in Neapel eine Frau und zwei Söhne.«

Vera und Kramer schauen sich verblüfft an. Schlagartig geht ihnen auf, daß sie die simplen Personendaten noch gar nicht abgefragt haben, aber schon mitten im Verhör sind.

Wer solch kleine Fehler macht, kann sich auch leicht grundlegend irren, denkt Vera.

41

Als Siggi nach Hause kommt, schlafen längst alle.

Vor der Haustür sitzt Dieter, die Knie an den Körper angezogen, den Kopf auf die Arme gestützt, wie ein verschnürtes menschliches Paket.

Er ist – die Bierdose neben sich und zwei auf den Stufen ausgedrückte Selbstgedrehte – eingenickt.

Siggi rüttelt ihn.

»Äi, Dieter. Was ist los?«

Dieter guckt im Halbschlaf hoch. Eine Alkoholfahne schlägt Siggi entgegen.

»Bist du mal wieder rausgeflogen?«

Dieter macht nur eine wegwerfende Handbewegung. Das alte Spiel.

Siggi hilft ihm hoch und nimmt ihn mit rein.

»Psst, leise. Wehe, du weckst jemanden!«

»Ist ja schon gut.«

Dieter geht ausführlich pinkeln. Siggi pumpt derweil für ihn eine Luftmatratze auf. Einmal hat er Dieter im Wohnzimmer auf der Couch schlafen lassen. Einmal und nie wieder. Als Mutter morgens den Mann in Unterhosen und schnarchend vorfand, war sie nett und höflich, hatte später aber Siggi einen Riesenaufstand gemacht.

Als Dieter, mundfaul wie immer, neben Siggis Bett auf der Luftmatratze liegt, von einer schweren Wolldecke wie beerdigt, da erzählt Siggi leise von seinem Erlebnis im Parkhaus. Von Marias weißem Arsch, von der Strumpfhose an ihren Knien, von Robert Forler und davon, daß die beiden sich wohl morgen abend wieder dort treffen wollen.

Amüsiert stellt Siggi fest, daß sich Dieters rechte Hand unter der Wolldecke auf und ab bewegt, während er erzählt.

»Wichst du?« lacht Siggi.

»Ja«, grinst Dieter, »auf Marias Arsch.«

Dann wird Dieters Atem heftiger. Er krümmt sich einmal unter der Decke, zuckt und entlädt sich.

Siggi will noch von seinen Schüssen auf Gino erzählen, aber Dieter schläft auf der Stelle ein.

»Na, dann gute Nacht, du Tier«, flüstert Siggi, und noch leiser, nur zu sich, mehr gedacht als gesprochen: »Ich bin von Bekloppten umgeben.«

42

Gino liegt wach in seiner Zelle. Die Luft ist stickig. Sein Hals ausgetrocknet vom Reden und von den vielen Zigaretten. Er hat Durst. Sie haben ihm eine Tasse kalten Tee gebracht, aber er braucht jetzt Rotwein oder Grappa.

Er kann sich zum ersten Mal in seinem Leben nicht vorstellen, wie er ohne Alkohol einschlafen soll. In seinem Kopf dreht sich ein buntes Gedankenkarussell. Grelle Farben. Dröhnende Musik.

Hätte ich doch bloß nie etwas mit dieser Tussi

angefangen. Sie sah sowieso nur gut aus und war sonst ein Stockfisch.

Die Erfahrung hatte er oft gemacht. Die scheinbar tollen Frauen mit ihren Fuck-me-Klamotten, deren ganzes Outfit zu schreien schien: Wer will mich? – die stellen sich im Bett oft als Nieten heraus. Steif, anorgastisch und verklemmt. Sie ließen alles maximal über sich ergehen. Sie waren schön und damit basta. Die grauen Mäuse hingegen, die eigentlich alles taten, um zu verbergen, daß sie überhaupt einen Körper hatten. Kein Lippenstift. Kein Make-up. Strähnige Haare. Schlabberpullover und Jeans. Die flippten manchmal im Dunkeln völlig aus.

Er versucht, sich an einige zu erinnern, aber andere Gedanken schieben sich dazwischen.

Was, wenn das noch einmal passiert?

Irgend jemand will mich wirklich kaltmachen. Ich habe doch nie Ärger mit den Skinheads gehabt. Einige kenne ich sogar aus der Pizzeria. Sie essen manchmal bei uns.

Der eine heißt Dieter Koslowski. Der andere Siggi Schmidtmüller. Und dann ist da noch so einer mit einem Hitlerbärtchen. Der Max Fischer.

Was wird aus Mama und Maria? Wer paßt auf sie auf?

Plötzlich befürchtet er, daß seine Mutter gerade jetzt im Moment mit seiner Frau in Neapel telefoniert.

Bella wird kommen. Klar. Sie packt wahrscheinlich schon. Dann wird sie alles herausbekommen. Sein Verhältnis mit Renate. Seine anderen Frauengeschichten. Die Bullen werden keine Ruhe geben, bis sie seine Ehe zerstört haben. Seine Ehe. Seine Familie. Seine Existenz.

Die arbeiten alle zusammen, denkt er plötzlich. Alle. Die wollen mich fertigmachen. Skins. Mafia. Kirche und die deutschen Bullen.

Die glühenden Hände hat er locker auf dem Leinentuch liegen. Der Drang, die Finger unter den laufenden Wasserhahn zu halten, wird übermächtig. Er muß das Feuer in der Hand löschen, bevor es nur noch verkohlte Stumpen von seinen Händen übrigläßt.

Aber er weiß, danach wird es noch schlimmer. Von dem vielen Wasser trocknen seine Hände nur noch mehr aus, weil sie Fett verlieren. Er braucht seine Ringelblumensalbe oder wenigstens Vaseline.

Jetzt erinnert er sich daran, daß seine Mama ihm früher erzählt hat, wenn er sich da unten berühre, würden seine Hände erst schwarz werden und dann abfallen. Nach der ersten Selbstbefriedigung hatte er tatsächlich Angst um seine Hände gehabt. In den schlimmsten Träumen fielen sie ihm einfach ab, wie reifes Obst vom Baum plumpst und verrottet.

Seit er fünfzehn ist, hat er es sich nur noch in äußersten Notfällen selbst gemacht. Er ist seitdem wie jeck hinter den Mädchen her.

Mit sechzehn begann er ein Verhältnis mit einer

verheirateten Frau. Sie war vierzehn Jahre älter als er und hatte schwere Brüste. Sie machten es fast täglich auf dem Dachboden im Stehen, während direkt unter ihnen in der Wohnung die Kinder plärrten und seine Mutter für ihn kochte.

Sie wohnten im gleichen Flur. Nebeneinander. Sie sprachen nur sehr selten miteinander. Aber die unausgesprochenen Verabredungen auf dem Dachboden liefen so lange, bis er seine jetzige Frau kennenlernte.

Damals hatte er Angst, die Hautkrankheit könnte von den Händen auf den Schwanz übergreifen. Er berührte sich dort nur noch mit Handschuhen oder einem Taschentuch als Schutz. Bei dem Gedanken krampft sich noch jetzt alles in ihm zusammen. Trokkene, rissige Haut am Glied, die abblättert und den ganzen Tag juckt und schmerzt...

Er hatte insgeheim immer befürchtet, daß sein unmoralisches Sexualleben, das tägliche Vögeln, sich eines Tages rächen würde. So etwas konnte nicht gutgehen. Sonst würden es ja alle machen. Aber jetzt ahnte er, ihm würden weder die Hände noch der Schwanz abfallen. Er würde ganz einfach ausgeknipst werden, von einem eifersüchtigen Freund, Vater oder Ehemann.

Irgendwie ist der Gedanke erleichternd für ihn. Er hat fast das Gefühl, ihm geschieht es ganz recht. Er ist jedenfalls selbst schuld.

43

Die Sonne durchflutet den Gruppenraum. Die Fensterkreuze zerteilen das einfallende Licht in einzelne Strahlenkegel. Darin kann Yogi unzählige Staubpartikelchen tanzen sehen. Goldregen. Glitzerschnee.

Er greift nach ihnen, aber er kriegt sie nicht. Er löst nur Turbulenzen in der Luft aus.

Petra Freitag läßt ihn in der Puppenecke sitzen. Hauptsache, er stört nicht. Im Moment kriegt sie keinen Zugang zu ihm. Sie kann das aushalten. Wenn er aus seiner Welt wieder auftauchen will, wird sie ihn willkommen heißen und für ihn da sein.

Sie spielt ein Lied auf der Gitarre. Die anderen sitzen im Stuhlkreis. Bei einigen ist Petra froh, wenn sie sieht, daß ihre Körper im Takt zu wackeln beginnen. Andere singen lauthals mit.

Petra setzt Musik gern als Therapiemittel ein. Es ist für sie ein direkter Weg zu den Gefühlen ihrer Schützlinge.

Als sie wenige Minuten später aus der Puppenecke merkwürdige Geräusche hört, sieht sie nach.

Yogi kniet hinter dem Sofa über einer großen Laufpuppe und würgt sie. Er hat Bläschen vor dem Mund. Er japst wie ein junger Hund und legt all seine Kraft in die Hände.

Schon ist Petra bei ihm.

»Nicht, Johannes! Was machst du denn da? Hör auf! Du machst ja die Puppe kaputt! Johannes!«

Yogis Augäpfel treten heraus. Speichel läuft an seinem Kinn herunter. Er scheint sie gar nicht zu hören.

Jetzt schlägt er den Kopf der Puppe wieder und wieder auf den Boden. Tock. Tock. Tock.

»Johannes. Hör auf! Ich verbiete es dir. Sieh mich an! Johannes!«

Sie schüttelt ihn.

Die Szene entsetzt sie so sehr, daß sie ihm am liebsten eine knallen möchte, damit er aufhört. Das tut sie aber nicht. Sie ruft ihre Kollegin, Tania Neu. Die junge Psychologiestudentin verdient sich hier halbtags das Geld für ihre Ausbildung.

Auch sie ist schockiert von der bösen Energie, der Gewalt, die von Johannes ausgeht. Sie will ihm die Puppe entreißen, da hört er auf, beginnt zu weinen, laut zu jammern und zu schluchzen, und drückt die Puppe an sich, als müsse er sie beschützen.

Tania sieht Petra fragend an. Tania findet die Wirkung von Psychopharmaka überzeugend. Sie will den Arzt rufen und Yogi ruhigstellen lassen, doch Petra erklärt: »Seine Schwester ist ermordet worden. Das kann er nicht fassen. Es ist einfach zuviel für ihn. Er braucht jetzt unsere Liebe und Zuwendung. Keine Tabletten.«

Yogi drückt die Puppe und streichelt sie. »Ate«, stammelt er. »Ate.«

Eine knappe Stunde später verschwindet Yogi wieder in die Spielecke. Er versteckt sich mit einer großen Puppe und schneidet ihr mit einer Sicherheitsschere – vorne abgerundet – die Haare. Er versucht, sie kurz zu scheiden. Ganz kurz. Eine Glatze.

Aber zweimal fährt die Schere dabei in seine Finger. Er scheint es nicht zu bemerken. Das Fleisch klafft auseinander. Sein Blut pulsiert heraus.

Erst als die Puppe davon benetzt wird, beginnt Yogi zu jammern.

Diesmal sind Tania und Petra fast gleichzeitig bei ihm. Empfangen werden sie vom Hall eines irren Lachens.

Sie nehmen ihm die Puppe weg. Seine Finger sollen verbunden werden. Yogi versteht das Wort »Spritze«.

Er versucht abzuhauen. Er schafft es aber nur bis zu einem Fensterkreuz. Er klettert daran hoch. Eine Blutspur, feine Tropfen auf dem frisch gebohnerten Flur, verrät ihn.

Er wird »stillgespritzt«, wie der Neurologe Pfirsich es nennt, und dann erst verarztet.

Für Pfirsich sind alle menschlichen Gefühle nichts weiter als Reaktionen auf chemische Prozesse. Mit dem richtigen Medikament kann man alles erreichen, denkt er. Man kann Schmerzen bekämpfen, Glücksgefühle herbeiführen, Traurigkeit, Euphorie und Größenwahn. Hemmungen lassen sich lösen, und er rechnet fast schon in den nächsten Jahren mit der Entwicklung einer Orgasmuspille, die die Welt revolutionieren wird. Ehen werden entlastet. Bordelle geschlossen und AIDS hat keine Chance mehr. Jedem einen Superorgasmus aus dem Pillendöschen.

Er redet nicht gern darüber. Aber es ist sein geheimes Hobby. Er hat eine ganze Bibliothek zum Thema Aphrodisiaka gesammelt.

Die Psychologen, gerade die Damen und Herren Gestalttherapeuten, sind für ihn nur lächerliche Clowns, die auf einem längst abgestorbenen Zweig der Geschichte sitzen und durch Gespräche einen toten Baum dazu bringen wollen, noch einmal zu erblühen.

Im Grunde glaubt er, Yogi mit seiner Spritze erlöst zu haben.

44

Vera rührt in ihrem sumpfigen Kaffee. Sie hat zwei Vitamintabletten geschluckt. Sie müßte Energie für den ganzen Tag haben, wenn der Beipackzettel nicht lügt, aber sie fühlt sich schlaff und urlaubsreif.

Vera sitzt mit dem Rücken zur Glastür. Sie bemerkt nicht, daß jemand ganz nah an die Milchglasscheiben herantritt.

Sie hat sich auf diese zwei Stunden allein im Büro gefreut. Am liebsten würde sie ihre Tarotkarten legen, aber sie will sich nicht zum Gespött der Kollegen machen. Hier kann jeden Moment jemand hereinkommen.

Sie nimmt die Karten zögernd in die Hand. Da geht die Tür auf.

Betont lässig steht Wolf Kleinhaupt im Rahmen. Er hat eine Dose Bier in der Hand. Mit einem Schubs läßt er die Tür hinter sich ins Schloß fallen.

Vera wischt die Karten in eine Schublade.

»Können Sie nicht anklopfen?«

Wolf grinst. »Ich hab' 'ne Einladung. Wolf Kleinhaupt.«

»Sie haben einen Termin für morgen, elf Uhr.«

»Da kann ich nicht.«

Vera deutet auf den Vernehmungsstuhl und macht eine einladende Geste. *Bitte schön,* denkt sie, *wenn er schon mal da ist, warum nicht?*

Die Art, wie er körperlich anwesend ist, paßt ihr nicht. Sie hat etwas Provozierendes an sich.

»Herr Kleinhaupt«, beginnt Vera, »wo waren Sie Samstag nacht zwischen dreiundzwanzig und zwei Uhr morgens?«

Sie glaubt, ihn damit einschüchtern zu können. Je konkreter Fragen sind, um so schwammiger werden meist die Antworten. Sie kennt das Spiel Wer so gefragt wird, der vermutet, daß er in Bedrängnis ist. Die meisten Menschen werden dann kleinlaut. Nicht so Wolf Kleinhaupt.

»Komm, Mutter, du hast mich doch nicht wirklich eingeladen, um das herauszufinden. Die anderen haben dir längst alles erzählt. Außerdem habt ihr den Mörder doch.«

Vera schluckt trocken. »Frau Kommissarin bitte und dann Sie«, sagt sie hart. »Ich wüßte nicht, daß wir schon miteinander aus waren.«

Unbeeindruckt grinst Wolf weiter. »Das ist ein Fehler, Mutter, glaub mir.«

Wütend verschränkt Vera die Arme vor der Brust und staunt ihn an, als könnte sie es nicht glauben.

Er fährt fort: »Du hast mich eingeladen, weil du scharf auf mich bist, stimmt's?«

Er streckt die Zunge heraus und läßt sie vor den Lippen rauf und runter flattern.

»Dir muß es mal wieder einer so richtig besorgen, häh? Jede Pore von dir schreit danach. Aber eins sag ich dir gleich: ohne Gummi mach' ich's nicht.«

Ihr Kaffee landet voll in seinem Gesicht.

Er wischt sich den braunen Saft ab wie Lippenstift nach ein paar feurigen Küssen. Er scheint es zu genießen. Die Haarspitzen trocknet er nicht ab. Von seinem rechten Ohrläppchen tropft es auf die Bomberjacke.

Vera packt ihn, reißt ihn vom Stuhl, drückt ihn an die Wand und faucht: »Du glaubst, du darfst alles, was? Für dich gibt es keine Regeln und keine Gesetze. Du darfst Leute beleidigen, sie verprügeln, ihre Gräber schänden, ihre Häuser anzünden ...«

Sie stockt in der Aufzählung. Sie hat noch eine Menge vergessen. Es fällt ihr im Moment nur nicht ein. »Aber glaub mir, diesmal seid ihr zu weit gegangen.«

Vera ist so aufgebracht, sie bemerkt das Gesicht hinter der Milchglasscheibe nicht. Sie läßt Wolf los und dreht ihm schnaubend den Rücken zu. Sie legt den Kopf in den Nacken und guckt zur Decke. Dort kreist eine dicke Fliege um die kaputte Lampe.

»Oh Mann, die Mutter geht vielleicht ran!« lacht hinter ihr Wolf Kleinhaupt und klatscht ihr auf den Hintern.

Vera wirbelt herum, um ihn zu ohrfeigen. Er weicht nicht aus. Demonstrativ hält er eine Wange hin und schmunzelt: »Nur zu, Mutter, wenn du auf Sado-Maso stehst. Ich bin dabei. Hauptsache safe. Habt ihr Lederpeitschen hier auf dem Präsidium oder sollen wir zu dir nach Hause fahren?«

»Ich kann Sie eine Weile hierbehalten, wenn ich will«, droht Vera.

Damit macht sie wenig Eindruck auf Wolf.

»Tag und Nacht?« fragt er anzüglich und greift ohne Umschweife an ihre Brust. Er legt seine Hand auf die linke und knetet sie.

Vera weicht keinen Millimeter zurück. Sie schaut ihm in die Augen, packt die Hand und dreht sie ihm auf den Rücken. Wolf schreit vor Schmerz und knickt in den Knien ein.

Die Tür fliegt auf. Ein junger Mann im hellen Anzug mit schwarzem Lederschlips springt in den Raum.

»Gut, daß du kommst, Knut. Sie will mich fertigmachen«, stöhnt Wolf.

»Ich habe es gesehen!« tönt der Eindringling, zieht seine Visitenkarte und hält sie Vera hin.

»Knut Feddersen. Ich bin der Anwalt von Herrn Kleinhaupt. Hier meine Karte und meine Vertretungsvollmacht.«

Vera weiß augenblicklich, daß sie durch Wolfs Provokationen reingelegt wurde. Sie nimmt die Visitenkarte wie eine Kriegserklärung.

Feddersen hilft Wolf hoch, streicht fürsorglich seine Kleidung glatt und faßt in seine nassen Haare.

»Ist es bei Ihnen üblich, daß unbescholtene Bürger mit heißem Kaffee verbrüht und dann verprügelt werden?« fragt er mit gespielter Naivität und unterschwelliger Aggression.

Vera breitet die Arme aus, wie jemand, der die Waffen streckt. »Na prima. Eins zu null für Sie.«

Feddersen richtet seinen Zeigefinger wie eine Pistole auf Vera. »Ich werde Herrn Kleinhaupt jetzt mitnehmen. Und Sie hören von mir! Eine Dienstaufsichtsbeschwerde ist das mindeste. Von einer Anzeige wegen Körperverletzung könnten wir eventuell absehen, falls Sie ...«

»Raus!« brüllt Vera. »Raus! Raus! Raus!«

Feddersen zuckt mit den Schultern. Er nimmt Wolf in den Arm und führt ihn mit triumphierendem Lächeln hinaus.

Vera fühlt sich jetzt noch mieser als vorher. Vielleicht hat Hans recht und dieser Beruf ist nichts für sie.

Sie holt die Karten aus der Schublade, um sie zu befragen.

45

Der Saal ist bis zum letzten Platz gefüllt. Wolf hat schon sechs Polizeibeamte erkannt. Sie sind in Zivil, aber Ichtenhagen ist klein.

Dem einen hat Peter zugenickt. Er war dabei, als Peter in der Pizzeria verhaftet wurde.

Siggi glaubt zunächst, die seien da, um die nationalen Aktivisten zu bespitzeln. Verräter. V-Leute. Mitschreiber. Aber dann spürt er rasch, die sind privat hier. Der Glanz in ihren Augen ist so echt wie das Feuer in ihren Wangen. Sie klatschen und johlen wie die anderen. »Jawohl.« »Genau!«

Heute abend spricht ein britischer Geschichtsforscher. Eine »anerkannte internationale Kapazität«. Er hat »Beweise dafür, daß die Gaskammern nach Kriegsende von den Siegermächten errichtet worden sind, um die deutsche Sache vor aller Welt zu kriminalisieren und um die gewaltigen Reparationsforderungen zu rechtfertigen«.

Dieter ist der Quatsch völlig egal. Ihm geht nicht aus dem Kopf, was Siggi erzählt hat. Maria im Parkhaus mit Robert Forler. Wenn Dieter die Augen schließt, sieht er Roberts Arsch zwischen ihren Beinen rauf und runter sausen. Dann ihr entsetztes

Gesicht, als sie ihn sieht: Dieter. Robert stößt noch weiter, doch sie schreit schon, denn Dieter hat eine Strumpfmaske auf, ein Messer in der Hand, und gegen das, was da aus seinem offenen Hosenschlitz ragt, ist Roberts Ding nur ein Spielzeug.

Feddersen hat ein paar einführende Worte gesprochen. Von Mut war die Rede. Von Wahrheit. Von Dingen, die so gefährlich sind, daß man sie heute noch nicht ungestraft aussprechen darf.

Der Saalschutz besteht aus harten Jungs. Kampfsportler, erfahrene Bodyguards. Durchtrainiert und entschlossen. Sie warten nur auf ein paar linke Spinner, die Ärger machen wollen, auf Türken oder Sozis.

Sie reisen von Stadt zu Stadt mit dem britischen Wissenschaftler. Man kann sich nicht überall auf die nationalen Kräfte vor Ort verlassen. Mancherorts sind die Antifa-Gruppen stark und militant. Immer öfter müssen die Veranstaltungen unter Polizeischutz stattfinden. Doch in Ichtenhagen ist so etwas noch nicht nötig.

Siggi fühlt sich durch die Anwesenheit von ein paar beifallklatschenden Polizeibeamten bestärkt, so als sei es ein Beweis dafür, daß jetzt alles ins Lot kommt.

Im Grunde haben wir doch recht. Bald wird es alle Welt wissen.

Da sitzt Siggis alter Lehrer, Herr Bauer, der mit den Mensuren im Gesicht. Er nickt Siggi freundlich zu. Es ist für Siggi, als würde er zum ersten Mal eine gute Note bekommen. Eine wirklich gute Note. Eine Eins.

Wo sind sie jetzt, die Streber von damals? Die Einserschreiber und Besserwisser? Doch die haben Doitschland verraten , sind zu den Sozis gerannt oder zu den Grünen. Hier, heute abend, könnten sie zeigen, was sie wirklich in der Schule gelernt haben. Jetzt sind sie nicht da.

Bauers Blick macht Siggi nachträglich zum Klassenbesten.

Siggi empfindet so etwas wie Glück. Doch Wolf ist sauer, erhitzt und angetrunken.

Ein Beifallssturm braust auf. Einige Zuschauer reißt es von den Stühlen, Bauer ist auch dabei. Doch Wolf fordert seine Leute auf, mit ihm nach draußen zu gehen. Feddersen folgt ihnen.

Vor dem Versammlungsraum parken die Autos in Zweierreihen. In einem Audi sitzen zwei junge Männer und beobachten den Eingang. Sie interessieren sich nicht für jeden. Aber einige Besucher wollen sie fotografieren, was vermutlich durch die Lichtverhältnisse sowieso nicht gelingt. Zum Beispiel Feddersen, wie er sich, von den Ultras umringt, von Wolf Kleinhaupt die Meinung sagen lassen muß.

»Die ändern gar nichts!« schimpft Wolf. »Die reden nur. Am liebsten über gestern. Wir brauchen klare Verantwortungen. Einen Führer. Keine Parteibonzen.«

Alle nicken. Auch Siggi.

Feddersen sieht jeden einzelnen an. Er mag diese jungen Hitzköpfe. So war er auch einmal, allerdings blieb bei ihm alles verbal. Noch nie in seinem Leben hat er sich geprügelt. Außer von seiner Mutter hat er noch nie Ohrfeigen bekommen.

»Ich verstehe eure Ungeduld ja. Mir wäre es auch lieber heute als morgen, aber nur mit Wut kommen wir nicht weiter.«

»Ich geh' Bier holen«, tönt Dieter und stiefelt in den Versammlungsraum zurück.

»Die Bewegung ist in Gang. Niemand hält sie auf!« prophezeit Wolf. Er zeigt auf den Eingang zum Saal. »Auch nicht das Gequatsche da.«

Feddersen weiß, wie hitzig die Jungs sind. Die brauchen Aktionen, sonst sind sie in Ordnung. Für richtige Parteiarbeit nicht zu gebrauchen, für parlamentarische schon gar nicht. Aber die Bewegung braucht auch einen schlagenden Arm für den spontanen Volkszorn und vor allen Dingen eine Schutztruppe, die ordentlich zuschlagen kann.

Er klopft Wolf auf die Schultern, als sei er ganz seiner Meinung. Sagt dann aber etwas, womit er Wolf beleidigt:

»Nur die Birne zudröhnen und Ausländer erschrecken, das bringt es nicht. Wir können ein paar Jungs gebrauchen. Als Ordner zum Beispiel.«

Wolf platzt zuerst los. Dann fallen die anderen in sein schallendes Gelächter mit ein.

Feddersen erklärt: »Ihr braucht vorher natürlich eine richtige Ausbildung. Wir haben eine eigene Kampfsportschule. Ihr solltet mal an einem Wochenendkurs teilnehmen.«

Siggi zeigt auf die zwei Türsteher. Sie haben die Hände hinterm Rücken verschränkt, stehen schulterbreit und sehen geradeaus wie beim Morgenappell.

»Damit wir aussehen wie eure Oberkellner da?«

Feddersen versucht es noch einmal. »Ihr müßt lernen, diszipliniert zu handeln. Gehorsam ist eine urdeutsche Eigenschaft.«

Wolf unterbricht ihn barsch: »Ja, klar. Quatscht ihr nur weiter.«

Er zieht ab. Seine Bande folgt ihm, ohne zu zögern. Sogar Dieter mit seinem Arm voller Halbliterkrüge rennt hinter Wolf her.

Feddersen sieht ihnen einen Moment nach.

Im Vorbeigehen haut Wolf mit der Faust auf ein Autodach. Die beiden Türsteher wollen hinterher, um das zu unterbinden. Schließlich parken hier Wagen von Kameraden und Gesinnungsfroinden. Aber Feddersen deutet ihnen mit einem Blick an, sie sollen die Ichtenhagener Ultras in Ruhe lassen.

Feddersen ahnt, daß Wolf eine Zurechtweisung nicht wegstecken würde. Er ist dafür zu emotional. Sein Haß würde sich letztendlich sogar gegen die Partei wenden.

Feddersen hört Max tönen: »Die haben mehr Bullen in der Partei, als wir hier auf der Weide!«

Wolf gibt ihm recht und läßt dabei seine Faust auf das Dach des Audi knallen, in dem die zwei jungen Männer sitzen.

Der eine verbirgt seinen viel zu großen Fotoapparat samt Teleobjektiv unter der Jacke. Der andere greift zu seiner Dienstpistole, zieht sie aber nicht.

»Die deutsche Polizistenpartei!« spottet Wolf. »Mit denen macht man keine Revolution, und eine nationale schon gar nicht.«

Jetzt ist Dieter mit dem Bier endlich bei ihnen. Sie stoßen die dicken Gläser zusammen. »Zur Mitte. Zur Titte. Zum Sack. Zack, zack. Ex!«

Stöhnend ziehen sie die Krüge leer. Dann deutet Dieter mit dem Kopf nach hinten auf den Audi: »Das sind doch die zwei aus dem Steinbruch.«

»Ja. Und jetzt sind sie reif«, verspricht Wolf.

»Ich wußte es!« lacht Dieter. »Heute nacht passiert doch noch etwas.«

Sie stecken die Köpfe zusammen. Max schleudert sein leeres Bierglas nach hinten auf die Straße. Es zerplatzt mit einem Knall.

Die anderen wollen es ihm gleichtun. Siggi möchte seines auf den Audi werfen. Er ist keine fünfzig Meter weit weg. Aber Wolf hält seinen Arm fest und schüttelt den Kopf.

»Rache muß man kalt genießen.«

Sie steigen alle in den alten Opel von Max. Jürgen läßt ein Bein aus dem Fenster hängen. Er tut so, als sei es ihm zu voll. Aber er findet es nur besonders lässig.

Der Audi folgt ihnen mit einigem Abstand, genau wie sie es erwartet haben.

Wolf verteilt eine Runde Zigaretten. Camel ohne. Obwohl er eigentlich lieber deutsche Zigaretten raucht.

Er sieht sich nach dem Audi um und atmet beim Sprechen Rauch aus: »Ihr seid so berechenbar. Wenn ihr uns nie überrascht, werden wir euch heute mal überraschen.«

46

Josef Schmidtmüller holt seine Frau von der Arbeit ab. Natürlich hätte sie freibekommen, wenn sie wirklich darauf bestanden hätte. Nach dem tragischen Tod ihrer Tochter signalisierte jeder Verständnis. Aber das Leben muß weitergehen, denkt sie.

Die Arbeit lenkt sie vom Grübeln ab, und sie nutzt jede Chance, aus der Bude rauszukommen.

Früher hätte sie das Wort »Bude« nie auf ihr Einfamilienhaus angewendet. Sie spricht es auch heute noch nicht aus, aber sie denkt es schon, und das ist der Anfang. Immer mehr beginnt sie, ihr Familiengeflecht als Gefängnis zu empfinden. Ein selbstgebautes.

Sie tut alles, damit es nach außen schön aussieht. Sie steht unter dem Zwang, Glücklichsein demonstrieren zu müssen. Erst jetzt, da sie durch den Tod ihrer Tochter traurig sein darf, ohne es erklären zu müssen, spürt sie, daß der Schmerz und die Trauer, die jetzt herauskommen, älter sind als Renates Tod.

Die Schmidtmüllers hören Yogis Hämmern und Brüllen schon von draußen.

»Er hat ihn einfach eingesperrt!« sagt Schmidtmüller vorwurfsvoll zu seiner Frau. Sie hört auch mitschwingen: *Warum mußt du ausgerechnet jetzt arbeiten?*

Er hat es nicht gesagt, aber gedacht, und darum lag es im Klang seiner Stimme. Er weiß, daß sie mitarbeiten muß. Sonst könnten sie das Haus nie abbezahlen. Auch Siggi leistet seinen Beitrag.

Ja, wenn sie aus Einsicht in die Notwendigkeiten arbeiten würde, wäre alles für ihn in Ordnung. Aber sie tut so, als würde es ihr in diesem Scheißladen Spaß machen.

Man verwirklicht sich bei der Arbeit nicht selbst. Man verdient dort Geld. Man tauscht Zeit gegen Münzen. Mehr nicht, denkt er grimmig.

In Wirklichkeit ist er eifersüchtig auf ihren Chef. Nicht, weil der sie je angefaßt hätte, nein, weil sie so nett von ihm spricht. Ja, wenn sie wenigstens einen bösen, polternden Choleriker als Chef hätte, dann könnte Schmidtmüller sie abends trösten und sagen: »Halte durch. Es ist ja nicht mehr für lange. Bald haben wir es geschafft.« Aber wenn sie ihm von den italienischen Anzügen vorschwärmt, die ihr Chef trägt, dann krampft sich sein Magen zusammen.

Elke Schmidtmüller antwortet eigentlich auf den unausgesprochenen Vorwurf ihres Mannes. Um sein Einverständnis zu erzielen, richtet sie die Stroßrichtung des Satzes gegen Siggi aus: »Er will erzwingen, daß ich aufhöre.«

Schmidtmüller nickt. Wenn Siggi es tut, braucht er es nicht zu machen. Er wird sie später dazu bringen, woanders zu arbeiten, denn das verdammte Geld brauchen sie nun wirklich.

Sie nimmt sein Nicken auf. »Sonst sind es ja nur vier Stunden am Tag, wenn Johannes in der Einrichtung ist.«

Wieder nickt er. Es sind Fakten. Was soll er dagegen sagen? Aber jedesmal, wenn er ihr recht gibt, prescht sie ein Stückchen weiter vor.

»Inventur ist doch bloß einmal im Jahr«, sagt sie und spricht sich damit auch noch für heute abend frei. Dabei hat er sofort gerochen, daß sie getrunken hat. Cognac und Sekt.

Von wegen Inventur, denkt er. *Kleine Betriebsfeier!*

Er schämt sich im gleichen Augenblick für seine Gedanken. An einer Feier hätte sie im Moment wirklich nicht teilgenommen. Sie trauert, und ihre Trauer ist ehrlich. Wahrscheinlich haben sie einfach bei der Inventur ein Schlückchen getrunken. Na und?

Sie ziehen ihre Mäntel gar nicht erst aus. Sie rennen gleich zu Yogis Zimmer durch. Von außen steckt ein Schlüssel.

Als würde es erst jetzt wahr, sagt Schmidtmüller: »Er hat ihn tatsächlich einfach eingeschlossen.«

Er dreht den Schlüssel um. Zunächst kann er nicht ins Zimmer, weil Yogi sich von innen dagegenlehnt und mit den Fingern am Holz kratzt.

»Johannes! Laß uns rein. Ist ja alles gut, Johannes. Wir sind wieder da. Mama und Papa.«

Jetzt kann er die Tür öffnen. Yogi fällt ihnen entgegen. Er sieht aus, als hätte er den Teufel gesehen. Verheult, verschwitzt und mit grünem Schnodder an der Nase.

Seine Augen sind es, die seine Eltern wirklich erschrecken.

47

Die beiden Männer im Audi heißen Ulf Kypke und Claus Briefs.

Kypke steuert den Wagen. Briefs lädt seine Dienstwaffe durch. Er ist sich ganz sicher, daß jetzt gleich etwas passieren wird.

Es wird auch Zeit. Warum muß man ausgerechnet ihm einen Typen zuordnen, der Telefonkarten sammelt?

Auf dem Rücksitz liegen drei Zeitschriften für Telefonkartenfreaks. Farbig, versteht sich. Außerdem ein Katalog, dick wie ein Ziegelstein.

Briefs ist jetzt alles recht. Eine Autopanne, eine

asiatische Grippe, eine Schießerei ... Hauptsache, Kypke erzählt ihm nicht schon wieder die Geschichte, wie er am Sonntagabend um 21 Uhr mit seinem Schlafsack vor dem Postschalter am Frankfurter Messegelände auftauchte, um eine günstige Startposition für der nächsten Morgen zu bekommen. Denn fünftausend Plastikkarten *Kaminstübchen Nummer II* sollten ausgegeben werden. Nicht zu verwechseln mit *Kaminstübchen Nummer I!* Als er kam, kampierten schon ein paar Dutzend Sammler dort, um das begehrte Stück zu bekommen. Morgens um 5 Uhr 30 strömten Hunderte heran. Es kam zu Schlägereien. Polizeieinsatz. Ohnmächtige im Gedrängel. Zweimal kam er fast bis an den Schalter. Er brach sich einen Finger. Aber um 10 Uhr 45 hatte er eine ergattert. Tatsächlich! Welch ein Ereignis.

Er liebt diese kitschige Telefonkarte mit Kneipenwerbung hintendrauf mehr als seine Freundin. Von der trennt er sich nämlich gerade. Von seiner *Kaminstübchen* würde er sich nie trennen.

Briefs hat nur Spott dafür übrig. Mit seinem anderen Partner konnte er über Sport reden, über Frauen, Filme, ja sogar über Politik. Aber mit Kypke nur über Telefonkarten. Es ist zum Verrücktwerden.

Sie fahren seit einer halben Stunde hinter den Skins her. Kreuz und quer durch die Stadt. Aber so leicht lassen Kypke und Briefs sich nicht abhängen. Nicht in Ichtenhagen.

Zum dritten Mal fahren die Jungens an der stillgelegten Fabrik vorbei. Jedesmal ist dort einer ausgestiegen. Vielleicht sogar zwei. Es können höchstens noch der Fahrer und der Beifahrer im Auto sitzen.

»Wir sind ganz nah dran. Ich spür' so etwas«, sagt Briefs.

Kypke nickt nur stumm und fingert nach einer Zigarette.

Jetzt raucht der Süchtige auch noch!

Am liebsten würde Briefs jetzt angegriffen werden. Er könnte sich wehren, seine ganze Wut in die Waffe legen und abdrücken. Schon ein einziger Schuß reicht in seiner Vorstellung aus, um den ganzen Streß der letzten Tage ungeschehen zu machen. Das endlose Warten mit diesem Kretin. Die Rückenschmerzen. Die Langeweile. Das Pommesbudenessen.

Jetzt biegt der Wagen in das Fabrikgelände ein. Briefs weiß sofort Bescheid.

»Hier ist die Übergabe. Der ist nicht umsonst eine halbe Stunde sinnlos durch die Stadt gekurvt.«

Ausnahmsweise ist Kypke der gleichen Meinung. Er gibt Gas, um den Wagen nicht zu verlieren. Sie sehen gerade noch, wie er hinter einer Lagerhalle einbiegt. Der Audi mit quietschenden Reifen hinterher. Ab um die Ecke.

Aber sie sind gelinkt worden. Sie stehen vor einer Wand. Nur ein einzigartiges Reaktionsvermögen, das Briefs diesem Kypke nie zugetraut hätte, verhindert, daß sie einen Unfall bauen.

Von oben springen jetzt maskierte Männer auf den Wagen. Sie sind mit Baseballschlägern bewaffnet und einer mit einem Vorschlaghammer.

Der mit dem Hammer steht auf dem Kühler und holt aus.

»Raus!« schreit Briefs und will die Beifahrertür öffnen. Dabei richtet er seine Waffe nach oben. Auch Kypke zieht.

Der Hammer zerdeppert den Kotflügel. Baseballschläger prasseln eine Salve auf die Karosserie.

Kypke überlegt noch, ob er vielleicht den Rückwärtsgang ...

Da pumpen sich blitzartig die Airbags auf. Die Beamten sitzen verdattert hinter ihren Sicherheitsluftballons eingequetscht im Auto und hören das Gegröle der Ultras.

Die Windschutzscheibe zersplittert.

Briefs feuert in den Airbag. Die Luft zischt ihm ins Gesicht. Als er endlich freie Sicht hat, trifft ihn ein Baseballschläger mitten ins Gesicht. Er wird zwischen Scherben aus dem Auto gezogen und hört neben sich noch Kypkes Schrei: »Nicht! Bitte nicht! Ich habe euch doch nichts getan!«

48

Bei der anschließenden Siegesfeier, dem Komabesäufnis, guckt Dieter zweimal auf die Uhr. Er hat heute noch etwas vor, aber davon brauchen die anderen nichts zu wissen. Das macht er nur für sich. Sozusagen privat.

Erst hat er daran gedacht, alle einzuladen. So wie sie jetzt drauf sind, wären sie bestimmt dabei. *Die machen jetzt jeden Scheiß mit.* Aber er fürchtet, dann wieder als letzter dranzukommen. Falls für ihn überhaupt noch Zeit bleibt.

In seiner Phantasie würde zuerst Wolf sie nehmen. Dann Siggi. Er dürfte vielleicht Forler umhauen oder Schmiere stehen. Als nächstes käme Max dran, dann Jürgen. Dann Peter und zuletzt er.

Wahrscheinlich dürfte er es nicht mal machen, wie er will. Wolf käme sich bestimmt toll dabei vor, es zu befehlen. Er hört Wolf schon sagen: »Jetzt fick der Itakerkuh in den Arsch!« Und darauf hat Dieter nun gar keinen Bock. Er will selbst bestimmen.

Im Kinderheim war er eine Weile der Knecht von Gert. Schuhe putzen. Zimmer aufräumen. Bett machen. Klodeckel anwärmen.

Er mußte ihm fast jeden Morgen einen blasen, und Dieter hatte es noch gut. Er war nicht Gerts einziger Knecht. Auch Uli und Günther gehörten Gert. Die anderen vermietete Gert für Geld oder Zigaretten an andere große Jungen. Besonders Uli war begehrt, weil der so einen knackigen Arsch hatte und so schmale Hüften.

Dieter wurde nur fünf-, sechsmal verliehen. Ihn wollte keiner. Hängearsch. Dicke Lippe. Plattnase.

Seitdem hat Dieter etwas gegen Schwule. Er haßt sie wie die Asylanten. Obwohl er weiß, daß Gert nicht schwul war. Hätte es nur ein Mädchen in Gerts Nähe gegeben, wäre die dran gewesen. Nicht Günther und Uli. Und Dieter schon mal gar nicht.

Vier Jahre hat er im Kinderheim verbracht. Vier Jahre unter Nonnen. Es gab nur zwei erwachsene Männer im Heim. Den greisen Pastor und den toten Jesus an der Wand.

Dieter dachte schon, er käme nie da raus. Adoptieren wollte ihn niemand. Dafür war er schon zu alt und nicht süß genug. Er hatte keine Sommersprossen, keine blonden Löckchen und ihm fielen auch keine witzigen Bemerkungen ein, über die die kinderlosen Ehepaare so gern lachten.

Er hatte eine breite Nase und immer Schuppen, egal, wie oft er sich die Haare wusch. Er wußte immer schon vorher, welches Kind sie nehmen würden. Ihn ganz sicher nicht.

Als seine Mutter ihn dann doch wieder zu sich holte, hatte er sie zunächst für eine Fremde gehalten. Er war zur Adoption freigegeben, aber weil niemand ihn wollte, nahm seine Mutter ihn zurück. Für diese Gnade erwartet sie ewige Dankbarkeit. Noch heute.

Es kühlt merklich ab. Dieter zieht die Bomberjacke wieder an. Darunter versteckt er den Baseballschläger.

Er rennt bis zum Parkhaus. Er hat Angst, zu spät zu kommen.

Maria und Robert sind schon da. Genau wie Siggi gesagt hat. In der dritten Etage, nicht weit von den Belüftungsrohren. Als seien sie dorthin bestellt worden.

Robert ist ein Gewohnheitsmensch. Er hat es am liebsten, wenn alles seine feste Ordnung hat. Das Leben könnte in diesen erprobten Bahnen immer so weiterlaufen.

Er nimmt jeden Morgen den gleichen Weg zur Arbeit, obwohl ihm inzwischen einige Kollegen schlüssig nachgewiesen haben, daß es eine Abkürzung gibt, bei der er gut vier Minuten sparen würde. Aber warum sollte er? Der bekannte Weg fährt sich fast von allein.

Nie käme er auf die Idee, beim nächsten Mal in einer anderen Ecke zu parken, oder gar auf einer anderen Ebene. Wenn Maria nicht die treibende Kraft wäre, würde auch ihr Liebesspiel immer in der gleichen Weise ablaufen. Jeder Handgriff erprobt, die Stellung eingeübt, der Rhythmus bekannt. Aber Maria führt ab und zu gern kleine Variationen ein. Nichts Ausgeflipptes, nur kleine Änderungen in der Reihenfolge. Viele Möglichkeiten läßt der Wageninnenraum sowieso nicht.

Heute sitzt sie auf ihm. Ihm paßt das gar nicht. Er

fürchtet, seine Stoffhose könnte Flecken bekommen, denn er weiß, wie naß Maria werden kann. Kein Wunder, daß sie danach immer so durstig ist.

Dieter sieht erst eine Weile zu. Erstens, weil es ihn aufgeilt, und zweitens, weil er noch viel zu aufgeregt und abgehetzt ist, um etwas zu sagen. Es tut ihm leid, daß er überhaupt sprechen muß. Er hat Angst, daß ihm im entscheidenden Augenblick wieder nicht das richtige Wort einfällt. Seine Gedanken müßten mit Leuchtschrift an die Wand projiziert werden, damit er nicht immer mißverstanden wird.

Endlich soll einmal genau das geschehen, was er will, nicht nur etwas Ähnliches. Er will einmal die Handlungsführung bestimmen.

Robert wühlt in Marias Haaren, während sie ihn reitet. Die Scheiben beschlagen vom schnellen Atmen.

Dieter setzt sich auf die Motorhaube und klopft mit dem Baseballschläger gegen die Scheibe. Er hat ein Wurfmesser im Stiefel. Zunächst wollte er die zwei damit erschrecken, aber er muß ja Robert ausschalten, und abstechen will er ihn nicht.

Die beiden bemerken ihn immer noch nicht.

Jetzt liegt er auf der Haube und drückt sich die Nase an der Scheibe platt.

Maria will die Stellung ändern. Es ist ihr so zu unbequem. Sie befürchtet, wenn sie noch lange so weitermacht, bekommt sie einen Krampf im Oberschenkel. Außerdem rutscht ihr Knie immer in den

Zwischenraum von Fahrer- und Beifahrersitz. Dort stößt es gegen das kalte Metall der Handbremse.

Sie dreht sich und wirft mit ihrem Hintern versehentlich den Gang raus. Das T-Shirt hat Robert ihr hochgerollt. Sie stützt sich auf dem Armaturenbrett ab. Ihre Brüste drohen Dieter in die Augen zu stechen. Nur die Windschutzscheibe stört.

Dieter leckt über das Glas, als könne er so ihre Haut schmecken. Jetzt sieht sie ihn. Aber sie kreischt nicht los, wie Dieter gehofft hatte. Sie sagt laut und deutlich zu Forler: »Jetzt guck dir das an.«

Sie zieht ihr T-Shirt runter. Maria handelt umsichtig, als ob sie täglich in solche Situationen käme.

Dieter paßt das nicht. Er hat sofort das Gefühl, mal wieder alles falsch zu machen.

Aber wenigstens Robert Forler dreht durch. Er kreischt, während er versucht, seinen dicken Schwanz in der Hose zu verstauen. Er zieht den Reißverschluß zu früh hoch und klemmt sich die Vorhaut ein.

Der Schmerz macht ihn panisch. Er springt aus dem Auto und hüpft jammernd herum, während sein Steifer zusammenfällt, die Haut aber immer noch eingeklemmt ist. Dieter scheint für ihn fast unwichtig geworden zu sein.

Er denkt jetzt nur an sein Ding. *Wer will das schon gerne verlieren?*

Dieter steigt grinsend vom Kühler und nimmt den Schläger fest in beide Hände.

Das Holz ist unten mit Isolierband umwickelt. Es gibt längst bessere, teurere Baseballschläger. Unzerbrechlich, aus Fiberglas oder wie das Zeug heißt. Aber für Dieter ist so ein Gerät nur aus Holz echt, da kann man jede Kerbe sehen. Jeder wirkliche Einsatz hinterläßt eine Spur.

Maria kramt in ihrer Handtasche. »Was hast du vor, Torte, willst du dich schminken?«

Hauptsache, sie fährt nicht ab, während ich ihren Typen vermache. Keine Fisimatenten. Ruck zuck. Hau weg den Kerl.

Dieter holt zum Schlag aus.

»Nein!« schreit Robert. »Nein!«

Na endlich. Komm. Winsel ein bißchen. Lackaffe.

Robert weiß nicht, was er zuerst tun soll, seinen Kopf schützen oder seinen Schwanz befreien. Für den Bruchteil einer Sekunde versucht er, den Reißverschluß einfach mit einem Ruck runterzuziehen. Der Schmerz treibt ihm die Tränen in die Augen. Er hört den Schläger heransausen. Er zieht den Kopf zwischen die Schultern und dreht sich weg.

Das Holz trifft ihn am Rücken. Ein dumpfer Schmerz nimmt ihm die Luft.

Maria steht jetzt hinter Dieter und tippt ihn mit einem Finger an, als ob sie nur mal eine Frage hätte.

»Du kommst gleich dran, keine Sorge. Ich fick' dich zu Ende.«

Er macht den Fehler, dabei den Kopf zu ihr zu drehen.

Sie sprüht ihm CS-Reizgas ins Gesicht.

Es ist, als sei sein Gesicht in einen Flammenwerfer geraten. Er sieht sofort nichts mehr. Die Augen sind nur noch eine brennende Masse. Er kriegt einen Hustenkrampf. Der Baseballschläger fällt zu Boden.

Er sieht Maria nicht, er hört nur das Sprühgeräusch. Die Feuchtigkeit schlägt sich in Tröpfchen auf seinem Gesicht nieder.

Dieter muß kotzen. Mit unglaublichem Druck kehrt sich sein Innerstes nach außen. Es ist nicht das erste Mal im Leben, daß er sich übergeben muß. Aber so war es noch nie. Der Magen will sich nicht entleeren. Er will raus, gemeinsam mit anderen inneren Organen, die plötzlich alle den Körper verlassen wollen und sich die Speiseröhre hochquetschen.

Die Lungen verätzen. Jetzt hat ihn die Angst, denn Maria hört nicht auf zu sprühen.

Er krümmt sich in einer CS-Reizgaswolke in seinem Erbrochenen auf dem Boden wie ein Mann mit einem Bauchschuß.

Maria flüchtet sich ins Auto, um nicht selbst etwas von dem Zeug einzuatmen.

»Schnell, in den Wagen!« ruft sie Robert zu.

Er humpelt gebückt heran, die Wolke immer in respektvollem Abstand. Trotzdem atmet er Spuren von dem Giftzeug ein, oder er bildet es sich zumindest ein. Er muß husten, auch seine Augen tränen, aber es ist nicht schlimm, längst nicht so schlimm wie ein heransausender Baseballschläger.

Endlich sitzt Robert im Auto. Sein Schwanz, inzwischen völlig eingeschrumpelt, hat sich schon selbst befreit.

Er versucht, den Wagen anzulassen. Aus Nervosität würgt er ihn aber ab.

Dieter versucht, sich kriechend in Sicherheit zu bringen. Doch die Reizgaswolke scheint an ihm zu kleben. Er hat längst jede Orientierung verloren.

»W ... wo hast du das her?« fragt Robert schokkiert und erleichtert zugleich. Vor Sekunden dachte er noch, sie seien beide erledigt, und jetzt hat er schon wieder Oberwasser.

»Unsere Pizzeria ist überfallen worden. Meinem Vater haben sie mit einem Hammer das Knie kaputtgehauen. Auf meinen Bruder wurde geschossen.«

Der Wagen springt an. Robert setzt rückwärts.

»Und jetzt hast du dich bewaffnet?«

»Sehe ich aus wie ein Opferlamm, das sich brav zur Schlachtbank führen läßt?«

Robert ist beeindruckt. Er fährt schneller als sonst aus dem Parkhaus und schrammt auf der zweiten Ebene mit der Stoßstange an der Wand lang. Aber das stört ihn nicht. Er will jetzt sofort zur Polizei. Vielleicht können die den Kerl noch festnehmen. Er sieht nicht aus, als würde er ohne Hilfe weit kommen.

Aber Maria ist dagegen. Sie schreit und tobt. Auf keinen Fall dürfen ihre Eltern erfahren, daß sie mit einem Mann im Parkhaus war. Sie besteht darauf: Niemand darf etwas erfahren.

»Und wenn es der Typ ist, der auf deinen Bruder geschossen hat? Der Mörder von Renate und der Schläger aus der Pizzeria?«

»Dann verhaften sie ihn sowieso bald. Ich kenne ihn. Er kommt manchmal zu uns essen.«

Den Rest der Fahrt schweigen sie. Sie wissen beide, es ist das Ende ihrer Beziehung, und keiner von beiden könnte sagen, warum.

49

Kypke und Briefs liegen verarztet in einem Zweibettzimmer.

Kypke hängt noch am Tropf, aber er blättert schon im Telefonkartenkatalog. Die bunten Bilder der Plastikkärtchen, ihre exakte Numerierung und Bestimmung tun ihm gut. Jetzt noch mehr als sonst.

Briefs liest einen Stephen King. Der Schmöker ist dick genug für einen Krankenhausaufenthalt.

Beide haben verbundene Köpfe. Beide eine schwere Gehirnerschütterung. Beide gebrochene Rippen und jeder einen mehrfach gebrochenen Arm.

Sie haben kurz mit den Ichtenhagener Kollegen telefoniert. Sie glaubten, damit sei die Sache zunächst erledigt, auf keinen Fall wollen sie ihre eigenen Ermittlungen gefährden. Andere Kollegen vom LKA werden sich an die Ultras hängen und sie lückenlos beschatten.

Aber Vera Bilewski taucht wutentbrannt im Krankenhaus auf. Sie hat Kramer mitgeschleppt. Widerwillig sitzt er auf der Fensterbank und schaut sich die beiden Kollegen an.

Vera geht vor den Betten auf und ab. Sie muß ihre Wut und ihr Unverständnis rauslassen. Sie hat Angst, Magengeschwüre zu bekommen, wenn sie den Brocken einfach so runterschluckt.

»Das ist einfach unglaublich. Ich ermittle in einem Mordfall und wegen einem Mordversuch. Auf Gino Oliverio wurden sieben Schuß abgefeuert. *Sieben!* Neun Millimeter. Vermutlich aus einer gestohlenen Polizeidienstwaffe. – Das Mordopfer ist die Schwester von einem berüchtigten Rechtsradikalen. Mit mindestens einem anderen aus der Bande hatte sie ein Verhältnis. Und die *lieben* Kollegen vom LKA beschatten die Gruppe seit Monaten, aber ich weiß von nichts!«

Kypke antwortet genervt. Veras Tonfall tut ihm weh. Ihre Stimme ist die reinste Körperverletzung.

»Liebe Kollegin, es handelt sich um eine verdeckte Ermittlung. – Uns geht es um die Hintermänner.«

Vera winkt ab. »Hintermänner?!«

Briefs will eine Geste machen. Dabei fällt sein Stephen King vom Bett. Weder Vera noch Kramer machen Anstalten, den Roman aufzuheben.

Briefs wägt ab, ob er nach der Schwester klingeln soll. Die behandelt beide Kriminalbeamte, als seien sie Popstars. Nur Autogramme mußten sie noch nicht geben. Er hebt den Zeigefinger wie einen Taktstock, um sich selbst beim Sprechen den Rhythmus vorzugeben. »Irgendwer versorgt sie mit Sprengstoff. Es nutzt uns gar nichts, wenn wir die paar Hanseln festnehmen. Das sind kleine Lichter. Aber sie haben Kontakt zu einer verbotenen Organisation. Zu ein paar militanten Neonazis. Sie versuchen, ein Netz aufzubauen von ...«

Vera hört nicht mehr hin. Sie dreht sich abrupt ab und wendet sich Kramer zu, der gerade auf der Fensterbank einen Pfefferminzkaugummi auspackt. Er will sich nämlich das Rauchen abgewöhnen. Er hat schon Muskelkater im Kiefer.

»Sie haben Sprengstoff!« braust Vera auf. Kramer guckt sie unschuldig an, zuckt mit den Schultern und schiebt sich den Streifen zwischen die Zähne.

»Nun sag du doch auch einmal etwas!« fordert sie ihn auf.

Er beißt sich noch rechtzeitig auf die Lippe, sonst hätte er gesagt: Was soll ich denn sagen?

Vera zieht die Visitenkarte von Knut Feddersen aus ihrer Handtasche. Sie hält sie Briefs hin. Er nimmt sie mit dem nicht eingegipsten Arm.

»Kennen Sie den? Das ist ihr Anwalt. Ein aalglatter Typ«, sagt Vera so sachlich wie möglich.

Briefs lacht bissig. »Feddersen? Den kennt jeder. Der macht aus jedem Strafmandat gegen rechte Schläger einen politischen Prozeß.«

Jetzt mischt Kypke sich ein. Ihm ist alles recht, Hauptsache, Vera redet nicht wieder mit so schriller Stimme. »Er ist nicht gerade eine Schlüsselfigur der rechtsradikalen Szene, aber er möchte es gerne werden.«

Vera steht am Fußende seines Bettes. Als sie beim Sprechen ihre Worte unterstreicht, indem sie mit der Hand aufs Bettgestell schlägt, würde Kypke sie am liebsten erwürgen.

»Von jetzt an werden Sie mit mir zusammenarbeiten«, bestimmt Vera gegen alle Vorschriften und Dienstwege. »Wenn Sie wieder laufen können«, fügt sie hinzu und versucht, ihrer Stimme den Hauch von Schadenfreude zu nehmen. »Erzählen Sie mir jetzt alles, was Sie wissen. Ich erhalte volle Akteneinsicht und ...«, sie wendet sich an Kramer, »und wir besorgen uns noch heute Hausdurchsuchungsbefehle.«

Briefs schüttelt den Kopf. »Sie behindern unsere Ermittlungen.«

Kypke will den Satz verstärken. »Sie machen alles zunichte. Wir sind ganz nah dran. Wir brauchen vielleicht nur noch ein paar Tage.«

Vera bleibt hart. »Ich ermittle in einem Mordfall. Vielleicht können wir sogar einen weiteren Mord verhindern. Das hat oberste Priorität. Ihre Hintermänner können mir gestohlen bleiben.«

Kypke stöhnt, als hätte er einen Tiefschlag erhalten.

»Glauben Sie, verehrte Kollegin, wir würden den Burschen nicht gern eins auswischen? Sehen Sie nicht, wie die uns zugerichtet haben? Mit denen ist nicht zu spaßen!« brüllt Briefs.

»Also los«, sagt Vera und zieht einen weißen Plastikstuhl zwischen die Betten der Männer. Sie setzt sich darauf. Zunächst sieht sie Briefs an, dann Kypke. »Ich warte.«

50

Siggi und Yogi spielen auf der Straße Ball.

Siggi feuert Yogi an. Yogi ist vor Begeisterung so aufgeregt, daß er den Ball immer wieder verliert. Siggi spielt ihn unermüdlich an. »Da, schnapp!«

Der Ball klatscht gegen Yogis Kopf und prallt ab auf die Straße. Yogi lacht breit. Siggi schnappt sich den Ball und wirft ihn wieder gegen Yogis Kopf.

»Holzkopf! Holzkopf! Schnapp!«

»Haha! Ja! ... olzopf!«

Plötzlich verändert sich Yogis Gesicht. Sein Lachen erstirbt. Er starrt an Siggi vorbei. Seine Lippen beginnen zu zittern.

Siggi dreht sich um. »Was ist denn, Yogi?«

Wolf kommt forsch auf Siggi zu. Er deutet mit der Hand den Hitlergruß an. Aber Siggi antwortet nicht. Er guckt zwischen Wolf und Yogi hin und her.

Als Yogis erste Lähmung nachläßt, rennt er weg.

Siggi zögert einen Moment. Soll er hinter Yogi herlaufen oder mit Wolf reden?

Er ruft: »Yogi! Yogi, bleib stehen!«

Aber Yogi rennt weiter. Er stolpert, stürzt und kriecht unter einen Busch.

Siggi spürt wieder diesen Stich in der Herzgegend, der ihm sagt: Etwas stimmt nicht zwischen Yogi und Wolf.

Siggi packt Wolf und hebt ihn mit Bärenkräften kurz an. »Was hast du mit ihm gemacht? Was?«

»Ich? Nix! Spinnst du? Laß mich los!«

»Er hat Angst vor dir.«

»Jetzt hör aber endlich auf mit dem Scheiß! Mir reicht es langsam!«

»Hast du ihn mal gehauen?«

Wolf versucht, sich loszumachen. »*Nein!* Wie oft soll ich das denn noch sagen? *Nein!*«

»Wenn du ihm was tust, mach' ich dich alle!« droht Siggi. Dann läßt er Wolf los.

»Die Bullen machen Hausdurchsuchungen. Bei Peter waren sie schon. Wir müssen vorsichtig sein. Der Sprengstoff...«

Da biegt ein Polizeiwagen in die Straße ein. Nur gut, denkt Siggi, daß ich die P 7 wieder vergraben habe. Aber du kommst dran, Gino. Früher oder später bist du reif.

Der Polizeiwagen hält direkt vor Schmidtmüllers Tür.

Yogi heult unter dem Busch. Siggi geht hin, um

sich um ihn zu kümmern. Wolf verzieht sich. Die Bullen müssen ihn hier jetzt nicht sehen.

Wolf lockert die Kleidung an seinem Hals. Er hat das Gefühl, die Schlinge würde sich langsam zuziehen.

Ich muß mir wegen Yogi etwas einfallen lassen, denkt er. Der Idiot verrät mich sonst noch. Siggi schöpft schon Verdacht. Yogi muß weg. So unauffällig wie möglich. Es muß wie ein Unfall aussehen. Am besten, er wird überfahren und dann Fahrerflucht ...

Als Wolf vor seiner Wohnung ankommt, sieht er gleich den Dienstwagen. Er geht nicht hoch. Er will Vera Bilewski jetzt nicht begegnen. Er kann sich denken, daß ihre Wut noch frisch ist, und er weiß nicht, ob Feddersen immer noch so diensteifrig zur Verfügung stehen wird.

51

Vera und Kramer durchsuchen die Wohnung. Gisela Kleinhaupt steht unausgeschlafen im Morgenrock dabei. Ihr blaues Auge wird jetzt grünlich.

Kramer sieht sich im Schlafzimmer um. Er öffnet ein Nachttischschränkchen und hat einen Massagestab in der Hand. Er legt ihn einfach wieder zurück und schließt das Fach.

Vera zeigt auf Frau Kleinhaupts Gesicht. »War er das?«

Frau Kleinhaupt faßt an die geschwollene Stelle. »Wer? Wolfi?«

Sie lacht bitter. »Sie wissen wohl gar nichts über ihn, was? Der Junge tut mir doch nichts. Er würde sich für mich in Stücke reißen lassen. Das ist nicht so einer, wie Sie denken.« Sie schluckt trocken und kämmt sich mit den Fingern die Haare aus der Stirn. »Der hat mich immer beschützt, mein Männlein, wenn mal was war.«

Vera schaut sich die Zeitungsartikel an, die Wolf an der Wand hängen hat. Mölln. Rostock. Solingen. Fein säuberlich aufgeklebt auf die Rückseite einer abgeschittenen Tapete. Schwarz-Rot-Gold mit Filzstift eingerahmt. Darüber in Druckbuchstaben: Doitschland den Doitschen. Unter den Zeitungsartikeln: Bravo! Weiter so, Doitschland.

Vera kann den Widerspruch zwischen dem, was sie sieht, und Gisela Kleinhaupts Worten kaum ertragen. Ob die Mutter nicht lesen kann? Sieht sie die Zeitungsausschnitte an der Wand nicht?

Vera tippt mit dem Zeigefinger darauf, als müsse sie die Realität beweisen. »Ja, reizendes Kerlchen. Sammelt er so etwas?«

Frau Kleinhaupt schüttelt den Kopf. »Ach, bilden Sie sich doch bloß nichts ein. Was machen die Jungs denn schon? Sie sind doch noch Kinder.«

Während sie redet, bückt Vera sich und nimmt jedes Paar Schuhe in die Hand. Pumas, Gummistiefel. Sandalen. Cowboystiefel.

»Ja, sie kloppen sich schon mal mit Ausländern. Das sollte man nicht überbewerten. Wissen Sie, ich bin auf dem Land groß geworden. Da ging es auch jeden Samstag rund. Das Oberdorf gegen das Unterdorf. Bei jedem Schützenfest war Keilerei. Das gehörte einfach dazu. Waren wir deswegen Nazis?« fragt Gisela Kleinhaupt.

Vera schaut sie an. Das Geschwätz der Frau geht ihr ungeheuer auf den Geist. Vera versucht, mal ein Wort dazwischen zu kriegen. Sinnlos. Frau Kleinhaupt redet, ohne Luft zu holen. »Sie haben wohl keine Kinder, was?«

Vera nickt.

»Dachte ich mir. Sieht man gleich, so wie Sie aussehen.«

Vera spricht bewußt laut und deutlich. »Hat Ihr Sohn keine Springerstiefel?«

Die Frage stoppt den Redeschwall.

Jetzt denkt sie nach. Wenn sie nachdenkt, kann sie nicht reden.

Vera grinst. Da Gisela Kleinhaupt nicht antwortet, sondern nur guckt, hält Vera ihr ein Paar Schuhe vor die Nase. »Springerstiefel gehören doch heute dazu, oder nicht? Nicht solche hier.«

Gisela Kleinhaupt stemmt die Fäuste in die Hüften.

»Natürlich hat er so etwas. Er trägt sie bestimmt. Darum stehen sie nicht hier.«

Dieser Logik kann Vera sich nicht verschließen.

Sie schaut unter die Schuhe. »Größe 46«, sagt sie trocken.

Wolfs Mutter flippt aus. »Sie wollen meinem Wolfi etwas anhängen! Eine Mutter spürt so etwas. Aber das sage ich Ihnen: Ich kratz' das letzte Geld zusammen. Der kriegt den besten Anwalt, den man für Geld bekommen kann!«

»Den hat er schon«, brummt Vera.

52

Maria bringt Gino italienisches Essen in einer Warmhaltebox. Dazu ein Körbchen mit Rotwein, Zigaretten, Schokolade, Salami und Weißbrot. Außerdem zwei Illustrierten.

Das mit dem Rotwein findet der Beamte nicht in Ordnung. Mit dem Rest darf sie durch, weil sie ihm schöne Augen macht und er Frauen noch nie ernsthaft etwas entgegenhalten konnte.

»Aber bitte nur ganz kurz«, ermahnt er Maria.

Die Zeit reicht aus. Sie erzählt Gino unter dem Deckmantel der Verschwiegenheit von dem Überfall.

»Die wollen uns alle fertigmachen, Gino. Mama, Papa, dich und mich. Vielleicht sollten wir nach Italien zurückgehen.«

Er schüttelt den Kopf. »Das wollen die bloß. Du hast ihn ganz sicher erkannt? Dieter Koslowski?«

»Ja. Ganz sicher.«

»Aber eins kapier ich nicht. Wie hast du den Kerl geschafft? Der ist doch ein Bär von einem Mann.«

Sie holt die Sprühdose aus ihrer Tasche. »Hiermit.«

Gino packt sofort zu und nimmt ihr das Reizgas ab. Er guckt zum vergitterten Glas. Das wachsame Glupschauge schaut nicht zu. Er steckt das Gas ein.

»Psst. Ich muß hier raus. Einer muß die Familie schützen. Ich kann ja nicht hier drinsitzen, bis die Faschisten euch alle umgebracht haben.«

»Aber dein Anwalt. Was hat der gesagt?«

Gino verzieht den Mund. »Er meint, ich soll ein Geständnis ablegen.«

Maria sieht seinen Zorn.

»Mir glaubt kein Mensch. Ich muß mir selber helfen. Vergiß eins nicht. Wir sind hier in Deutschland.«

Maria ist erschrocken darüber. Aber sie akzeptiert seinen Entschluß sofort. »Kann ich dir helfen?«

»Das hast du schon, Schwesterchen. Das hast du schon. Geh jetzt nach Hause, pack mir ein paar Klamotten zusammen und bring sie zu unserem Wohnwagen. Pack am besten auch ein paar Konserven ein. Dann sag Francesco und Carlo, daß ich sie sprechen muß.«

Sie stellt keine weiteren Fragen. Es ist ihr klar, daß sie zurückschlagen müssen. Es ist ja nicht so, als ob Italiener keine Banden bilden könnten.

Sie steht auf und geht.

Gino ißt erst, dann ruft er nach dem Beamten, sprüht ihm ins Gesicht und nimmt dem überraschten Mann den Gummiknüppel ab und die Pistole.

Einen Moment zögert Gino. Er fragt sich, ob er auch die Uniform nehmen soll, aber er läßt es. Sie paßt ihm sowieso nicht.

Unbehelligt verläßt er das Gebäude.

53

Knapp zehn Minuten später wird eine Ringfahndung ausgelöst. Ein Autodieb aus Köln, der Ichtenhagen für einen ruhigen Ort hielt, wo man gut seinen Geschäften nachgehen kann, wird eines Besseren belehrt.

Wolf Kleinhaupt glaubt, daß sie ihn suchen, und flüchtet zu Max in das Gewächshaus der Gärtnerei.

»Mensch, spinnst du? Hier kannst du nicht bleiben.«

»Besorg mir Knete. Ich hau' ab, nach Hamburg, zu Froinden.«

»Knete!? Weißt du, was ich bei den Judensäuen hier verdiene?«

Wolf kaut auf der Unterlippe herum. Er hätte daran denken müssen, eine nationale Kriegskasse aufzubauen. Von den Kameraden außerhalb Ichtenhagens kann er nicht viel Hilfe erwarten. Dafür haben seine Ultras noch nicht genug gebracht. Gut, der Judenfriedhof, das hat Aufsehen gemacht. Die Pizzeria, das war nicht schlecht, aber nicht genug, um zum nationalen Märtyrer zu werden. Den Mord an Renate würde ihm deswegen erst recht keiner verzeihen. Es sei denn, er hätte nur eine Verräterin liquidiert, bevor sie schwätzen konnte. Gut, bei den Hamburgern käme er damit durch, aber hier in Ichtenhagen niemals. Er hätte auf jeden Fall zwei Todfeinde: Siggi und Peter.

Das Asylantenheim muß sich endlich in eine Rauchwolke verwandeln. Ab dann sieht alles anders aus. Den, der das getan hat, werden alle verstecken. Jeder wird ihm weiterhelfen. Keiner mehr den Bullen glauben, wenn sie ihm auch andere, weniger ehrenhafte Sachen anhängen wollen.

Max klaut einen Hunderter aus der Kasse und schiebt ihn Wolf rüber.

»Was, mehr nicht?«

Da brüllt Max los: »Weshalb sind sie überhaupt hinter dir her? Wegen dem Friedhof? Wegen der Pizzeria? Die wissen doch nichts. Oder hast du die Schüsse auf den Itaker abgegeben?«

Wolf nickt. »Ja. Ich wollte das Schwein abknallen.«

Sofort ändert Max seine Einstellung. Ja, davor hat er Respekt, obwohl er sich irgendwie sicher war, daß Siggi...

Bis zum Feierabend versteckt Wolf sich zwischen

Orchideen. Dann verschwindet er über den Zaun am Freilandbau. Er trifft Max an der Ecke bei der Linde.

Langsam kapiert Wolf, daß die Bullen nicht ihn suchen. Mit ihm sind nur seine Ängste durchgegangen.

Er überquert mit Max die Kreuzung. Sie gehen an einem Polizeiwagen vorbei. Die Beamten schauen ihnen gleichgültig hinterher.

Das darf nicht noch einmal passieren, denkt Wolf, *wie stehe ich jetzt vor den anderen da? Ich fliehe, ohne gesucht zu werden. Scheiße. Die Nerven. Ich habe die Nerven blank. Es ist Lampenfieber. Die Ruhe vor dem Sturm. Am Samstag ist es soweit. Endlich. Am Samstag.*

Wieder erscheint ihm die Sprengung des Asylantenheims als Lösung all seiner Probleme. Je mehr er unter Druck gerät, um so mehr drängt sich diese Lösung auf. Diese und sonst keine.

Sie gehen zum Spielplatz, um dort die anderen zu treffen.

54

Dieter hat eine Palette Bier gekauft und trägt sie auf dem Kopf über den Marktplatz. Er jongliert gerne so.

Seiltänzer findet er toll. Das Gleichgewicht halten. Nicht abstürzen. Über der Gefahr schweben. Applaus bekommen.

Am Brunnen sitzen vier Punks. Bei ihnen zwei Italiener. Mit jedem hatte er schon mal eine kleine Rempelei. Aber heute wird das anders, das spürt er gleich.

Eine leere Bierdose fliegt durch die Luft und scheppert vor ihm auf das Kopfsteinpflaster. Dann kommt eine halbvolle hinterher.

»Äi, du Doitscher! Du trägst das Bier wie 'ne Negerin!«

Sie verteilen sich. Sie wollen ihn nicht durchlassen.

Dieter ahnt, heute geht es nicht nur um den üblichen Kleinkrieg. Er stellt die Bierdosen vor sich auf den Boden und rennt los. Die beiden Italiener versuchen, ihm den Weg zur Fußgängerzone abzuschneiden. Zwei Punks bleiben am Brunnen stehen, zwei andere jagen hinter ihm her.

Keiner stürzt sich auf das Bier. Dieter hatte gehofft, daß sie die leichte Beute nehmen und ihn verschwinden lassen. Es sind immerhin zwanzig große Dosen.

Der mit dem Irokesenschnitt packt Dieters Jacke. Dieter wirbelt herum und tritt ihm gegen die Rippen. Er stürzt, windet sich auf dem Pflaster. Dieter rennt nicht weiter, sondern wendet sich an den zweiten Punk. »Jetzt du?«

Der zögert einen Moment zu lang. Dieter trifft ihn mit den Kampfstiefeln am Ohr. Es zerplatzt zu einer blutigen Masse. Der Punk wirkt wie angeschossen und hält sich die Hände ans Ohr, als müsse er es daran hindern abzufallen. Dieter kann sich in Ruhe eine geeignete Stelle an dem ungeschützten Körper aussuchen. Sein zweiter Tritt bricht zwei Rippen. Beide Punks liegen wimmernd am Boden.

Die anderen sehen sich unentschlossen an. Sollen sie kämpfen oder lieber wegrennen?

Die Zuschauer am Rande haben sich schon entschieden: Zugucken und Raushalten.

Der kleinere der beiden Italiener zieht ein Stilett. »Okay, Glatze. Jetzt bist zu reif.« Er geht nervös auf Dieter zu. Das Messer wechselt dabei ständig von einer Hand in die andere. Unmöglich, vorherzusagen, mit welcher er den Angriff führen wird.

Alle Alarmglocken in Dieter schrillen. Dieser kleine spinnenartige Typ mit den dünnen Ärmchen ist gefährlich. Der kann mit dem Messer umgehen. Dieses kleine Silberfischchen wird Dieter schwer verletzen, wenn ihm nicht schnell etwas einfällt.

Seinen Baseballschläger hat er nicht dabei. Seinen Stiefeldolch will er nicht ziehen, denn er fürchtet, gegen den anderen damit unbeholfen auszusehen und keine Chance zu haben. Plötzlich scheint es ihm auch hinderlich, daß er soviel größer ist als sein Gegner.

Man verliert einen Kampf immer zuerst im Kopf! Wie oft hat Wolf ihnen das gesagt. Jetzt ahnt Dieter die Bedeutung.

Die beiden Punks am Brunnen wittern seine Irritation und schöpfen darauf Mut. Sie kommen näher. Der zweite Italiener ruft: »Schöne Grüße von Gino.

Er möchte dich sehen. Wir sollen dich zu ihm bringen. Er gibt eine kleine Party für dich. Kommst du freiwillig mit?«

»Oder sollen wir dich tragen?« grinst der Messerstecher.

Der Punk stöhnt und spuckt Blut auf die Steine. Dieter verpaßt ihm noch einen Tritt. Dann hebt er die Arme und sagt: »Ihr habt gewonnen. Ich komme mit.«

Die Italiener und die Punks können ihr Glück noch gar nicht fassen. Dann hören sie die schnellen Schritte aufs Kopfsteinpflaster knallen wie Pistolenschüsse. Max und Wolf.

»Ihr kommt gerade richtig!« lacht Dieter. »Die Sackgesichter hier wollen mich zu Gino bringen.« Er zitiert schadenfroh: »Der will 'ne Fete für uns geben.«

Wolf packt sich den Kleinen mit dem Messer und rüttelt ihn durch. »Wo ist das Schwein? Wo? Haben eure Bullenfreunde ihn freigelassen?«

»Stech ihn ab!« brüllt ein Punk, der nicht verstehen kann, warum Carlo die Messerhand schlaff herunterhängen läßt, wie gelähmt. Als ob er erst daran erinnert werden mußte, daß er wirklich bewaffnet ist, reagiert Carlo fast überrascht darauf, als er sein Messer durch Wolfs Gesicht sausen sieht. Beide Seiten der Klinge sind scharf.

Wolf läßt seinen Gegner sofort los.

»Du Sau!« schreit er.

Max zieht seinen Schreckschußrevolver. Vorne auf den Lauf hat er etwas geschraubt, das wie ein Schalldämpfer aussieht. Er richtet den Trommelrevolver auf die beiden Punks, greift in seine Jacke und nimmt zwei Leuchtkugeln heraus. Eine rote und eine blaue. Signalmunition. Silvesterspäße. Sie leuchten herrlich in der Luft. Aber man kann sie auch auf den Mann abfeuern. Max stopft die blaue in den Pistolenaufsatz.

»Ich leg' euch um.«

»Ich brauch' einen Arzt«, stöhnt der Punk.

»Halt's Maul und verreck!«

Eine Polizeisirene. Die Verkäuferin im Schuhgeschäft hat den Notruf informiert. Sie traute sich nicht, ihren Namen zu nennen, aber sie hat Bescheid gesagt.

Max schießt die Leuchtkugel ab. Sie zischt mit ohrenbetäubendem Knall auf den Punk, der besonders nah bei Max steht. Seine Kleider brennen sofort.

Max lädt nach.

»Nicht! Die Bullen! Laßt uns abhauen!«

Max kommt dem Befehl nach. Dieter und Wolf rennen in Richtung Fußgängerzone.

Die Beamten rufen Verstärkung und einen Krankenwagen. Der eine, Kalle genannt, kommt frisch aus der Großstadt. Er ist ziemlich neu im Trachtenverein. »Was ist hier in Ichtenhagen los?« fragt er. »Bürgerkrieg?«

55

Sie sitzen auf dem Spielplatz in den Gerüsten. Peter auf der Schaukel. Max hängt neben Wolf in der Kletterpyramide. Wolfs linke Gesichtshälfte ist mit Pflastern zugeklebt.

Er ist stolz darauf. Frische Kriegsverletzung von einem Itakermesser.

Jürgen hockt im Sandkasten. Er hat die Ritterburg zertreten und statt dessen ein großes Hakenkreuz in den Sand gemalt.

Der Spielplatz ist übersät mit Zigarettenkippen, zerquetschten Bierdosen und zerdepperten Flaschen. Seine Kinder läßt hier kaum noch jemand spielen. Die Verletzungsgefahr durch Scherben ist zu groß, und die ganz Kleinen essen die Kippen im Sandkasten ja noch, weil sie alles in den Mund nehmen müssen.

Hier trifft Wolf ab und zu die Babygang. Die Nachwuchsskins. Der jüngste ist elf. Der älteste vierzehn.

Wolf »schult sie politisch«. Das heißt, er bildet sie im Nahkampf aus und schwört sie auf seine Person ein. Für alle ist er der Ersatzpapi. Es ändert nichts, wenn er sich tagelang nicht sehen läßt. Das sind sie von ihren Vätern gewohnt.

Von Wolf haben sie gelernt, wie man jemanden von hinten mit dem Messer angreift. Leberstich. Tritte gegen das Schienbein. Augen ausstechen mit bloßen Fingern. Kehlkopf rausreißen.

Manchmal sagt Wolf zärtlich »meine kleinen Tiger« zu ihnen. Am liebsten hat er den kleinen Fred. Blauäugig. Zäh wie Leder und hart wie Kruppstahl.

Freds Vater ist von einem Türken überfahren worden, als Fred drei war. Seitdem haßt Fred Türken.

Wolf füllt die Kinder wieder ab, bis sie kotzen. Jeder eine Dose Bier. Aufreißen. Ansetzen. Ex. Wer absetzt, hustet oder sich verschluckt, macht zehn Liegestütze und fängt dann von vorne an.

Die Ichtenhagener Ultras gucken sich den Nachwuchs an. Sie lachen, stacheln die Kids auf und schließen Wetten ab.

Wolf zieht mit seinem Messer einen geraden Strich über den Platz. Gut zehn Meter lang. Nach der fünften Dose Ex wird darauf balanciert. Mit verbundenen Augen.

Außer Fred schafft das nur noch Hamu, der Wert darauf legt, Hartmut genannt zu werden, weil Hamu so ausländisch klingt. Die anderen haben schon glasige Augen, ihnen ist schlecht. Kotzen gehört dazu.

»Ihr habt so viel Dreck in euch. Der ganze Mist muß raus. Bier hilft. Alkohol reinigt den Magen.«

Hamu ist schon vierzehn. Der Älteste im Talentschuppen. Er hat nur noch ein wirkliches Ziel im Leben: Er will ganz dazugehören. Ein anerkanntes Mitglied der Ultras werden. Dafür ist er bereit, alles zu tun.

Er weiß, daß er als Geringster anfangen wird. Als reiner Befehlsempfänger. Nicht mal Sprecherlaubnis wird er in der ersten Zeit haben. Aber was bedeutet das schon? Er wird ein Ultra werden. Seine Eltern prophezeien ihm schon lange, daß er mal so endet. Aber was für sie das schlimme Ende ist, ist für ihn nur der ersehnte Anfang.

Wolf befiehlt Fred und Hamu jetzt, auf die Garagen zu klettern und dann auf der Mauer zu balancieren. Natürlich alles mit verbundenen Augen. *Ein Söldner muß sich in schwarzer Nacht zurechtfinden, alle Sinne benutzen. Tasten, fühlen, ganz Körper werden. Die Gedanken ausschalten. Nur den Instinkten folgen. Sie sind da. Seit Jahrtausenden.*

Man hat versucht, sie uns abzuerziehen. Lehrer haben sie zugelabert. Eltern verschüttet. Ärzte wegtherapiert. Aber sie sind da, sobald man sich die Augen verbindet. Wenn die störenden Gedanken verschwinden. Wenn jeder Fehltritt den Absturz bringen kann. Wenn man sich nur noch auf sich selbst verlassen kann und in der Dunkelheit drohend die Gefahr lauert, dann sind sie plötzlich flirrend und schützend wieder da, die Urinstinkte. Der Kampfgeist.

Sie alle haben diese Erfahrung gemacht. Mutproben sind die wichtigsten Prüfungen im Leben. Sie müssen schwer sein und gefährlich. Fragebögen in der Schule ausfüllen kann jeder Pipijunge. Aber eine wirkliche Mutprobe besteht man nicht durch Auswendiglernen, nicht durch Bravsein und erst recht nicht durch Nachhilfestunden.

»Eine Mutprobe ist ein Kampf gegen den Angsthasen in sich selbst«, sagt Wolf. »Nur wer den besiegt, hat auch Chancen gegen andere Gegner. Jeder Held muß zunächst gegen sich selbst kämpfen.«

Fred klettert behende vorwärts.

Entweder kann er durch das Tuch gucken oder der ist echt spitze, denkt Max.

Schon steht er auf der Mauer. Langsam, aber zügig tastet er sich vorwärts. Fuß vor Fuß. Die Arme ausgebreitet zum Auspendeln, und das nach fünf Dosen Bier mit zwölf Jahren. Er wackelt, aber er fällt nicht.

Hamu dagegen versucht es auf allen vieren. Er hat Angst, von der Mauer zu stürzen. Er drückt sein Schienbein fest auf die Steine, packt mit beiden Händen zu, läßt ein Bein herabbaumeln und schiebt und zieht sich mehr im Sitzen weiter, als daß er geht. Aufrecht auf beiden Beinen stehen wird er nicht. In ihm zittert alles. Da nutzt auch das Bier nichts.

»Äi, Hamu! Stell dich richtig hin. Mach dich gerade! Du siehst ja aus wie ein Schluck Wasser!« lacht Wolf.

»Wie Türkenspucke an der Kloschüssel!« grölt Jürgen.

Hamu stürzt ab und verstaucht sich den Knöchel.

»Mein Fuß! Mein Fuß ist gebrochen!«

»Stell dich nicht so an. Trink dir einen.«

»Sei froh. Brauchst du morgen nicht zur Schule, kannst zum Arzt.«

Fred schafft es. Damit ist er reif für den ersten wirklichen Auftrag. Die erste Aktion.

Er hat die Ehre, das Asylantenheim auskundschaften zu dürfen. Wolf vermutet im Keller Öltanks. Dort will er die Sprengladung anbringen. Fred soll heute nacht durch ein Kellergitter einsteigen und nachsehen, ob das möglich ist.

»Wieso Kellergitter?« tönt Fred. »Die Tür ist da nie zu. Die kann man gar nicht mehr abschließen. Ich geh da einfach rein und guck im Keller nach.«

Wolf schüttelt den Kopf. »Die legen dich um, wenn sie dich packen, Kleiner.«

»Glaubst du, ich fürchte mich vor dem Geschmeiß?«

»Du tust, was ich dir sage, klar?« faucht Wolf.

Fred nickt.

»Okay«, sagt Max. »Der Kurze peilt für uns die Lage. Aber wer macht es schließlich? Ich meine, einer muß doch ...«

Peter wird ganz schlecht bei dem Gedanken. Er hofft, daß er es nicht tun muß.

»Ein Gottesurteil«, sagt Wolf.

»Häh? Was? Wie? Haben wir jetzt Kontakt zu Jesus?« lacht Jürgen.

»Wir lassen das Los entscheiden.«

56

Francesco hat dichtgehalten, aber aus Carlo sprudelt es geradezu heraus. Er war gar nicht mehr zu bremsen. Das meiste wollte Vera Bilewski gar nicht hören. Aber er plauderte auch aus, wohin Dieter gebracht werden sollte.

Der Campingplatz ist umstellt. Vera hat fünfzig Schutzpolizisten zur Verstärkung. Gino Oliverio darf ihr auf keinen Fall entwischen. Ein Mordverdächtiger, der aus Polizeigewahrsam flieht, beunruhigt die Bevölkerung mehr als eine fehlende Spur. Wenn man nicht weiß, wer es war, hat der Zorn kein Ziel.

Gino muß so schnell wie möglich wieder hinter Gitter. Die Lage in Ichtenhagen ist explosiv genug.

Gino hat kein Licht gemacht. Seit seine Nachbarn eingetroffen sind, sitzt er auf dem Boden unterm Tisch und raucht. Die Hände hat er sich dick mit Speiseöl eingerieben.

Es gibt eigentlich genug Konserven im Wohnwagen, aber er traut sich nicht, den Gasofen anzumachen. Niemand soll ihn bemerken. Der Campingplatz ist zu nah an Ichtenhagen. Alle hier kennen ihn und wissen, daß er gesucht wird.

Draußen, direkt neben dem Wohnwagen, grillen die Christens fröhlich Würstchen. Der Duft von Fett, das auf glühende Holzkohle tropft, läßt Ginos Magen verrückt spielen.

Er kennt die Leute. Sie sind nett. Einmal haben sie ihm ihr Schlauchboot geliehen. Seine Mama hat ihnen von ihrem Kuchen gegeben. Sein Papa half, den alten Rasenmäher zu reparieren.

Noch vor ein paar Tagen hätte er zu ihnen rausgehen können. Er wäre eingeladen worden, mit ihnen zu essen. Er hätte ein Bier bekommen und ein Würstchen. Niemand hätte etwas Böses gedacht.

Doch jetzt ist alles anders. Er sitzt im Dunkeln unterm Tisch, kaut kalte Konserven, trinkt aus den aufgehebelten Dosen und traut sich nicht einmal, das kleine Radio anzumachen. Dabei kommt er bestimmt in den Nachrichten vor.

Einmal im Leben ist man in den Nachrichten, und dann kriegt man es nicht mal mit. Er findet den Gedanken fast lächerlich. Obwohl ihm sein Leben zerstört vorkommt. Zerstört von den Ichtenhagener Ultras. Den deutschen Faschos.

Wird sein Leben je wieder so werden wie früher? Er fühlt sich abgeschnitten von dem, was einmal war. So, als sei es unwirklich geworden. Nie geschehen. Eine Illusion. Das hier ist die Wirklichkeit. Der harte Boden des Wohnwagens. Die Rückenschmerzen. Der schale Eierravioligeschmack. Die kalten Erbsen mit Möhren. Die brennenden Hände.

Das Gelächter der Christens klingt für ihn wie Hohn. Es macht ihn sauer. Wie können Menschen so unbeschwert sein? Ihre Würstchen im Freien grillen ohne Angst vor einem Überfall.

Laut erzählen sie ihre Witze und lachen noch lauter darüber. Wissen die nicht, was los ist in ihrem Land? Es herrscht Krieg. Krieg. Krieg.

Plötzlich erstirbt das Lachen draußen. Die Fröhlichkeit hat Pause. Es ist merkwürdig still.

Gino hört das Fett ins Feuer tropfen. Was ist los? Warum feiern die nicht weiter? Sind Carlo und Francesco endlich mit Dieter da?

Nein. Die beiden wären nicht blöd genug, hier einfach so... sie würden Maria vorschicken.

Wenn es in diesem Scheiß-Wohnwagen wenigstens ein Telefon gäbe!

Da hört er die Stimme von Frau Christen: »Da ist niemand. Suchen Sie den Gino? Der ist nicht da.«

Polizei!

Gino kraucht unter dem Tisch vor. Er verletzt sich an der offenen Raviolidose. Er zieht den Tisch ein Stück vor und klettert drauf. Er versucht, durch das Oberlicht aufs Dach zu entkommen.

Klopfen an der Tür. Vera Bilewskis Stimme: »Herr Oliverio. Kommen Sie mit erhobenen Händen heraus. Sie haben keine Chance. Der ganze Platz ist umstellt.«

Die Luke ist zu eng. Gino bricht den Plastikrahmen raus und zieht sich hoch. Die Hitze in seinen Fingern müßte ausreichen, um den Wohnwagen in Brand zu setzen.

Gino ist schlank. Aber er bleibt in der Öffnung stecken. Plastik schneidet in seine Hüften. Er stemmt sich raus. Es ratscht. Die Hose reißt und die Haut darunter auch.

Er beißt die Zähne aufeinander, daß es knirscht. Er spürt das warme Blut an den Beinen herunterlaufen. Egal. Was bedeutet eine Hose, was die paar Schnitte, wenn es um Freiheit und Leben geht? Um den Schutz der Familie und die Ehre?

»Brechen Sie die Tür auf«, sagt Vera zu einem Beamten.

Er schaut sie an. »Eigentlich müssen wir dazu einen Schlosser...«

Kramer zieht den Typen weg. Diesen ganzen Quatsch hört er sich nicht an. Er will diesen Fall lösen, bevor ihm wieder die Stars aus der Großstadt die Show stehlen. So eine Wohnwagentür ist für Kramer kein Hindernis.

Herr Christen steht jetzt neben Vera. Er wird laut. »Was soll der Unfug? Es ist niemand im Wagen! Sie können den doch nicht so einfach aufbrechen!«

»Ach nein?!« spottet Kramer.

Schon bricht die Tür nach innen ein, obwohl sie eigentlich nur nach außen zu öffnen ist. Kramer fällt in den Raum und sieht sofort die offenen Konservendosen. Er zieht augenblicklich seine Dienstpistole. Über ihm verschwinden Ginos Füße durch die Luke.

»Er ist auf dem Dach!« schreit Kramer.

Jetzt sieht Vera ihn auch. Ginos Körper schiebt sich zwischen Vera und den Mond. Sie zeigt auf ihn. »Da!«

Die Schutzpolizisten entsichern ihre Waffen.

Komisch, denkt Vera. Männer ziehen immer schneller. Sie denken einfach sofort daran. Als sei es die eigentliche, die naheliegende Lösung, zur Pistole zu greifen.

Gino springt vom Dach. Er federt neben dem Grill auf. Frau Christen schreckt zurück und zieht ihren Sohn zu sich. Beschützerinstinkt.

Gino tritt den Grill um. Fett spritzt. Würstchen, Glut und ein Grillrost fliegen Vera vor die Füße. Sie läßt sich nicht bremsen, schlägt einen Bogen.

»Halt! Stehenbleiben!«

»Hau ab! Blöde Möse!« Gino greift nach der langen Fleischgabel und sticht damit in Richtung Vera.

Sie kriegt seine Hand zu fassen. Hinter ihr tauchen Kramer und ein Schupo auf. Sie würden beide gerne die Sache mit einer Kugel erledigen, aber Vera steht im Weg.

Gino schlägt nach ihr. Jetzt hat sie auch seine andere Hand. Er brüllt, als ob sie ihm Schmerzen zugefügt hätte. Da lockert sie ihren Griff. Er reißt sich los und schubst sie um. Sie taumelt nach hinten, stößt gegen den Grill und fällt rückwärts in die Glut. Sie rollt sich ab, aber an zwei Stellen drückt sich die heiße Holzkohle in ihren Rücken.

Sie schreit. Zieht blitzschnell ihr Oberteil aus, wirft es angewidert weg. Jemand klopft auf ihrem Rücken herum. Sie ist froh, heute einen BH zu tragen, möchte aber auch ihn am liebsten abreißen.

Gino sieht in zwei Pistolenläufe. Er spürt, daß beide Männer nur zu bereit sind, abzudrücken. Er hebt die Arme und fleht: »Nicht schießen. Bitte nicht schießen. Ich war es doch nicht. Ich nicht.«

Kramer legt ihm Handschellen an. Für Vera wird ein Arzt gerufen. Frau Christen holt ihr eine Decke, und Herr Christen gießt ihr einen Obstler ein. Dann nimmt er selber auf den Schrecken einen.

Für ihn, erzählt er, ist Gino ein netter junger Mann.

»Höflich. Ordentlich. Na ja, solange er meine Tochter in Ruhe ließ, war es mir egal. Wissen Sie, hier auf dem Campingplatz weiß das jeder. Dieser Wagen hier war sein Liebesnest. Wenn der wenigstens nicht immer so laut gewesen wäre ... wenn Sie wissen, was ich meine. Manchmal hat man sich ja richtig geschämt. Wegen der Kinder. Aber sonst – ich kann nichts Nachteiliges über ihn sagen. – Wer ersetzt mir denn jetzt eigentlich die Würstchen? Und überhaupt. Der Grillabend ist im Eimer.«

57

Seit Renates Tod muß Siggi sich besaufen, bevor er einschlafen kann. Ein paar Bier reichen nicht. Schnaps ist am besten. Wein tut es zur Not auch.

Zum Glück gibt es im Keller ein Weinregal mit zwei Dutzend Flaschen. »Unseren Weinkeller«

nennt Herr Schmidtmüller das Eckchen neben dem Schrank für die Wintermäntel.

Siggi holt sich eine Flasche aus dem Keller. Er mag keine Weingläser. Die sehen zu vornehm aus.

Er schüttet den Wein in sich hinein, als sei er ein Auto, das betankt werden muß.

Er will die anderen jetzt nicht sehen. So etwas hat er manchmal. Er versteht sich dann selber nicht. Plötzlich nerven ihn Sachen, die er sonst immer geil oder cool oder oi findet. Auf einmal drehen sich die Dinge, dann könnte er Wolf die Zähne einschlagen, findet er alle Ultras idiotisch und ihren Aufzug lächerlich.

Er wünscht sich dann einen gedeckten Kaffeetisch mit Kuchen und gestickter Tischdecke. Weiche Teppiche, die jedes Auftreten dämpfen.

So war es manchmal samstags, als er noch klein war, vor Yogis Unfall. Als er mit der Nase nur gerade an die Tischkante kam und Yogi ihn hochhob, damit er die Erdbeertorte bewundern konnte. Sie durften noch nicht an die Torte. Mutter wartete noch auf Tante Sophie.

Siggi konnte es vor Vorfreude kaum aushalten. Yogi stahl die größte Erdbeere vom Mürbeteig und teilte sie unter der Tischdecke brüderlich mit ihm.

Warum ist jetzt alles so kaputt, fragt Siggi sich. Warum kann ich nicht mehr unbewaffnet auf die Straße? All diese Schlägereien mit Punks, Autonomen und Türken. Manchmal ist er das einfach leid.

Warum kann man nicht in Ruhe das Leben genießen? Leben und leben lassen, wie Renate das nannte.

Ach ja, Renate. Zu gut für diese Welt. Von wem war der Spruch? Von Wolfi. Natürlich. Weil sie es gemein fand, daß Wolfi den Pakistani ins Gesicht trat, nachdem er zu Boden gegangen war.

Laß ihn in Ruhe, Wolfi, bitte, hatte sie damals gefleht. Aber Wolfi trat nur um so wütender auf den Pakistani ein.

»Mit den Kerlen darf man kein Mitleid haben. Die muß man ausrotten. Die sind schädlich wie AIDS. Die schwächen das Immunsystem unseres Volks.«

Als Wolfi endlich abließ von dem Kerl, da hatte Renate Tränen in den Augen.

Warum schießt mir das ausgerechnet jetzt durch den Kopf? Ich will doch schlafen, verdammt!

In der Kirche soll morgen eine Messe für Renate gelesen werden, oder wie der Scheiß heißt. Die sollten sie lieber endlich mal beerdigen.

Er setzt die Weinflasche ein letztes Mal an. Leer. Schon wieder.

Noch einmal geht er in den Keller. Er wackelt ein bißchen. Im Flur sieht er sich im Spiegel. Er bleibt stehen, stützt sich auf den Schuhschrank und bringt sein Gesicht so nah an den Spiegel, daß er die Poren an seinen Nasenflügeln sehen kann.

Er lacht. Sieht sich beim Lachen zu und erkennt die Traurigkeit in seinen Augen. So sehen Filmhelden aus, die scheitern.

Er versucht, sich selbst in die Augen zu sehen. Er hält seinem eigenen Blick nicht lange stand. Dann streckt er sich selbst die Zunge heraus. Bäh! Altes Arschloch.

Sein Gesicht kommt ihm fremd vor. Als gehöre es nicht wirklich ihm. Wie eine Fälschung. Recht ähnlich, aber bei genauem Hinsehen Pfusch. So wie sich das Ölbild mühelos von der Fotografie auf der Postkarte unterscheidet.

Siggi fällt ein, daß er noch nie ein echtes Ölgemälde gesehen hat. Immer nur Kopien. Er war noch nie im Leben in einem Museum, und was die Eltern im Wohnzimmer an die Wand gehängt haben, ist nur eine gerahmte Fotografie. Oder? Plötzlich ist er sich nicht mehr sicher.

Er schaltet im Wohnzimmer das Licht an. Über dem Sofa das Landschaftsbild mit dem klaren Bach, dem kleinen Wasserfall.

Er geht hin und fährt mit der Hand über das Bild. Es ist glatt.

Siggi weiß noch genau, wie es an die Wand kam. Vorher stand es ein paar Tage in Geschenkpapier verpackt im Werkzeugkeller. Siggi und Yogi waren mit, das Bild aussuchen. Den beiden gefiel es nicht. Yogi wollte lieber eine Stereoanlage für Mama kaufen, weil seine kaputt war, und Siggi, der Kleine, log seinem Vater vor, wie gut ihm das Bild gefalle, denn er ahnte, daß Papi sich darüber freuen würde.

Er tat oft das, wovon er glaubte, es würde von ihm

erwartet. Er wünschte sich sogar zu Weihnachten das, wovon er meinte, seine Eltern fänden den Wunsch gut. Er versuchte, liebenswert zu sein, ein netter Junge.

An dem Tag, als Yogi den Unfall hatte, da kam es ihm vor, als sei er sich selbst verlorengegangen. Er weinte nicht, weil er traurig war. Er weinte, weil er wußte, daß es von ihm erwartet wurde. Die Traurigkeit kam viel später.

Manchmal, jetzt zum Beispiel, spürt er genau, daß er gar nicht weint, lacht, wütend ist. Er tut nur als ob. Er spielt Traurigsein. Er heuchelt Interesse.

Wie lange hatte er seinen Eltern noch vorgemacht, an das Christkind zu glauben, weil er befürchtete, sie könnten es nicht ertragen, wenn er die Wahrheit wüßte. Ihnen zuliebe stellte er sich blöde, nicht mal, um mehr Geschenke zu bekommen. Nein, darauf spekulierte er gar nicht.

Plötzlich steht ihm gespenstergleich seine Mutter gegenüber. Er braucht eine Sekunde, um zu realisieren, daß sie keine Erscheinung aus seiner Kindheit ist. Keine Erinnerung, sondern Jetzterleben.

Sie tupft sich mit einem Stofftaschentuch die Nase und die Tränensäcke unter den Augen ab. »Was machst du?« fragt sie.

Er zuckt mit den Schultern. »Nichts.«

Sie beantwortet ihre Frage selbst. »Du kannst nicht schlafen. Ich liege auch jede Nacht wach. Dein Vater weint neben mir ins Kissen. Ich habe den Mann noch nie so weinen sehen. Es ist, als wollte er nie mehr aufhören.«

Sie dreht sich um und geht.

Er folgt ihr. Dazu ist keine Aufforderung nötig. Es ist ein unbewußtes Signal. Ihre Mir-nach-Drehung, die ihn magisch dazu bringt, hinter ihr herzulaufen. Vielleicht ist es ihr Gang, oder ihre Art, die Schultern zu bewegen. Siggi weiß nicht, wie sie es macht. Doch er spürt, es gibt etwas – außerhalb von Worten –, damit dirigiert diese Frau ihn.

Er folgt ihr in die Küche wie eine Marionette. Ohne sich nach ihm umzudrehen, weiß sie, daß er hinter ihr steht. Sie nimmt es einfach selbstverständlich an.

»Ich mache uns einen Schlaftee.«

Sie setzt Wasser auf und hängt drei Teebeutel in die alte Kanne mit den chinesischen Drachen darauf, die er als Kind so schön unheimlich fand und heute nur noch kitschig. Er sagt nichts, steht einfach nur neben ihr und sieht ihr beim Teekochen zu. Der Duft von Baldrian und Fenchel.

Abendduft, denkt er. *Als ich klein war, roch es oft so. Aber nie tagsüber. – Warum denke ich so oft an früher? Ich sollte das nicht tun. Es macht mich irgendwie so weich.*

Der Tee muß ziehen. Acht Minuten.

Siggis Mutter setzt sich. Übergangslos beginnt sie: »Willst du nicht endlich aufhören mit dem ganzen Mist?«

Er weiß, was sie meint. Sie muß es nicht weiter ausführen.

»Mutter, die Kanaken müssen raus aus Doitschland. Du hast doch selbst gesagt...«

Sie hebt abwehrend die Hände und senkt sie dann langsam auf die Tischplatte. Natürlich wirft er ihr das jetzt wieder vor. Sie hat damals gemeckert, weil so viele türkische Kinder in seiner Klasse waren. Türken. Libanesen. Ein Russe. Syrer. Und zeitweise auch ein Mädchen aus Ghana.

Fünf Sprachen wurden in der Klasse gesprochen. Der Lehrer selbst beherrschte vier. Deutsch. Englisch. Französisch. Latein. Das half ihm aber nicht weiter.

»Man zündet keine Häuser an. Man prügelt sich nicht mit Leuten, nur weil sie eine andere Hautfarbe haben.«

»Ach, Mama, das verstehst du nicht. Da draußen, da geht es knochenhart ab. Du oder ich, heißt es da. In dem Dschungel überleben nur die Stärksten.«

Sie schüttelt den Kopf. Sie will das nicht hören. »Mach dir die Aufnäher von der Jacke. Zieh dir was anderes an. Lauf endlich vernünftig rum.«

»Liebst du dieses Land denn gar nicht?« fragt Siggi.

Elke Schmidtmüller schaut ihn an und überlegt.

»Ich liebe meinen Mann und meine Kinder«, sagt sie, und dann, als müsse sie es konkretisieren: »Den Papa. Den Johannes und dich.«

Ihr Satz rührt Siggi so sehr, daß er denkt: *Ich würde alles tun, um diese Frau zu beschützen. Jeden Feind würde ich mit bloßen Händen kaltmachen. Sie ist so gut.*

Ihr Gesicht zuckt. Ihre Lippen zittern. Nur mühsam bringt sie es heraus: »Und unsere Renate natürlich. Die habe ich auch geliebt.«

Dann brechen die Tränen aus ihr hervor. Sie heult in die Armbeuge. Siggi kniet sich vor ihr auf den Boden und streichelt ihren Kopf. »Mama«, sagt er hilflos, »Mama.«

Und in ihm tönt ein Kämpfer, der selbst Liebe in Wut verwandelt: »Töte Gino. Bring alle um, die diese Frau leiden lassen. Tu es für sie. Töte.«

58

Die Brandblasen auf Veras Rücken heben ihre Laune nicht gerade. Die Nachrichten aus dem Labor aber sind Balsam für ihre geschundene Haut. Genüßlich zählt sie für Kramer alles auf.

»Die Blutspuren im Auto sind eindeutig von Renate Schmidtmüller. Kurz vor ihrem Tod muß sie mit Gino Oliverio geschlafen haben. Sie war voll frischem Sperma. Es fehlen aber die typischen Verletzungen einer Vergewaltigung.«

»Du meinst, sie haben es miteinander gemacht, und dann hat er sie erwürgt?« fragt Kramer kritisch.

Sie geht auf diesen Punkt nicht ein. Sie reiht weiter Indizien aneinander. Ausgerechnet sie.

»Indizien beweisen gar nichts, es kommt nur darauf an, wie wir sie bewerten und einordnen, dann kommt unter Umständen das genaue Gegenteil heraus!«

Kramer zitiert sie. Der Satz kommt wie eine Ohrfeige. Genauso ist er auch gemeint.

Natürlich glaubt Kramer genauso an Gino Oliverios Schuld wie Vera, aber er mußte durch ihr Herumnörgeln an seiner Ermittlungsarbeit schon so viele verletzende Niederlagen einstecken, daß er es ihr jetzt gerne mit gleicher Münze zurückzahlt.

Was heute richtig ist, kann morgen falsch sein. Kramer merkt sich jeden belehrenden Satz von ihr und heftet ihn geistig unter der Rubrik ab: »Damit krieg ich dich später, Baby.«

»Die Wagenspuren am Waldrand sind von Oliverios Trabbi.«

Kramer zuckt mit den Schultern. Davon war er immer sicher ausgegangen.

»Aber nun halte dich fest: Der Wagen wurde aus dem Graben geschoben.«

Diese Nachricht bringt Kramer aus der Fassung.

Er greift über den Tisch, zieht den Bericht an sich. Er nickt anerkennend. »Da haben die Jungs von der Spurensicherung ja ganze Arbeit geleistet.«

»Hinten auf dem Auto sind die Fingerabdrücke. Deutlicher als nötig. Geradezu bilderbuchhaft. Wo der Wagen aus dem Graben geschoben wurde, Schuhabdrücke. Tief genug, um die Dinger nachzubauen.«

Vera hat noch mehr auf Lager, aber Kramer läßt sie nicht weiterreden. »Du meinst: Sie waren zu zweit?«

Vera nickt. »Jedenfalls stammen die Fingerabdrücke nicht von Gino Oliverio. Er hat den Trabbi nicht selbst angeschoben.«

»Aber das paßt doch alles nicht zusammen.«

Vera geht zur Kaffeemaschine. Sie wirft die alte Filtertüte in den Müll und füllt eine frische mit Kaffeepulver.

»Warum denn? Ich finde, es paßt alles zusammen.«

Kramer verschränkt die Arme vor der Brust. »Da bin ich aber gespannt.«

Sie gießt Wasser in die Maschine. »Renate war die letzte auf der Party. Nachdem alle gegangen waren, schlief sie mit Gino.«

»Ja. Bis dahin bin ich auch schon.«

»Sie sagt ihm, daß sie mit Wolf Kleinhaupt und Peter Lentz Schluß gemacht hat. Sie will ganz bei ihrem Gino bleiben. Er gesteht ihr, daß er verheiratet ist und in Italien Kinder hat. Es kommt zum Streit.«

»Logisch.«

»Sie will nach Hause. Er fährt sie.«

»Obwohl er getrunken hat?«

»Genau. Der Wagen landet im Straßengraben. Renate verletzt sich. Sie will ihm nicht aus dem Graben helfen, sondern läuft quer über die Felder nach Hause. Er hinterher. Es kommt erneut zum Streit.«

»Er erwürgt sie.«

»Ja. Dann rennt er nach Hause. Kopflos erzählt er alles einem Freund. Der hilft ihm, den Wagen zu holen. Den Rest kennen wir.«

Das klingt für Kramer alles ganz einleuchtend. Er ärgert sich, daß er nicht darauf gekommen ist. Er gönnt Vera den Erfolg nicht ganz. Er möchte seinen Anteil daran erhöhen, darum setzt er noch eins drauf: »Und weißt du, wo er mitten in der Nacht den Freund aufgetrieben hat?«

Sie schüttelt den Kopf und sieht ihn neugierig an.

»Na, der schlief bei ihm. Ein übriggebliebener Partygast. Freund genug, um dort übernachten zu dürfen, und besoffen genug, um sich auf den Unsinn einzulassen.«

»Ich denke, sie war die letzte...« Schon ärgert Vera sich über den Satz. Damit kann Kramer ihren Sieg in eine Niederlage verwandeln.

Er tut es. Belehrend doziert er: »Ja, sagt Gino Oliverio. Klar, daß er uns den Kumpel unterschlägt. Der wußte vielleicht nicht einmal etwas von dem Mord. Er hat nur einem Freund geholfen, der nachts liegengeblieben ist.«

»Wir müssen also unter den Partygästen suchen.«

Kramer atmet erleichtert aus. Er hat auch keine

Lust, noch weiter Skinheads zu vernehmen. Diese Leute liegen ihm einfach nicht. Er ist froh, wenn sie nicht in seinem Sichtfeld auftauchen.

59

Zum zweiten Mal schleicht sich Siggi zum geheimen Ort, um die P 7 Parabellum auszugraben.

Er weiß noch nicht wie, aber diesmal wird er Gino Oliverio ausblasen.

Er träumt davon, wie der Terminator im Untersuchungsgefängnis aufzuräumen. Mit schweren automatischen Gewehren. Unbesiegbar mit herkömmlichen Waffen. Ein Wesen aus einer anderen Welt. Eine höhere Rasse, ein gnadenloser Vollstrecker.

Er ist nicht der Terminator. Unter seiner Hand fließt Blut. Dort sind verwundbare Knochen, keine Maschinenteile.

Trotzdem. So möchte er sein, wenigstens einmal im Leben. Schwarzenegger. Die unbezwingbare Kampfmaschine.

Siggi gräbt die Pistole aus, als würde er eine Frau ausziehen. Nicht irgendeine. Sondern die Superfrau. Die Traumfrau.

Der Himmel über ihm ist sternenklar. Ein Flugzeug hat die Landelichter gesetzt.

Da taucht wie aus dem Nichts Wolf Kleinhaupt auf. Seine Bewegungen sind langsam, wie in Zeitlupe.

Er hat schon eine ganze Weile unter den Bäumen gesessen und Siggi zugesehen. Jetzt löst er sich aus ihrem schwarzen Schatten und tritt gemessenen Schrittes auf Siggi zu.

»Laß den Quatsch«, sagt er.

Siggi zuckt zusammen, wirbelt herum und sieht ihn.

»Du?«

»Ja. Ich wußte, daß du kommen würdest.«

»Hast du Angst um die Waffe?« fragt Siggi giftiger, als er eigentlich will, und fügt rasch hinzu: »Ich bring' sie zurück und kauf' neue Munition.«

»Ich mache mir Sorgen um dich, Siggi.«

Siggi ist baff. »Um mich?«

»Wer verliert schon gerne seinen besten Mann, kurz bevor die Schlacht beginnt?«

Wolf setzt sich mit überkreuzten Beinen ins Gras. Er will entspannt wirken.

Siggi überlegt einen Moment, dann plaziert er sich in gleicher Haltung Wolf gegenüber. Aber er kann nicht stillsitzen, ruckelt ständig hin und her. Erst tut ihm die linke Arschbacke weh, dann schläft die rechte ein.

Nach einer langen Zeit des Schweigens sagt Wolf: »Du hast keine Chance, Siggi. Sie knallen dich ab, wenn du mit dem Ding da reingehst. Also... warum?«

Entgeistert starrt Siggi Wolf an. Hat der wirklich gefragt: *Warum?* Gut, man kann darüber diskutieren, ob es der richtige Zeitpunkt ist oder mit welchen Mitteln es am besten geht, aber doch nicht: *Warum?*

Plötzlich kämpfen zwei Stimmen in Wolf. Eine keifige, die ihn kleinmacht, zum Nichts, und eine, die ihn aufhetzt.

Du kannst ja nicht hören. Das hast du jetzt davon. Sorg wenigstens dafür, daß nicht der Falsche getötet wird.

Die aggressive Stimme tönt: *Laß dich nicht fertigmachen! Was interessiert dich dieser Gino? Alles, was von dir ablenkt, ist gut. Alles!*

Dann hört Wolf sich sagen: »Wir wissen doch beide, daß dieser Scheißitaker es nicht war.«

Dieser Satz trifft Siggi wie ein Baseballschläger. Ihm wird schwindlig. Er kriegt keine Luft mehr. Er weiß nicht, ob er ein- oder ausatmen soll. Seine Lungen streiken. Sie haben ihre Blasebalg-Funktion verloren, als wären sie plötzlich mit flüssigem Plastik ausgegossen worden.

Du verrätst dich selber, du Versager. Du willst Deutschland retten? Du kannst ja nicht mal für dich selbst sorgen!

Die Häme in dieser Stimme macht Wolf fertig. Gegen sie kämpft er ein Leben lang an, gegen die Gewißheit, daß er scheitern wird, weil er ein geborener Versager ist.

Denk an Yogi, warnt die andere Stimme ihn. *Er wird dich verraten. Er muß weg. Gino ist längst erledigt. Schaff Yogi aus dem Weg. Erledige sie alle.*

Siggi wird dir bald drauf kommen. Siggi ist intelligenter als du. Aber dazu gehört ja auch nicht viel.

Meckernd gewinnt die hämische Stimme die Oberhand. *Ja, klar. Das sieht dir ähnlich, deinen besten Freund willst du erlegen. Wie soll das weitergehen? Am Ende muß noch deine eigene Mutter dran glauben, was? Wagst du, die Hand gegen deine Mutter zu erheben?*

»W ... wie meinst du das?« fragt Siggi. Er preßt die Worte heraus, als müsse er sie ausscheißen.

Dann kriegt er endlich wieder Luft. Schwer hebt und senkt sich sein Brustkorb.

»Yogi war es. Ich hab es gesehen.«

Der Druck hinter Siggis Augäpfeln wird zu groß. Sie quellen hervor. Er hat das Gefühl, durch einen Tunnel zu gucken. Sein Blick ist seitlich eingeschränkt. Er nimmt nur noch Wolf wahr.

»Yogi?«

»Ja. Tu nicht so, als ob du es nicht wüßtest. Ich habe dir nur geholfen, den Verdacht auf Gino zu lenken, damit deinem Bruder nichts passiert. Ich habe es für dich getan.«

»Du lügst.«

»Mensch, Siggi, bist du wirklich so blind? Wo war dein Bruder in der Nacht? Du hast ihn doch selbst gesucht. Wo hast du ihn gefunden?«

Siggi kann nicht antworten. Jetzt wird ihm alles klar. Alles paßt zusammen. Sein Verstand sagt: Ja, so war es. Aber sein Gefühl schreit: *Nein! Niemals!*

Selbst in der Dunkelheit erkennt Wolf, wie blaß Siggi ist. Seine Haut leuchtet fast.

Siggi tut ihm nicht leid. Im Gegenteil. Wolf fühlt sich beschwingt. Alles wird gut. Er hat die Sache voll im Griff.

Er steckt eine Zigarette an und reicht sie Siggi. Siggi merkt gar nicht, daß er sie in der Hand hält. Er zieht nicht daran.

Wolf befürchtet, daß Siggi sich gleich schütteln könnte, aufsteht und weigert, weiter darüber zu reden.

Gib ihm den Rest. Jetzt! Wolfs Wortschwall übergießt Siggi. Walzt ihn nieder wie eine zähe, brodelnde Lavamasse.

»Ich bin zur Fete gegangen, um zu gucken, ob Renate wirklich da ist. Sie war da. Gino war gerade dabei, sie durchzubumsen. Yogi sah durchs Fenster zu. Ich habe ihn weggeschickt. Er geisterte ja die ganze Nacht draußen herum. Kurze Zeit später dann hat Gino Renate nach Hause gefahren. Sie bekamen wohl Krach im Auto. Er fuhr in den Graben. Sie ließ ihn sitzen und ging nach Hause. Ich stand dabei. Ich habe dem Arsch natürlich nicht geholfen. Dein Bruder Yogi war es. Er hat ihn rausgeschoben. Dann ist er hinter Renate her. Ich hörte sie schreien und bin hin. Er wollte mit ihr machen, was er vorher gesehen hatte. Sie wollte natürlich nicht. Er war wie toll. Er hatte so einen Ständer.«

»Hör auf! Du lügst!« brüllt Siggi und stürzt sich

auf Wolf. Sie wälzen sich kämpfend am Boden. Wolf spürt, Siggi hat ihm geglaubt. Er bäumt sich nur ein letztes Mal gegen die Erkenntnis auf.

Wolf wehrt sich nicht wirklich. Er hält Siggi nur fest. Siggi zittert. Schlägt noch einmal nach Wolf und beginnt dann zu heulen.

Prima gemacht, Junge. Toll, die Idee. So kannst du auch deine Fußabdrücke auf dem Boden erklären, falls einer sie findet. Die Geschichte glaubt dir auch die Polizei, wenn es hart auf hart kommt. So bist du ehrenhaft raus.

»Aber der Yogi macht doch so etwas nicht. Nicht mit seiner Schwester.«

»Siggi, der kann seine Schwester nicht von irgendeiner x-beliebigen unterscheiden. Und er hat sich schon öfter an Mädchen herangemacht.«

»Waaas?«

»Na, rate mal, warum der so gerne ins Schwimmbad geht. Ich hab' ihm mal eine geballert, als er in die Mädchenkabinen geguckt hat. Mensch, Siggi, der hat zwar den Verstand eines Dreijährigen, aber den Körper eines erwachsenen Mannes. Der fordert sein Recht. Sein Schwanz ist vom vielen Wichsen doch schon ganz wund.«

»Weiß es jemand? Ich meine, hast du es irgendwem erzählt?«

Für einen Moment fürchtet Wolf, Siggi könnte ihn als lästigen Zeugen aus dem Weg räumen wollen, aber dann sagt er es doch: »Nein. Natürlich nicht.«

»Danke, Wolf. Danke.«

Wolf hat gewonnen und fühlt sich gut. Aber er ahnt, daß Siggi ihm über kurz oder lang drauf kommen wird. Zu viel in ihm sträubt sich dagegen.

Er wird Gründe suchen, warum Yogi es nicht gewesen sein kann, und wenn er das konsequent zu Ende denkt, dann kann nach dem, was heute hier vorgefallen ist, nur noch einer der Mörder sein: Du! sagt die hämische Stimme, die Wolf keinen Sieg gönnt und noch nie einen gegönnt hat.

60

Maria geht zu Fuß nach Hause. Ihre Schwägerin ist angekommen. Sie freut sich darauf, sie wiederzusehen. Die ganze Familie glaubt an Ginos Unschuld.

Zwei Onkel sind mit dem Nachtzug unterwegs. Sie werden morgen eintreffen. Einer ist Rechtsanwalt. Ziemlich reich. Er vertritt eine Immobilienfirma. Aber in Deutschland ist er als Anwalt nicht zugelassen. Trotzdem wird sein Erscheinen etwas nutzen.

Der Fahrstuhl kommt. Maria steigt ein. Die Tür schließt sich mit metallenem Geräusch. Sie ist nur noch einen Spalt breit offen, da hält jemand eine Hand zwischen die Lichtschranke.

Die Tür öffnet sich wieder. Noch bevor Maria sein Gesicht sieht, weiß sie, wer es ist: Dieter Koslowski.

Sie schreit und versucht hektisch, ihre Tasche zu öffnen. Das neue Reizgasfläschchen! Schnell!

Er packt ihre Tasche, reißt sie ihr von der Schulter. Die Tasche fliegt in eine Ecke.

Schon ist er bei Maria im Fahrstuhl. Die Tür schließt sich hinter ihm, als ob alles in Ordnung wäre. Sie sitzt in der Falle.

»Ich hab' den Bullen nichts verraten. Laß mich in Ruhe! Wir vergessen das ganz einfach, ja?«

Maria redet, und die Angst in ihrer Stimme geilt Dieter auf. Sie wird jetzt alles sagen, nur um ihn zu besänftigen. Sie wird versuchen, ihn zu umgarnen und zu becircen, und sie wird doch wissen, daß es sinnlos ist.

Das macht ihm Spaß. Es ist der halbe Genuß. Er sagt nichts. Es ist nicht nötig. Die Angst ist geschwätzig, wenn sie nicht stumm macht.

Dieter drückt auf K. Kellergeschoß.

Maria lächelt ihn an. »K... komm doch mit zu mir rauf. Es ist niemand da. Wir haben die ganze Wohnung für uns. Ich will dich nicht reinlegen, wirklich nicht. Im Grunde mag ich dich. Ehrlich. Ich kann dich eigentlich richtig gut leiden. Ich erinnere mich sogar an deine Lieblingspizza. Margherita, stimmt's? Oder nein, warte, Tonno. Ja, genau, mit Thunfisch und Peperoni. Dazu ein Bier. – In dir steckt doch ein guter Kerl. Ich meine... wenn du nicht immer versuchen würdest, so auf hart und brutal zu machen...«

Der Fahrstuhl hält. Sie spürt es im Magen.

Die Tür öffnet sich viel zu schnell. Er stößt sie hinaus ins Dunkle. Er nimmt ihre Tasche vom Boden und folgt ihr.

»Was ... was hast du denn jetzt vor?«

Sie geht rückwärts. Das Gesicht immer ihm zugewandt.

Dieter zieht sein Messer aus der Tasche, läßt es aufspringen und hält es ihr an den Hals. Dorthin, wo die blaue Ader pocht. Er läßt das Messer tiefer gleiten. Immer im Kontakt zu ihrer Haut. Jetzt ist die Spitze auf dem T-Shirt angekommen. Er piekst ihr in die Brust, umrundet ihre Warzen. Er möchte gern ihr T-Shirt mit einem Schnitt zerteilen. Er hat das mal im Kino gesehen und es hat ihn damals sehr angemacht. Allein wegen der Szene ist er dreimal in den Film gegangen. Öfter war es nicht möglich, denn er wurde abgesetzt.

Er fürchtet aber, es könnte nicht klappen. Im Film sieht so etwas gut aus. Im Leben kann es schiefgehen, denkt er. Das Messer ist zu stumpf oder der Stoff zu gut. Es gibt viele Möglichkeiten.

Darum sagt er so entschlossen wie möglich: »Zieh dich aus, Itakerschlampe.«

Vielleicht ist es das Wort »Itakerschlampe«, das den Widerstandsgeist in Maria erneut entfacht. In ihr flammt etwas auf, das nicht mehr schicksalsergeben ist.

Sie springt nach hinten, bringt so eine Distanz zwischen sich und die Messerspitze und dann rennt sie los. Sie springt über Kisten und Bretter, wirft Fahrräder um und sucht eine Waffe.

Da ist ein Lichtschalter. Aber sie knipst das Licht nicht an. Die Dunkelheit gibt ihr einen gewissen Vorteil, hofft sie. Sie ist nicht zum ersten Mal in diesem Keller. Dieter vermutlich schon.

Warum kann ich nicht schreien? Warum nicht? Es wohnen acht Mietparteien hier. Gut dreißig Leute. Einer würde mich bestimmt hören. Jetzt sind die Leute hellhörig für so etwas. Aber ich kann nicht schreien. Komisch, ich kann mit ihm reden, aber ich kriege keinen Pieps heraus, wenn ich schreien will.

Maria ertastet eine Eisenstange. Ein altes Rohr. Sie drückt sich mit dem Rücken gegen die Wand, die Stange schlagbereit.

Ich werde sie dir über den Schädel ziehen, du Sau.

Sie erkennt Umrisse in der Dunkelheit, und sie hört ihn polternd näher kommen.

Dieter ist keine zwei Meter von ihr entfernt, tastet sich mit der Linken an der Wand lang, in der Rechten das Messer. Er sieht sie nicht.

Gleich, gleich. Komm nur noch einen Schritt näher.

Seine Finger erreichen den Lichtschalter. Mitten in ihren Schlag hinein erhellt sich der Flur. Er sieht das Rohr kommen, duckt sich und reißt die Arme hoch. Das Metall kracht auf seinen Rücken. Maria holt noch einmal aus, aber jetzt hat er sie.

Das Rohr poltert auf den Boden. Dieter schlägt mit links zu, dreimal, viermal. Der Schmerz im Rücken behindert ihn beim Ausholen und treibt ihn gleichzeitig dazu, ihr weh zu tun und erneut zuzuschlagen.

Dann reißt er ihren Kopf an den Haaren herum. Er zwingt sie auf die Knie und drückt ihr sein Ding in den Mund. Er hält ihr dabei das Messer an die Kehle und dirigiert ihren Kopf mit der Faust in ihren Haaren.

Sie schluckt, würgt, verzieht das Gesicht.

Gleich muß sie kotzen, dann weiß sie wenigstens, wie das ist. Ich habe auch gekotzt wie ein Reiher von dem Scheißgas.

In ihrer dunklen Verzweiflung wird Maria bewußt: Sie kann auch das hier keinem erzählen. Nie darf das jemand erfahren. Nie. Gino vielleicht. Nein, auch er nicht. Es muß ein Geheimnis bleiben zwischen ihrem Peiniger und ihr. Doch solange sie schweigt, wird er es immer wieder tun.

Der hört nicht auf. Der nicht. Für den bin ich jetzt das Opfer. Es wird nie aufhören. Es gibt keine Hilfe.

Die Ausweglosigkeit gibt ihr Mut. Den Mut der Verzweiflung.

Maria beißt zu. So fest sie kann, alle Kraft in die Kiefer. Gleichzeitig drückt sie die Hände gegen seine Beine.

Der Schmerz ist so unglaublich, daß er das Messer vor Entsetzen fallenläßt.

Sie hat sich festgebissen. Mit ihrem ganzen Körpergewicht hängt sie an seinem Schwanz und zieht ihn lang. Er versucht, sie an den Haaren näher zu sich zu ziehen, aber das hat keine Wirkung.

Ihr Mund füllt sich mit Blut. Es knackt und knirscht.

Ansatzlos schlägt er zu. Ihr Kopf fliegt nach hinten. Sein Schwanz reißt durch.

Irre vor Schmerz und Wut stolpert Dieter gegen Fahrräder. Er windet sich gurgelnd und jammernd am Boden.

Maria rafft sich auf.

Ihre Lippen. Ihr Kinn. Ihr Hals. Ihr T-Shirt. Alles voller Blut.

Sie flieht aus dem Keller. Im Rennen packt sie ihre Handtasche und nimmt das Reizgas, aber das braucht sie nicht mehr. Sie hält es im Fahrstuhl gegen den Ausgang gerichtet, bis die Tür sich endlich geschlossen hat und der Fahrstuhl in die vierte Etage fährt.

Dann steht sie vor der Tür. Was jetzt? Soll sie so reingehen? Was soll sie erzählen?

Die Wahrheit. Nein, das geht nicht. Soll der Typ doch im Keller verbluten.

Sie schließt auf, rennt zum Badezimmer durch und verriegelt die Tür. Sie wirft sich kaltes Wasser ins Gesicht, putzt sich die Zähne, gurgelt mit Mundwasser. Nicht zwei Tropfen ins Wasserglas wie sonst. Nein. Ein Drittel von dem Rachenspüler. Es beißt, ätzt den Geschmack weg. Tötet jeden Geschmacksnerv ab.

Die Stimme vor der Tür ignoriert sie.

Das T-Shirt wird sie nie wieder anziehen.

Unter der heißen Dusche kriegt sie einen Lachkrampf, bevor das heulende Elend sie packt.

61

Siggi wühlt in Yogis Schrank. Er muß die Klamotten finden. Was hatte Yogi an dem Tag an? Das Hemd hier. Ja, das bestimmt. Es ist schon frisch gewaschen, aber Siggi weiß, die Bullen können Blutspuren in den Fasern feststellen. Der ganze Mist muß weg.

Die Hose hier oder die? Beide. Nur nicht kleinlich sein. Die Socken. Am besten alle und dann die krummgetretenen Turnschuhe. Yogis Schuhe wellen sich alle in der gleichen Art. So als hätte er keine Füße, sondern Räder.

»Schon an den Schuhen sieht man, daß er bekloppt ist. So laufen nur Irre!« hat Wolf einmal gesagt. Wolf, der Söldner, der plötzlich zu Yogi hält, obwohl Yogi neuerdings solche Angst vor ihm hat.

Siggi macht sich seinen Reim darauf. Wolf hilft ihnen nicht nur, weil er Siggis Freund ist. Nein, Wolf hat durch Yogis Tat etwas entdeckt, das ihn anzieht. Seine dunkle Seite.

Solange Yogi nur ein Kindskopf war, interessierte sich Wolf nicht für ihn. Aber jetzt, jetzt fühlt er sich ihm näher, denn Yogi hat etwas Schlimmes gemacht. Auch Wolf plant Schlimmes.

Die Guten halten zusammen, aber die Bösen auch. Wer richtig gemein sein kann, für den hat Wolf immer Respekt. Prügelpädagogen findet er super. Auch Polizisten, die richtig draufhauen. Alles Lasche widert ihn an.

Siggi stopft die Kleider in den Allesbrenner. Er hält die Tür offen und sieht zu, wie die Beweise zu Asche werden. Diesmal wird er Yogi beschützen und alles wieder gutmachen.

Er war nicht schuld. Nicht wirklich, auch wenn alle ihm die Schuld gaben. Es hatte geregnet seit fast drei Tagen, und das in den Ferien. Sie hockten aufeinander. Mama, Papa, Yogi, Renate und er. Whisky, der kleine schwarze Hund mit dem weichen Fell, drehte fast durch. Er brauchte Auslauf.

Er war jung. Dreimal am Tag mußte jemand mit ihm gehen, morgens, mittags und abends. In der Siedlung gehörte er an die Leine. Erst hinten, auf der sogenannten Kackstrecke, durfte er losgemacht werden.

Renate, die Frühaufsteherin, war morgens gegangen. Yogi mittags, und jetzt, abends vor dem Schlafengehen, war Siggi dran.

»Es ist dein Scheißköter«, sagte er zu Yogi. »Wem ist er denn zugelaufen, dir oder mir?«

Weder Mama noch Papa kümmerten sich um das Tier. Es war Sache der Kinder. Die Eltern meckerten nur, wenn etwas schieflief, wenn Whisky auf den Teppich pinkelte oder einen Pantoffel anfraß.

Statt mit dem Köter durch den Regen zu latschen, ließ Siggi ihn nur einfach nach draußen. Sollte er doch in die Vorgärten scheißen. Siggi juckte das nicht.

Dann schimpfte Vater, wenn sich keiner um den Hund kümmere, müsse er eben abgegeben werden. Es habe schon zwei Klagen von Nachbarn gegeben, er habe die Nase voll.

Yogi sprang auf, ging zur Tür und rief: »Whisky!«

Aber das blöde Vieh hörte nicht, wie immer. Dann rannte Yogi raus. Im Hemd durch den Regen, um Whisky zu fangen.

Er wurde überfahren von diesem besoffenen Schwein. Er. Nicht der Scheißköter. Seitdem war alles in der Familie anders. Und jetzt hatte der Idiot seine eigene Schwester umgebracht.

Siggi kommt sich vor, als ob er es getan hätte. Wieder durch eine Unachtsamkeit, durch Faulheit, Verantwortungslosigkeit. Wäre er damals mit Whisky Gassi gegangen, wie die Eltern es verlangt hatten, wäre aus Yogi kein sabbernder Knallkopf geworden. Hätte er besser auf Yogi aufgepaßt, wie er es Mama versprochen hatte, würde Renate heute noch leben.

»Du wirst uns noch alle ins Unglück stürzen!« hört Siggi seinen Vater sagen, obwohl der gar nicht im Raum steht. »Du! Weil du nie auf deine Eltern hören kannst.«

62

Jürgen sitzt breit grinsend an Dieters Bett und hört sich die Geschichte an. Er hat für seinen Kumpel Dosenbier ins Krankenhaus geschmuggelt. Aber Dieter kann nicht trinken, weil »es beim Pissen weh tut«.

Drei Punks waren angeblich dabei. Zwei Türken und ein Italiener. Der Rest Neger. Pakistanis oder Inder. Insgesamt gut ein Dutzend. Bewaffnet mit Messern und Schlagstöcken.

»Drei hab' ich alle gemacht. Das hättest du sehen sollen. Den Türken erkennen wir überall. Der hat nur noch ein Ohr. Der Punk eine Nase wie ein Pflasterstein. Ich in der Mitte«, er gestikuliert, haut im Krankenbett um sich, als sei er wieder im Kampf, »ich den linken Arm hoch. Rechts das Messer. Und dann – zwei lagen schon – da springt mich einer von hinten an ... Ich pack' ihn in die Haare ... weißte, so – sag mal, warum grinst du denn so dämlich?«

Jürgen schluckt. Dann sagt er, was er weiß. Er platzt damit raus. »Hör doch auf. Jeder weiß es längst. Die Krankenschwestern kichern im Flur darüber. Dir hat eine den Schwanz abgebissen. Von wegen Messerstich!«

Dieter fühlt sich bleischwer. Er hat geglaubt, es könnte ein Geheimnis bleiben. Maria würde bestimmt nicht reden, und er hat einmal gehört, Ärzte hätten eine Schweigepflicht. Er hat ihnen nicht verraten, »welches Miststück das war«.

»Ist er ganz ab oder fehlt nur ein Stück?« fragt Jürgen. Er hat Dieter noch nie so blaß gesehen. Er will ihn trösten und sagt, wie so oft im Leben, genau das Falsche. »Man kann so was heute reparieren. Echt. Hab ich im Fernsehen gesehen. Die bauen so eine Plastikpumpe ein. Dann kannst du wieder und so oft du willst.«

»Hau ab, du blöder Arsch!« brüllt Dieter. Er schlägt nach Jürgen, erwischt ihn aber nicht, weil er sich nicht richtig bewegen kann. Über dem Becken ist eine Art Käfig aufgebaut, damit seine Wunde nicht durch die Decke belastet wird. So druckempfindlich war er noch nie. Die kleinste Bewegung schmerzt, daß es ihm die Tränen in die Augen treibt.

»Wenn einer über mich lacht, nur ein einziger! Ich leg' ihn um!«

Jürgen weicht zurück. Er hat schon ein paarmal Seite an Seite mit Dieter gekämpft. Damals beim Länderspiel zum Beispiel gegen die englischen Hooligans. Wenn Dieter fighten kann, dann lebt er wirklich. Seine trüben Augen werden wach. Feurig. Sein ganzer Körper ist eine einzige Energieladung und nicht mehr so ein schlaffer Haufen Fleisch.

Doch solche Wut, solche Lust am Töten hat Jürgen noch nie bei Dieter gesehen. Schlagartig wird Jürgen bewußt, wie gefährlich dieser Mann wirklich ist. Der hatte nie ein Interesse an Politik. Der will Zoff. Randale. Blut. Ihm ist völlig egal, ob es gegen Fußballfans geht, gegen Türken, Behinderte oder Bullen. Er haut auch gern Schwule und Lesben zusammen. Aber letztendlich ist es ihm wurscht.

Er wäre gern Aufseher im KZ geworden. Das hat er sogar einmal in der Schule gesagt. Damals dachte Jürgen, er hätte nur die Lehrerin provozieren wollen. Jürgen hat laut gelacht und Beifall geklatscht. Jetzt weiß er: Dieter hat einfach nur die Wahrheit gesagt.

Jürgen verabschiedet sich nicht. Er verläßt das Krankenzimmer wie auf der Flucht.

Er geht in Richtung Polizeipräsidium. Es ist sein zweiter Anlauf. Vielleicht wird er es diesmal schaffen. Dieters Zorn treibt Jürgen an und hält ihn zugleich ab.

Jürgen hat gehört, daß die Polizei Aussteiger sucht. Sie haben zu wenig Informanten in der Szene. Es ist schwer, welche reinzuschleusen, und darum versuchen sie, einige Skins zu gewinnen.

Man kriegt dann ein richtiges Gehalt, hat er gehört. Zum Beispiel zweitausend Mark im Monat. Man lebt weiter wie bisher. Alles ist okay. Man hat die gleichen Kumpels, säuft mit ihnen, macht Scheiß – nur ab jetzt braucht man sich nicht mehr vor den Konsequenzen zu fürchten. Kein Richter verurteilt einen V-Mann, der dabei war und mitgemacht hat.

Als V-Mann, denkt Jürgen, darf man alles. Rauben, brandschatzen, prügeln, vergewaltigen. Man kriegt sogar Geld dafür. Man tut es in staatlichem Auftrag.

Ein geileres Leben kann Jürgen sich nicht vorstellen. Er will sowieso zum Bund. Vielleicht hilft ihm das. Die werden doch ihre eigenen Leute nehmen.

Er hat einmal gehört, daß ein V-Mann, der auffliegt, neue Papiere kriegt. Einen anderen Namen. Startgeld. Eine eigene Wohnung in einer anderen Stadt. Das wäre es doch.

Scheiß auf den Hauptschulabschluß. Brauchen V-Leute Hauptschulabschluß oder gar Abitur?

Für jeden Mist braucht man das heutzutage. Die Erfahrung hat Jürgen gemacht.

Was, wenn die Bullen ihn auslachen und sagen: »Du willst unser Spion werden? Nee, nicht bei *den* Noten. Wie willst du denn deine Berichte schreiben? Glaubst du, du kriegst eine Sekretärin?«

Nee, Berichte schreiben will Jürgen nicht. Bloß das nicht. Schreibt James Bond Berichte?

Ich weiß, daß das Asylantenheim am Samstag hochgehen soll. Das muß denen als Einstand reichen. Aber ich weiß nicht, woher Wolf den Sprengstoff hat. Da hält die Sau dicht. Kann der etwa Gedanken lesen?

Als sie die P 7 Parabellum vergraben haben, da hat Wolf ihn so merkwürdig angeguckt, als hätte er eine Ahnung.

Jürgen steht vor dem Präsidium. Er hält sich in der Nähe einer Litfaßsäule auf, um Schutz zu haben, falls jemand vorbeikommt, der ihn kennt.

Früher, denkt Jürgen, hat das alles viel mehr Spaß gemacht.

Jeden Samstag Randale. Pflastersteine und auch mal ein Brandsatz, aber keine Toten. Mehr als ein paar Monate Jugendarrest hat niemand riskiert. Im Grunde gab es selten mehr als eine Ermahnung vom Richter. Wer mal eine Nacht in Polizeigewahrsam verbrachte, galt schon als Held.

Jetzt war alles so ernst. Es gab Leichen. Aus Keilereien war Mord geworden. Nach Mölln und Solingen konnte sich niemand mehr darauf herausreden, es sei alles nicht so gemeint gewesen. Jetzt wußte jeder, daß Mollies keine Knallfrösche sind. Benzinbomben in Häuser werfen war schon lange kein Streich mehr, sondern ein Mordversuch.

Jürgen will auf jeden Fall am Samstag dabeisein, wenn das Asylantenheim hochgeht. Niemals würde er kneifen. Aber er will für den Scheiß nicht zehn Jahre in den Knast.

Wenn nach der Aktion alles rauskommt, dann wäre ich sogar nachträglich der Gute. Ich könnte sagen: »Mama, hast du wirklich geglaubt, ich sei bei den Glatzen? Ich doch nicht! Ich weiß, wieviel Sorgen du dir gemacht hast. Aber ich konnte auch dir die Wahrheit nicht sagen. Niemand durfte wissen, daß ich ein Spion war. Die hätten mich sonst umgelegt. Aber jetzt weißt du es. Ich war immer auf seiten der Guten, auch wenn es so aussah, als wäre ich bei den Bösen.«

Ja, so könnte es gehen.

Er atmet tief durch. Ein V-Mann ist auch jemand,

der für Ruhe und Ordnung sorgt. Ein Söldner für den Staat.

Da stupst jemand Jürgen von hinten an. Es ist ein junger Türke.

»Drecksack!« sagt er angriffslustig. »Komm mit um die Ecke.«

»Klar«, zischt Jürgen, »komm. Erledigen wir das sofort, Kanake.«

Jürgen geht mit. Fast einig schreiten sie nebeneinander aus. Dann ist das Polizeipräsidium außer Sichtweite.

Noch einmal nach links. Dann weiß Jürgen, daß er reingelegt wurde. Dort steht die ganze Türkengang.

Jürgen versucht zu fliehen, dreht um und rennt in eine Faust.

63

Siggi kann nicht zur Arbeit gehen. Es kommt ihm so lächerlich vor. Soll er wirklich Törtchen mit Ananas belegen, Baumkuchen bestreichen oder Berliner füllen?

Seine Gedanken kreisen um Yogi. *Wenn er irgendeine Frau überfallen und vergewaltigt hätte, gut. Aber die eigene Schwester? Er mochte Renate doch. Seine Ate.*

Ein paarmal hatte Siggi Yogi erwischt, wie er mit

glasigen Augen, eine Hand in der Hose, in einer Illustrierten blätterte.

Und wenn, denkt Siggi. *Wie oft hab' ich auf Illustriertenblätter gewichst? Das hat wohl jeder. Dafür sind die Dinger doch da. Bring ich deshalb Frauen um?*

Klar wollte Yogi immer mit dabeisein, wenn sie sich zusammen Pornos reingezogen haben. Na und? Er hat auch schon mal versucht, auf dem Spielplatz einem kleinen Mädchen die Hose auszuziehen. Und plötzlich sieht Siggi das alles in so dunklen Farben.

Dann denkt er wieder: *Quatsch. Das ist alles ganz normal. Ich mach' so was auch. Ich bin auch hinter Mädchen her. Glotze jeder auf die Beine. Flippe bei schwarzen Nylons aus. Knall' mal einer Kellnerin auf den Arsch oder gucke beim Treppensteigen Frauen unter die Röcke. Ich bin wie er. Ganz normal.*

Doch dann ist es für ihn, als ob eine kalte Hand nach seinem Herzen greifen würde. Die Hand drückt es zusammen, es pocht und blubbert zwischen den Fingern, will sich befreien und wird doch immer mehr zusammengepreßt. Es fühlt sich eng an in der Brust. Eng und schwer.

Ich bin wie er. Er ist wie ich.

Ich habe genausoviel Scheiße in mir wie er. Daß ich keinen Mord begehe, liegt nur daran, daß ich klüger bin und Angst vor den Konsequenzen habe. Sonst ...

Ich habe sogar noch zu Renate gesagt: »Ich bring' dich um, du blöde Kuh!« Ach, einmal? Zigmal. Und nicht gesagt, sondern geschrien. Ja, das macht man so. Das ist nicht ernst gemeint. – Am Samstag werde ich zum Mörder werden. Dann sind wir wieder gleich. Du und ich.

Siggi sitzt auf der Parkbank. Yogi jagt unten am Teich Enten. Er kriegt sie nie. Er scheucht sie nur hoch mit wedelnden Armen und seinem Geschrei.

Ein kleiner Junge versucht, die Enten zu füttern. Er wirft Brotkrumen. Die Enten flattern heran. Dann kommt Yogi. Sie stoßen auseinander, in alle Richtungen, drehen in gebührlicher Entfernung um und versuchen erneut, ein Stück Brot zu erobern.

Das kann noch Stunden so gehen, wenn das Kind genug Brot hat. Die Enten werden nicht aufgeben und Yogi erst recht nicht. Er kann stundenlang das gleiche tun, ohne sich zu langweilen, um dann unvermittelt das Interesse daran zu verlieren und in einen Zustand geistiger In-sich-Gekehrtheit zu verfallen.

Die Mutter des kleinen Jungen findet ebenfalls Spaß an dem Spiel. Sie reicht Yogi eine Handvoll alter Brotrinde. Yogi nimmt etwas davon in den Mund und probiert. Der kleine Junge sagt »Iiihh!« und dann lacht er. Yogi mag es, wenn Kinder über ihn lachen. Clown. Spaßmacher. Knallkopf.

Yogi stopft sich jetzt alle Brotrinden in den Mund. Auch die Frau lacht. Yogi will etwas sagen. Als er den Mund öffnet, fallen Brotstücke heraus. Die mutigsten Enten schnappen direkt vor seinen Füßen danach.

Yogi streichelt die Frau. Er kennt sie. Sie ist oft hier mit dem kleinen Markus. Manchmal bekommt Yogi Bonbons von ihr. Die gleichen wie Markus. Sie ist lieb. Sie hat Haare wie Petra. Yogi mag das. Besonders wenn sie sie so schwungvoll nach hinten wirft. Rotregen. Flatternetz. Streichelwolle.

Plötzlich rennt Siggi herbei. Die junge Frau erschrickt. Sie hat Siggi nie zuvor gesehen. Die Enten flattern ängstlich auf den sicheren Teich zurück. Siggi packt Yogi hart am Hemd.

»Laß die Frau in Ruhe!«

Yogi hält sich die Hände vors Gesicht. Die Ellenbogen hoch. Wenn Siggis Stimme diesen Ton hat, fürchtet Yogi sich vor Siggi. Als ob Siggi ein anderer wäre. Gegensiggi. Schwarzsiggi. Bösesiggi. Teufelchen.

Siggi verpaßt seinem Bruder ein paar Ohrfeigen durch die Deckung. *Das hätte ich schon lange tun sollen.*

»Tu das nie wieder! Hörst du! Du darfst das nie wieder tun!«

Siggi haut noch einmal zu, er will die Sätze in Yogi hineinprügeln.

Fingernägel krallen sich in seine rechte Schulter.

»He! Der hat Ihnen nichts getan! Lassen Sie ihn!«

Siggi schiebt die Frau einfach weg und zieht Yogi mit sich.

»Ihr verdammten Nazischweine!« schreit die Frau. »Vergreift ihr euch jetzt schon an Behinderten? Warum prügelt ihr euch nicht mit euresgleichen?«

Scheinbar furchtlos stürmt sie, ihr Kind an der Hand, hinter Siggi und Yogi her.

»Hilfe!« brüllt sie. »Hilfe! Ruf doch jemand die Polizei!«

Siggi bleibt abrupt stehen und hebt drohend den Zeigefinger in ihre Richtung, wie Lehrer Bauer es gern tat. »Hau ab, du blöde Schlampe, bevor ich ausflippe! Ich hab' dir nur geholfen! Kapierst du das nicht?«

Spaziergänger kommen herbei. Die Frau kreischt immer lauter. Der kleine Markus an ihrer Hand weint.

Siggi hört gar nichts mehr. Die Hand hat wieder sein Herz. *Ich rette die blöde Möse, und sie macht mich zur Sau! Aber so ist das. Im kleinen wie im großen. Wir werden auch Doitschland retten. Ob Doitschland will oder nicht.*

64

Yogi sitzt vor dem Fernseher. Tennis.

Elke Schmidtmüller will Klarheit. Ihr Mann soll endlich Stellung beziehen.

»Ach«, Schmidtmüller winkt ab und wirft Yogis Zeichnungen auf den Tisch. »Die Psychologen. Was wissen die denn schon?«

Frau Schmidtmüller löst eine Tablette in Wasser auf. »Der Junge hat etwas gesehen.«

»Ja ... vielleicht. Vielleicht auch nicht. Er kann nicht als Zeuge aussagen. Wie denn? Wir müssen ihm das ersparen. Er ist doch wie ein Kind.«

Sie setzt das Glas an, trinkt aber nicht, als könne sie unmöglich schlucken, bevor die Sache entschieden ist.

Sie weiß nicht, wie sie es ihrem Mann beibringen soll. Petra Freitag hat ein paar von Yogis Zeichnungen der Polizei vorgelegt. Sie durfte das wahrscheinlich nicht, aber sie hat es getan. Elke Schmidtmüller versucht nun, nachträglich bei ihrem Mann so etwas wie Verständnis zu wecken. Sie mag Petra. Sie hat sich immer rührend um Yogi gekümmert.

Frau Schmidtmüller hätte ihrem Sohn den Ärger gern erspart. Aber jetzt ist es nun mal so. Daran kann niemand mehr etwas ändern.

»Sie werden ihn quälen mit ihren Fragen, die er nicht versteht, ihren Tests. Und dann stell dir mal Johannes als Zeuge in einem Prozeß vor, im Kreuzverhör durch Staatsanwalt und Verteidiger. Sie werden versuchen, seine Glaubwürdigkeit zu widerlegen. Unser Familienleben wird an die Öffentlichkeit gezerrt. Sie werden Yogi fotografieren und ... die Leute werden mit Fingern auf uns zeigen.«

»Warum mit Fingern auf uns zeigen?«

Schmidtmüller antwortet nicht, aber in seinem Schweigen liegt tiefe, unaussprechliche Scham.

»Wir werden heute abend zu der Selbsthilfegruppe gehen«, sagt sie und wundert sich über ihre Bestimmtheit. Sie kippt die Sprudeltablette wie einen Cognac nach einer schlimmen Nachricht. »Es ist gut, daß es diese Gruppe gibt. Am Anfang tat schon allein das Gefühl gut, nicht als einzige Familie auf der Welt so ein Problem zu haben«, fügt sie hinzu.

Ihr Mann geht eigentlich auch ganz gern zu der Elterngruppe. Der Schmerz wird zwar immer wieder frisch aufgerissen, aber trotzdem fühlt er sich nach den Treffen immer besser als vorher. Irgendwie mehr bei sich. Aber heute weiß er, es geht um mehr.

Petra Freitag hat ihre kriminalistische Ader entdeckt. Vielleicht, weil sie sich durch das Verbrechen an Renate persönlich bedroht fühlt. Als Frau.

Manchmal sieht sie sich als potentielles Vergewaltigungsopfer, und alle Männer werden mögliche Verbrecher. In solchen Zeiten kann sie sich nicht verlieben. Dann hält sie es mit einem Mann allein in einem Raum nicht aus. Sie benutzt dann keine Fahrstühle, geht wenig aus, und wenn, dann nur in Begleitung einer Freundin. Nicht einmal zu Kim, ihrem Heilpraktiker, geht sie dann. Mißtrauen ist ihre alles beherrschende Grundstimmung.

Sie hat nie gegen diese Gefühle angekämpft, sondern ihnen lieber nachgegeben.

Vielleicht, denkt sie heute, *hat mich das bis jetzt vor so einem Verbrechen geschützt, daß ich mich von meinen Gefühlen habe leiten lassen.*

Schmidtmüller weiß all das über Petra Freitag. Beim Gruppentreffen, als Josef zum ersten Mal öffentlich weinte und sich dafür entsetzlich schämte, hat sie es erzählt. Sie wollte damit aufzeigen, daß man sich seiner Gefühle nicht zu schämen braucht, auch als Mann nicht, wenn man weint.

Damals tat ihm das gut, aber jetzt macht es ihm angst. Petra versucht nicht, Renates Mörder zu fangen. Sie sucht ein Mittel gegen ihre Angst. Dabei erscheint sie ihm rücksichtslos. Es könnte dann auf Yogis Kosten gehen. Sinnlos und brutal. Trotzdem schwankt er zwischen dem Drang, Johannes beschützen zu müssen, und dem Willen, den Mörder seiner Tochter zu überführen. Er gönnt ihm die Todesstrafe, obwohl er weiß, daß er selbst sie nicht vollstrecken könnte.

Solche Menschen, denkt er, *sollten gar nicht erst geboren werden, damit sie keine Möglichkeit haben, so viel Leid über die Menschheit zu bringen.*

In den letzten Tagen hat er oft darüber nachgedacht und sich dabei in gefährliche Nähe von Siggis Weltanschauung begeben. Rassenreinheit. Sauberes Erbgut. Minderwertiges Leben.

Es klingelt. Siggi geht zur Tür. Wolf ist da. Sie gehen gleich in Siggis Zimmer durch.

Wolf legt zwei Plastiktüten auf Siggis Bett.

»Äi, bist du bescheuert?« fragt Siggi, der genau weiß, was darin ist. »Was soll das Zeug hier?«

»Nur bis Samstag. Ich weiß nicht, wohin damit.«

»Eure Bude ist doch schon durchsucht worden.«

»Ja, klar, vor den Bullen sind wir erst mal sicher. Aber der neue Typ von meiner Mutter ist ein Arsch. Der schnüffelt überall rum. Der sucht heimlich in meinem Zimmer nach Beweisen gegen mich.«

Als könne er damit weitere Fragen beantworten, zieht Wolf die Sprengladungen aus der Tüte. Sie sind fertig montiert. Micky-Maus-Wecker als Zeitzünder. Insgesamt vier.

»Damit kann nichts schiefgehen.«

»Und wohin damit?« fragt Siggi. »Wohin?«

»Bei deinem Bruder. Da guckt doch keiner nach. Für seine Spielsachen interessieren die Bullen sich nicht.«

Siggi will antworten, aber da ruft seine Mutter ihn. Siggi zeigt Wolf doof und geht ins Wohnzimmer.

»Siggi, du mußt heute abend noch einmal auf Johannes aufpassen. Dein Vater und ich fahren zum Elternabend«, stellt Elke Schmidtmüller ohne Einleitung fest.

Siggi protestiert: »O nein. Heute nicht. Warum bleibt nicht einer von euch hier?«

»Weil wir zusammen gehen«, antwortet Schmidtmüller knapp und hofft, damit alle Diskussionen aus der Welt zu schaffen.

»Ich hab' jedenfalls was vor«, grollt Siggi.

Seine Mutter sieht ein, daß es so nicht geht. Sie zieht Siggi zu sich. Schaut ihm in die Augen, hofft auf sein Verständnis. Sucht freundliche Worte.

65

Wolf kennt sich aus im Haus. Er handelt einem plötzlichen Impuls folgend. Er geht in Yogis Zimmer, stellt einen Sprengsatz auf 22 Uhr und legt ihn unter Yogis Bett. Er will die Sache ein für allemal beenden. So oder so. Kein Komma setzen, sondern einen Punkt.

Anders wäre es besser gewesen. Eine der Dynamitstangen, die mit Siggis Zustimmung im Zimmer seines Bruders versteckt wurde, ist losgegangen. Ein Unfall. Mehr nicht. Nie käme jemand auf das Gegenteil. Jetzt gleicht es mehr einer Hinrichtung, aber es muß sein.

Es ist auch besser für Siggi. Er wird es verstehen. Der Mörderbruder muß weg. Er kann es nicht selber tun. Dafür ist er zu weich.

Wenn der Idiot tot ist, bist du sicher. Schnell, beeil dich! flüstert die Stimme, die im Moment die Herrschaft über ihn hat. Nur ganz von fern, wie ein Hintergrundrauschen, meckert die andere: *Feigling! Feigling!*

Schon ist er raus aus Yogis Zimmer, setzt sich, die Plastiktüten unterm Arm, auf Siggis Bett. Er muß gehen, bevor Siggi sich die Tüten genauer anguckt und merkt, daß eine Sprengladung fehlt.

Keine übertriebene Eile. Aber sorg dafür, daß Siggi nicht im Haus ist, wenn es knallt.

Was ist mit den Eltern? Die wissen doch nichts.

Egal. Scheiß auf die Alten. Laß sie mit draufgehen und Siggi auch. Ein sauberer Schnitt.

Die Stimmen streiten. Die, die seiner Mutter ähnlich klingt, dringt in den Vordergrund.

Siggi betritt wieder den Raum. Er sieht sauer aus.

»Also, das mit dem Sprengstoff geht nicht.«

»Schon klar«, gibt Wolf nach, »ich dachte ja nur...«

»Ich muß wieder auf Yogi aufpassen. Mann, ich sag dir. Ich hab' es bis hier!«

Siehst du. Er ist ihm sowieso im Weg. Du befreist Siggi nur von einem Klotz am Bein.

»Aber ich brauch' dich spätestens um zehn im Steinbruch. Das Gottesurteil. Wenn du nicht kommst, denken alle, du kneifst.«

Dadurch wird Siggis Wut nur noch größer. Er und kneifen. Ausgerechnet.

»Meine Eltern müssen zu irgendeinem beschissenen Angehörigenabend. Alles immer nur wegen Yogi.«

Seine Eltern werden auch erleichtert sein. Klar trauern sie zunächst, und zugeben werden sie es auch nie, aber insgeheim werden sie erleichtert sein.

Wolf geht zur Tür. »Kommst du, oder nicht?«

»Klar komm' ich.«

»Aber allein.«

Siggi druckst rum. »Hm. Ja. Gut. Ich schließ' ihn noch mal ein. Vielleicht schläft er ja bis dann.«

»Tu ihm doch was in den Tee.«

Siggi antwortet darauf nicht.

»Ich bin um zehn da.«

»Wenn es geht, früher. Ich gehe jetzt zu Dieter ins Krankenhaus. Dann, spätestens ab neun, bin ich im Steinbruch und bereite alles vor.«

»Wo willst du damit hin?« fragt Siggi und zeigt auf die Plastiktüten. Er fühlt sich ein wenig schuldig und kleinkariert, weil er die Sprengladungen nicht im Haus haben will.

Wolf grinst als Antwort nur geheimnisvoll.

Siggi ahnt es. Er läßt sie im Krankenhaus bei Dieter. Dort wird sie niemand vermuten. Erst kurz vor dem Anschlag am Samstag wird einer das Zeug dort abholen.

66

Am Elternabend der Selbsthilfegruppe nimmt ein Neuer teil, ein Mann, der gerade seine Frau verloren hat und jetzt mit seiner querschnittsgelähmten Tochter allein leben muß. Er zieht viel Aufmerksamkeit auf sich. Menschen, die selbst viel geweint haben, sind oft sehr mitleidsfähig.

Er scheint süchtig danach zu sein. Josef Schmidtmüller hat das Gefühl, daß dieser Mann sie alle leersaugt. Für ihn selbst bleibt keine Zeit. Nur einmal raunt Petra ihm zu, sie müsse ihn nachher einmal sprechen.

Sie wirkt auf merkwürdige Art schuldbewußt dabei, als hätte sie draußen beim Einparken seinen Wagen gerammt und müsse gleich den Versicherungsschaden melden.

Zwischen ihr und seiner Frau ein komplizenhafter Blick, den er nicht versteht. Um so deutlicher nimmt er ihn zur Kenntnis.

Die beiden verbergen etwas vor ihm. Etwas, das mit Johannes zu tun hat.

67

Siggi hat Yogi keine Schlaftablette gegeben, aber ihn ins Bett gelegt, damit er einschläft.

Es ist kurz vor neun. Siggi guckt Fußball. Yogi möchte gern mitgucken, aber Siggi läßt ihn nicht.

Das Spiel ist langweilig. Siggi schaltet aus. Er zieht sich schon mal an. Volle Montur. Kriegskleidung.

Dann sieht er nach Yogi. Vielleicht schläft er ja schon.

Yogi sitzt auf dem Bett. Er ist ganz in ein Spiel versunken. Er hat seine schönste Puppe, genannt Mama, erwürgt. Ihr Kopf ist ab. Der anderen Puppe, genannt Papa, schneidet er die Haare ab.

Stumm steht Siggi in der Tür und begreift mit einem Schlag alles. Nicht Wolf hat Yogi beobachtet, sondern Yogi Wolf.

Du Schwein. Du Schwein. Du hast meine Schwe-

ster umgebracht und mir erzählt, es sei mein Bruder gewesen. Du ...

Siggi nimmt seinen Baseballschläger und rennt aus dem Haus. Er weiß, wo er Wolf findet.

68

Vera genießt es, allein zu sein. Ihr Mann muß, um im Geschäft zu bleiben, bei allen möglichen Vereinsmeiereien mitmachen. Für die Vereinsmitglieder ist es fast Ehrensache, sich bei ihm zu versichern, sobald er ein anerkanntes Vorstandsmitglied ist. Früher war er in fünfzehn Vereinen aktiv. Heute nur noch in acht.

Vera wollte sich eigentlich ein Tarot legen. Aber als sie die erste Karte zog, verlor sie die Lust. The hanged man. Der Gehängte.

Vera schaut nicht mit den Karten in die Zukunft. Sie benutzt sie als Spiegel ihrer Seele. Als Auseinandersetzung mit sich selbst. Als Reflexionshilfe. Andere machen eine Psychotherapie. Vera kommt mit Hilfe des Tarots zu manchmal verblüffenden Einsichten über sich selbst.

Aber jetzt der Gehängte. Nein, damit hat sie im Moment nun wirklich nichts zu tun. Kopfüber festgenagelt empfindet sie sich nicht. Vielleicht ist das nicht der richtige Tag, um in die Tarotkarten zu blicken.

Sie läßt sich Wasser in die Wanne und löst darin die Badeschaumkugeln auf, die sie zu Weihnachten bekommen hat.

Sie taucht ganz unter. Ah, wie gut das tut! Sie spürt, wie sich unter Wasser die gespannten Muskeln lösen.

Der Gehängte ist festgenagelt am Holz seiner erstarrten Einstellungen. Seine Augen sind geschlossen. Jeder neue Impuls wird ignoriert. Er hat den Kopf nach unten. Wenn er sich rumdreht und die Augen aufmacht, sieht alles ganz anders aus. Nicht die Welt steht Kopf, sondern er. Das Untere würde nach oben gekehrt und ...

Es fährt durch Vera wie ein Stromschlag. *Wir haben von Anfang an nur in eine Richtung ermittelt. Durch den Überfall der Skins auf die Pizzeria stand alles fest. Aber was, wenn das nur ein Ablenkungsmanöver war, was, wenn ...*

Sie steigt aus der Wanne. Ohne sich abzutrocknen, schlüpft sie in ihren Bademantel und läuft barfuß zum Telefon.

Sie erreicht Kramer nicht mehr im Präsidium. Er hat seinen Kegelabend. Um sich durch die Laboruntersuchung den Spaß nicht verderben zu lassen, hat er die Information zurückgehalten. Sie kam kurz vor Dienstschluß.

Als Vera ihn jetzt auf der Kegelbahn anruft, er hat gerade einen Kranz-Hand geworfen, rückt er damit heraus: Die Fingerabdrücke hinten auf dem Trabbi sind mit denen auf den Bildern, die Petra Freitag gebracht hat, identisch. Johannes Schmidtmüller muß den Wagen geschoben haben.

»Du blödes Arschloch!« schreit Vera. »Warum sagst du mir das erst jetzt?«

»Weil es wenig ändert. Weil ich nicht nur Kommissar bin, sondern auch noch Privatmensch und wir heute abend hier die Vorauswahl für die Kreismeisterschaft auskegeln. Aber das sagt dir wohl gar nichts, wie?«

Sie knallt den Hörer auf und kaut einen Moment nachdenklich auf der Unterlippe herum.

69

Yogi ist verwirrt. Er ist plötzlich allein im Haus. Alle Türen stehen auf. So war es noch nie.

Ängstlich versteckt er sich unter dem Bett.

Dort findet er etwas.

Etwas, das er nicht kennt.

Ein Auto? Micky Maus? Spielzeug?

Hat Siggi das für ihn versteckt?

Ein Geschenk? Weihnachten? Christkindchen? Au ja!

70

Vera wählt hektisch die Nummer von Schmidtmüllers. Sie weiß es mit jeder Pore ihres Körpers: wenn Yogi Zeuge des Mordes war, ist er in höchster Lebensgefahr, egal, wer der Täter ist.

Bei Schmidtmüllers hebt niemand ab.

Vera läuft im Bademantel zum Kleiderschrank. Sie überlegt kurz, was sie anziehen soll, dann nimmt sie nur ihre Dienstwaffe und den Autoschlüssel. Der Gedanke, sie könne sich in dem Aufzug lächerlich machen, kommt ihr erst gar nicht.

Sie könnte wetten, daß Yogi allein zu Hause ist.

Kopfüber sieht man die Welt anders. The hanged man.

71

Siggi kriegt Seitenstiche vom Rennen.

Da ist der Steinbruch. *Endlich.*

Wolf hat ein Lagerfeuer entfacht und Bierdosen angeschleppt. Es soll ein geiler Abend werden, in würdiger Landschaft. Erst das Gottesurteil, wer es machen darf, dann Komasaufen.

Heute nacht wird er alle Probleme loswerden. Gleich. Mit einem Knall. Vielleicht wird Siggi zunächst ausflippen, aber dann ...

»Wooolf, du Saaauuuuh!«

Als er den Schrei hört, bringt er sich instinktiv in Sicherheit. Raus aus dem Licht des Feuers.

Die unglaubliche Wut in Siggis Stimme hallt im Steinbruch wider.

Die Bombe kann noch nicht explodiert sein.

Er weiß es.

Wolf greift nach seinem Hammer.

Gleich wird Blut fließen. Anders läßt sich die Sache nicht mehr regeln. Ich hab' es ja gleich gesagt. Das wird böse enden mit dir.

Siggis Blicke tasten die Steinlandschaft um die Feuerstelle ab. Wolf muß hier irgendwo sein.

»Komm raus! Du hast Renate umgebracht! Du Mörder, du!«

Siggis feuchte Hände krampfen sich fest um den Baseballschläger. Das Isolierband löst sich. Ein Ende flattert um seine Hand und macht ihn nervös.

Nur nicht ablenken lassen.

Wolf kann Siggi die ganze Zeit sehen. Er kriegt jede Bewegung mit.

Siggi steht zu nah am Feuer. Wolf könnte jetzt von hinten ...

»Dreh nicht durch.«

Siggi wirbelt kampfbereit herum.

Wolf stützt sich lässig auf seinen Hammer.

»Dein Bruder, der geisteskranke Idiot, war es. Wir wissen es beide. Weißt du, was der Führer früher mit solchen Leuten gemacht hat? Gaskammer und aus. Volksschädlinge. Unwertes Leben.«

Siggi schlägt nach Wolf, trifft ihn aber nicht, weil er zu weit weg steht.

»Sei ruhig!« faucht Siggi.

»Warum? Weil du die Wahrheit nicht hören kannst? Ein Bekloppter braucht drei Gesunde, die sich um ihn kümmern, ihn pflegen, für ihn arbeiten gehen und ...«

Wieder schlägt Siggi ungestüm zu. Wolf weicht aus.

»Du sollst die Fresse halten! Du Schwein, du!«

»Guck dich doch an. Dich und deine Familie. Der Yogi macht euch alle kaputt. Dich, deine Eltern ...«

»Das stimmt nicht.«

»O doch. Und du weißt es genau. Tausendmal hast du es mir erzählt.«

Siggi hält den Schläger schräg über seine Schulter. So hat er die größte Wucht, wenn er zuhaut, glaubt er. Aber für Wolf ist er so auch berechenbar. Der Schlag muß von oben kommen.

Siggi zittert vor Erregung.

»W... warum hast du sie umgebracht?« will er wissen. Er hofft noch immer auf ein Geständnis. Dann wäre jeder Zweifel ausgeräumt. Alles wäre leichter. Siggi versucht zu verstehen, was passiert ist. Aber Wolf nutzt den Hauch von Zweifel, den er aus der Frage heraushört.

»Was immer dir die Bullen erzählt haben, sie lügen. Sie wollen mir etwas anhängen, weil sie unserer nationalen Sache schaden wollen. Mensch, Siggi.

Die haben uns beschattet. Die Telefone abgehört. Alles. Aber sie können uns nichts. Weil wir zu clever sind. Jetzt versuchen sie, uns etwas anzuhängen. Am besten einen Mord.«

Siggi läßt den Baseballschläger ein kleines Stück sinken. Er hält ihn noch schlagbereit, doch längst nicht mehr so entschlossen wie gerade. Seine Lippen werden naß. Er schmeckt seine Tränen. So erfährt er, daß er weint.

»Die Bullen haben mir gar nichts erzählt. Ich weiß es von Yogi.«

Wolf lacht höhnisch. »Ja. Klar. Er hat es dir erzählt. Wie denn?« Er äfft Yogi nach. »Iggi. Ogi. Olfi Ate Aua-Aua macht.«

72

Vera bremst direkt vor dem Haus der Schmidtmüllers. Sie sieht schon von außen, daß etwas nicht stimmt. Die Tür steht offen. Im Haus brennt Licht, aber es sieht merkwürdig leer aus. Fluchtartig verlassen.

Vera parkt ein und rafft ihren Bademantel zusammen. Das Gewicht der Pistole bringt den Frotteestoff aus der Fassung. Rechts hängt der Mantel. Links wird er kürzer. Vor ihrer Brust öffnet er sich.

Das Haus wirkt böse auf Vera. Unheilverkündend. Es ist ihr, als laufe sie auf das weitaufgerissene Maul eines Raubtieres zu. Am liebsten würde sie die Pistole mit beiden Händen vor sich halten, um dem Biest notfalls die Zähne aus dem Maul schießen zu können.

Die Türen und Treppen, die verschlungenen Pfade ins Innere, kommen ihr vor wie Gedärme eines Verdauungstraktes. Es würde sie nicht wundern, wenn das Haus gleich rülpst. Die Fenster glotzen sie an wie hungrige Augen.

Werd jetzt bloß nicht hysterisch. Du siehst sowieso schon völlig bescheuert aus. Im Bademantel. Was machst du, wenn Schmidtmüller mit seinen Freunden im Wohnzimmer Skat spielt? Vielleicht haben sie das Telefon nur überhört und die Tür steht versehentlich auf. Millionen Türen stehen jeden Tag offen. Das verkündet kein Unheil. Das ist das Leben.

Sie springt herein. Drückt sich gegen die Flurwand. Lauscht.

Ruhe. Verdächtige Ruhe. Warum rauscht keine Klospülung? Warum brummt kein Kühlschrank?

Sie nimmt die Waffe in beide Hände und stürmt das Wohnzimmer, wie sie es gelernt hat: schußbereit.

»Hallo? Ist hier jemand? Hallo!«

Nichts. Keine Reaktion. Nur diese bedrückende Stille.

73

Yogi will mit Siggi spielen. Stolz trägt er sein neues Spielzeug. Es tickt. Ein lustiger Wecker mit Stangen daran. Wie Zuckerstangen. Lakritzlutscher. Brausepulver.

»Iggi! Iggi!«

Yogi läuft durch die Nacht. Er achtet nicht auf Autos. Autos können bremsen und im Moment kommen sie in seiner Welt nicht vor. Es gibt nur Siggi, ihn und das neue Spielzeug.

Vielleicht ist es ein neues Auto für die Rennbahn? Manchmal baut Siggi mit ihm im Wohnzimmer eine Acht auf. Dann fahren sie Rennen zwischen Sesseln aus.

Brumm. Brumm. Yogi liebt es, wenn die Autos aus der Kurve fliegen. Teppichunfälle. Wohnzimmercrash. Das hier ist ein Rennlastwagen. Jawohl.

Yogi wirft ihn hoch und fängt ihn auf. Das kann Yogi gut: Schnappen. Hoch und Plumps. Hoch und Plumps. Weltraumflieger. Luftballon. Bumerang. Fußball. Tor!

Yogi läuft jetzt über eine Wiese. Er ist barfuß. Dann tritt er auf spitze Steine. Es macht ihm nichts. Er spürt so etwas nicht. Manchmal sieht er, daß er blutet, aber er fühlt den Schmerz nicht. Er erinnert sich daran, daß es weh tun müßte, und dann wird er traurig und weint. Alle denken, es läge an seinem Schmerz, wollen pusten, heilen, Pflaster kleben.

Aber das hilft ihm nicht. Nicht der Schmerz läßt ihn weinen, sondern der Verlust des Schmerzes.

Yogi findet Siggi immer. Yogi ist ein Siggifinder. Yogi kennt alle Orte, wo Siggi sich versteckt. Die Kneipe. Wotan. Bier. Prost. Der Steinbruch. Bumm. Ja, der Steinbruch. Weiß. Indianerversteck. Mausefalle. Sachensucher.

»Iggi! Iggi!«

Er stolpert, taumelt, fällt hin. Das neue Spielzeug rutscht einen Abhang runter ins Dunkle. Yogi auf dem Bauch hinterher. Kiesgrube. Schlangenhöhle. Plumps.

Yogi liegt ganz still. Die Hände zwischen kleinen Steinen. Pulverstaub.

Yogi lauscht. Da quakt ein Frosch. Dort hinten tickt es, sein neues Rennauto.

Yogi krabbelt hin. Er hat es wieder. Endlich. Es hat ihn gerufen. Er streichelt es. Lieb.

Yogis Füße bluten. Die Haut über den Knöcheln ist aufgeplatzt. Er merkt es nicht. Mit jedem Schritt hinterläßt er eine Blutspur auf den hellen Steinen.

Yogi kann Feuer riechen. Hier ist eins. Gar nicht weit.

Yogi hat Feuer gern. Er reckt die Nase in die Luft und schnüffelt. Da. Es kommt aus der Richtung. Lagerfeuer. Grillplatz. Stockbrot. Würstchen.

74

Die Tür zu Yogis Zimmer steht einen Spalt offen. Vera lugt hinein. Dann wirft sie sich dagegen. Waffe nach links. Nichts. Waffe nach rechts. Nichts. Rükken zur Wand.

Wo sind unsichere Stellen? Wo lauert eine Gefahr? Hinter der Tür. Nichts. Hinterm Sessel. Nichts.

»Johannes? Johannes, bist du hier?«

Unterm Bett? Nichts. Aber da. Ihr Blick huscht darüber hinweg. Die Augen suchen jetzt nur Gefahrenquellen. Menschen. Doch ein wacher Teil in ihr, der sich nicht bedroht fühlt, registriert etwas. Eine Puppe. Achtlos aufs Bett geworfen. Ausgerenkte Arme und ein kahlrasierter Schädel. Die Haare liegen im Bett verstreut.

Vera nimmt die Puppe. Dort liegt auf dem Kissen die Kinderschere. Veras Verstand kombiniert in Bruchteilen von Sekunden eine Kette von Möglichkeiten. Sie hat das Bild vor Augen. Der hilflose Junge, der mit seinen nonverbalen Mitteln versucht mitzuteilen, was er weiß.

Ein Skin. Also. Heißt das: Eine Glatze weiß etwas oder eine Glatze war der Täter? Oder wollte Yogi nur einfach seine Puppe seinem Bruder ähnlich machen?

Vera stürmt in Siggis Zimmer. Die Treppe hoch in Renates. Sie weiß längst, daß sie allein im Haus ist, aber sie will gründlich sein. Wer ahnt schon, wo ein verängstigter Geistesgestörter sich versteckt? Hinter dem Duschvorhang? Auf dem Dachboden? Unter der Spüle?

Vera arbeitet sich zum Telefon durch. Sie läßt sich jetzt ganz von ihren Instinkten leiten. Sie hat Schütz am Apparat. Ausgerechnet.

»Alle verfügbaren Wagen zum Steinbruch.«

»Ja, aber... was soll... Sind Sie überhaupt im Dienst?«

»Labern Sie mir jetzt nicht die Ohren ab! Tun Sie einmal das Richtige! Alle Wagen zum Steinbruch, und holen Sie Kramer von seinem beschissenen Kegelabend!«

Es ist nicht die Schärfe in ihrem Ton, es ist die Wortwahl, die Schütz tun läßt, was Vera verlangt. Sie kann verletzend sein und austeilen. O ja. Aber sie hat eine feinere Sprache. Sehr bewußt grenzt sie sich sonst vom groben Ton der männlichen Kollegen ab.

Vera wartet nicht auf eine Antwort. Sie legt auf.

Schütz hat den Hörer noch am Ohr. Er legt langsam den Hörer auf die Gabel zurück: Er wundert sich. Eine feine Schweißschicht bildet sich zwischen Hals und Hemdkragen. Schütz wischt sie mit zwei Fingern weg.

75

Sie umkreisen das Feuer. Breitbeinig, geduckt, mit halb zugekniffenen Augen. Der Wind drückt die Rauchfahne in Siggis Richtung. Siggi weicht dem Qualm aus.

Da zischt der Hammer heran. Siggi brüllt auf. Der Schmerz in der linken Schulter droht für einen Moment, ihn ohnmächtig werden zu lassen. Aber dann fängt Siggi sich wieder. Vom Bauchnabel bis zu den Brustwarzen scheint sein Körper nur noch aus einem wild pochenden Herzen zu bestehen.

Siggi hält den Baseballschläger nur noch mit einer Hand. Die Linke baumelt schlaff herab. Von der Schulter an ohne Kraft.

»Überleg es dir, Siggi. Wenn wir zusammenhalten, kann uns keiner etwas. Keiner. Wir könnten Helden sein. Wir sind ganz kurz davor.«

»Du Mörder! Ich bring' dich um!« brüllt Siggi. Er bemüht sich, Wolfs Worte zu ignorieren. Er will sich nicht wieder einwickeln lassen. Diesmal nicht.

»Doitschland braucht uns. Wer, wenn nicht wir ... – Mensch, Siggi. Ichtenhagen wird die erste ausländerfreie Stadt Doitschlands. Die Hamburger haben jetzt Vertrauen zu uns. Der Staat kriegt das nie in den Griff. Die Politik der hundert kleinen Hitler. Das raffen die nicht. Du bist dabei. Mein wichtigster Mann. Du kannst die Ausbildung der Babys übernehmen ...«

Wolf redet immer weiter. Das kann er. So hat er meistens alle dazu gekriegt, ihm zu folgen. Sie haben so wenig Worte, und sie sind gewohnt, daß der Sprachgewaltigste den Anspruch auf die Führung hat. In der Schule haben sie das gelernt. Wer redet mehr als der Lehrer? Er darf strafen und belohnen.

»Laß uns einen saufen. Wir haben echt andere Sorgen. Das Gottesurteil muß vorberei...«

Wo guckt Siggi hin? Er ist unaufmerksam geworden.

Ein paar Meter über ihnen steht Yogi. Er ruft: »Iggi! Iggi!«

Er hat etwas in der Hand. Er wirft es hoch wie einen Ball.

»Yogi! Hau ab! Geh nach Hause zu Mama!«

Vom Rand der Ortschaft kommen zwei Autos mit Blaulicht. Yogi steht hoch genug, um sie zu sehen. Das Spielzeug fällt hin.

»Nein!« kreischt Wolf und rennt weg.

»Häh?«

Siggi kapiert nicht. Einen Moment ist er hin- und hergerissen. Soll er Wolf folgen? *Er hat irgendeine Schweinerei gemacht.* Oder zu Yogi?

Eine Detonation mit gleichzeitiger Druckwelle läßt Siggi durch die Luft fliegen und bläst das Feuer aus. Siggi knallt mit Bauch und Knien auf. Als es ihm gelingt, den Kopf zu heben, ist das Feuer aus. Nur glühendes Holz liegt quer über den Platz verteilt herum.

Siggi hört Yogis Wimmern.

»Yogi! Yogi! Wo bist du?«

»Iggi!«

Siggi kraucht hin. Da sieht er Wolf. Er steht zwischen Siggi und Yogi. Er guckt in Siggis Richtung. Den Hammer in der Hand.

»Was hast du mit meinem Bruder gemacht, du Schwein?« schreit Siggi.

»Er muß weg. Er ist eine Gefahr für uns alle!«

»Reicht es immer noch nicht? Erst meine Schwester und jetzt... Ich mach' dich fertig, du Sau!«

Wolf hebt seinen schweren Hammer mit beiden Händen.

»Neein!«

Autoscheinwerfer zerteilen am Rand des Steinbruchs die Dunkelheit. Blaulicht.

Jemand richtet die Scheinwerfer direkt auf Siggi und Wolf.

Irritiert haut Wolf zu. Siggi rollt sich zur Seite und reißt den gesunden Arm hoch. Der Schlag galt seinem Kopf, trifft aber nur den Rücken der rechten Hand.

»Halt! Polizei! Lassen Sie das fallen! Hände hoch und...«

Vera kann sich auf dem Geröll nicht länger halten. Sie rutscht ab.

Eine Taschenlampe leuchtet auf. Einer ihrer Kollegen hat sie genau im Lichtkegel. Er wird diesen Anblick nie vergessen. Der Bademantel flattert offen um Vera herum. Ihre Beine strampeln in der Luft. Sie liegt hilflos auf dem Rücken wie ein umgekippter Maikäfer.

Siggi versucht hochzukommen. Er kniet. Jetzt holt Wolf zum entscheidenden Schlag aus. Siggi spürt es in allen Fasern seines Körpers. Er wird das nicht überleben.

»Iggiiiiiih!«

Ein Schuß peitscht durch die Nacht und hallt von den Wänden des Steinbruchs wider.

Für einen Moment weiß Siggi weder, wer geschossen hat, noch wer getroffen wurde. Er selber?

Dann taumelt Wolf vor ihm. Der Hammer fällt nach hinten. Wolf macht zwei Schritte und fällt dann um wie ein Brett.

»Mein Bruder! Da vorne liegt mein Bruder! Sie müssen ihm helfen!« schreit Siggi. »Schnell!«

76

Yogi wird auf einer Trage in den Krankenwagen geschoben. Siggi steht dabei. Er weint.

Yogis Kopf ist so komisch zur Seite gedreht. Atmet er überhaupt?

Ich habe schuld. Ich. An allem. Yogis Unfall. Seine Behinderung. Renates Tod. Das Unglück meiner Eltern. Und jetzt stirbt Yogi. Ich bin Scheiße. Ich bin Dreck. Ich bin Abfall.

Da hinten, zwischen den Polizeiwagen, sieht Siggi seine Eltern ankommen. Er möchte sie jetzt in die Arme nehmen. Und ihnen sagen, daß er sie liebt. Aber er hat Angst, daß die Umarmung nicht echt wird. Einen wie ihn, den kann man nicht wirklich lieben. Abschaum. Sondermüll. Scheißdreck.

Wahrscheinlich tut es dir leid, daß du mich nicht auf die Bettdecke gespritzt hast, sondern in die Scheide meiner Mutter.

»Was ist mit Yogi?« brüllt Siggi. »Lebt er? Wird er überleben?«

»Ja, ganz sicher«, sagt der Sanitäter. »Er hat sich einige Knochen gebrochen. Aber daran stirbt man nicht.«

Es ist für Siggi, als würde er mit der Luft ein unbekanntes Glücksgefühl einatmen.

Seine Eltern kommen näher. Er sieht, wie sehr seine Mutter zittert. Der Vater stützt sie.

Siggi traut sich nicht, ihnen in die Augen zu sehen. Er guckt auf seine Füße.

»Iggi?« haucht Yogi, laut genug, daß Siggi es hört.

»Ja, Kleiner. Ich bin da. Ich bin bei dir. Es wird alles gut.«

77

Vera hockt auf dem Beifahrersitz. Die Tür des Polizeiwagens steht offen. Sie raucht eine Zigarette, die ihr Schütz angezündet hat. Ihr wird schwindlig davon.

Vera schließt die Augen ganz fest, bis helle Punkte in der Dunkelheit tanzen. Das hat sie als Kind schon getan, wenn sie Dinge ungeschehen machen wollte.

»Er ist wirklich tot?«

»Ja«, sagt Kramer, nicht ohne Respekt. Er weiß, daß sie keine Show macht. Es geht ihr wirklich schlecht.

Er wäre stolz auf sich. Heimlich, aber immerhin.

Er spricht tröstende Worte, weil er weiß, daß so etwas von Kollegen erwartet wird.

»Du hattest keine Wahl. Er hätte ihn erschlagen.«

Vera schluckt. Sie friert.

»Ich hätte auf die Beine zielen können.«

»Pah! Bei den Lichtverhältnissen.«

Er hat ja recht, und jeder wird die Notwendigkeit einsehen. Aber sie sagt es trotzdem leise, eigentlich nur für sich selbst.

»Ich hätte es wenigstens versuchen können. Jetzt haben die Glatzen ihren ersten Märtyrer.«

Kramers Gesicht ist plötzlich ganz nah an ihrem. Er hat eine Alkoholfahne. Er spricht gereizt: »Philosophier' jetzt nicht rum. Ich fahre dich nach Hause. Oder willst du so in die Zeitung? Im Bademantel?«

Vera hebt die Beine ins Wageninnere und schließt die Tür. Sie legt den Kopf in den Nacken und atmet aus.

Zu ihrem Erstaunen sitzt Schütz neben ihr. Er läßt den Wagen an.

Zum ersten Mal empfindet sie so etwas wie Wärme für ihn. Sie wäre jetzt nicht gern mit Kramer gefahren.

»Bringen Sie mich nach Hause«, sagt sie. »Bitte. Rasch.«

Schütz lenkt den Wagen rückwärts. Aus dem Fenster sieht Vera, wie Wolf Kleinhaupts Leichnam auf einer Bahre abtransportiert wird. Sie sieht sein Gesicht nicht. Nur seine Füße. Man hat ihm Schuhe und Strümpfe bereits ausgezogen.

An seinem rechten Zeh baumelt etwas. Ein Kärtchen, auf dem sein Name steht.

Eine Weile fahren sie wortlos, dann fragt Vera mit belegter Stimme: »Hat er noch etwas gesagt?«

Schütz nickt. »Ja. Mama.«

»Mama?«

»Hm. Das ist bei fast allen gleich. Kurz bevor der Sensenmann sie holt, rufen sie nach ihrer Mutter. Das wird uns nicht anders gehen.«

Vera starrt ihn an.